A la co-jefa de animadoras de Fool's Gold 2012, Judie Bouldry, y a Ellen, la abuela de sus niñas, que comparte su amor por la lectura. Judie, eres inteligente y entusiasta, y Fool's Gold tiene suerte de contar contigo.

Editado por Harlequin Ibérica.
Una división de HarperCollins Ibérica, S.A.
Núñez de Balboa, 56
28001 Madrid

© 2013 Susan Macias Redmond
© 2014 Harlequin Ibérica, S.A.
Dos almas gemelas, n.º 65 - 1.9.14
Título original: Two of a Kind
Publicada originalmente por HQN™ Books

Todos los derechos están reservados incluidos los de reproducción, total o parcial. Esta edición ha sido publicada con autorización de Harlequin Books S.A.
Esta es una obra de ficción. Nombres, caracteres, lugares, y situaciones son producto de la imaginación del autor o son utilizados ficticiamente, y cualquier parecido con personas, vivas o muertas, establecimientos de negocios (comerciales), hechos o situaciones son pura coincidencia.
® Harlequin, HQN y logotipo Harlequin son marcas registradas por Harlequin Enterprises Limited.
® y ™ son marcas registradas por Harlequin Enterprises Limited y sus filiales, utilizadas con licencia. Las marcas que lleven ® están registradas en la Oficina Española de Patentes y Marcas y en otros países.
Imagen de cubierta utilizada con permiso de Harlequin Enterprises Limited. Todos los derechos están reservados.

I.S.B.N.: 978-84-687-4471-1
Depósito legal: M-16907-2014

SUSAN MALLERY
Dos almas gemelas

Capítulo 1

El pensamiento racional y el conocimiento de técnicas de combate cuerpo a cuerpo no servían de nada cuando una se enfrentaba al poder malévolo de la araña doméstica americana.

Felicia Swift permanecía inmóvil en un rincón del almacén, pendiente de la telaraña y del arácnido que la observaba, tramando sin duda su perdición. Donde había una araña doméstica americana, había más, y Felicia sabía que iban todas a por ella.

La parte lógica de su cerebro casi se rio a carcajadas de sus miedos. Felicia sabía racionalmente que las arañas no viajaban en manada ni tramaban atacarla. Pero la lógica y la inteligencia no eran rival para un ataque de auténtica aracnofobia. Felicia podía escribir artículos, preparar gráficos y hasta hacer experimentos desde ese momento hasta la siguiente aparición del cometa Halley, que seguirían dándole miedo las arañas, y ellas lo sabían.

—Voy a retroceder lentamente —dijo con voz suave y tranquilizadora.

Técnicamente, las arañas no tenían oídos. Podían sentir las vibraciones, pero como hablaba tan bajo, no habría muchas que sentir. Aun así, se sintió mejor al hablar, y siguió haciéndolo mientras retrocedía paso a paso hacia la salida sin quitarle ojo al enemigo.

La luz entraba a raudales por la puerta abierta. La luz equivalía a libertad, a aire libre de arañas. Equivalía a...

La luz se apagó de repente. Felicia dio un brinco y se volvió, dispuesta a vérselas con una araña gigante, madre de todas las arañas. Pero se encontró cara a cara con un hombre alto, despeinado y con una cicatriz en la ceja.

–He oído un grito –dijo–. He venido a ver si había algún problema –arrugó el ceño–. ¿Felicia?

Por si no bastaba con las arañas, pensó ella frenética. ¿Cómo era posible?

Fortes fortuna adiuvat.

Intentó tirar de las riendas de su cerebro. ¿La fortuna favorece a los valientes? ¿A qué venía eso ahora? Tenía arañas detrás y, delante, al hombre que la había desvirgado, ¿y se ponía a pensar en latín?

Respiró hondo y procuró calmarse. Era una experta en logística. Nunca se había topado con una crisis de la que no pudiera salir mediante organización, y ese día no sería una excepción. Iría de lo grande a lo pequeño y, como premio a sí misma, se haría el crucigrama del *New York Times* en menos de cuatro minutos.

–Hola, Gideon –dijo, preparándose para capear la tormenta hormonal que aquel hombre despertaba en ella.

Él se acercó con los ojos oscuros llenos de emoción. A Felicia nunca se le había dado bien interpretar los sentimientos ajenos, pero hasta ella se dio cuenta de que estaba confuso.

Mientras se acercaba, cobró conciencia de su tamaño, de la enorme anchura de sus hombros. La camiseta se estiraba hasta tal punto sobre su pecho y sus bíceps que parecía a punto de rasgarse. Tenía un aspecto mortífero, pero aun así elegante. Uno de esos hombres que se sentían como en casa en cualquier parte peligrosa del mundo.

–¿Qué estás haciendo aquí? –preguntó.

Felicia dedujo que se refería a Fool's Gold y no al almacén en concreto. Cuadró los hombros en un débil intento de parecer más grande e imponente, como un gato arqueando el lomo y erizando los pelos. Pero dudaba mucho que Gideon fuera a dejarse intimidar por ella, del mismo modo que no se dejaría intimidar por un gatito.

—Ahora vivo en el pueblo.

—Ya lo sabía. Quería decir que qué haces aquí, en este almacén.

—Ah.

Una respuesta inesperada, pensó, de repente menos segura de sí misma como resultado de su encuentro con las arañas, cuyos poderes eran de largo alcance. Tenía previsto evitar todo contacto con Gideon durante un par de meses. Y allí estaba: hacía menos de cinco semanas que vivía en el pueblo, y ya se habían encontrado.

—Estoy trabajando —dijo, volviendo a concentrarse en su pregunta—. ¿Cómo sabías que estaba en el pueblo?

—Me lo dijo Justice.

—¿Ah, sí? —su socio no se lo había comentado—. ¿Cuándo?

—Hace un par de semanas —Gideon esbozó una sonrisa—. Me dijo que me mantuviera alejado de ti.

Aquella voz, pensó Felicia mientras intentaba no abismarse en el recuerdo de lo que aquel sonido significaba para ella. Aunque en general se creyera que los recuerdos olfativos eran los más intensos, un sonido o una frase también podían retrotraer a una persona a un tiempo anterior. Felicia no tenía ninguna duda de que el olor de Gideon podía transportarla sin ninguna dificultad al pasado. En ese momento, sin embargo, le preocupaba más su voz.

Tenía una de esas voces graves y sensuales. Por ridículo que pareciera, la combinación de su timbre y su cadencia le recordaban al chocolate. Estaba segura de que las arañas del almacén sí sentirían las vibraciones de aquella voz. Debería...

Levantó la barbilla cuando su cerebro reparó por fin en lo que había dicho Gideon.

—¿Justice te dijo que te mantuvieras alejado de mí?
Gideon encogió sus fuertes hombros.
—Me dio a entender que era buena idea. Después de lo que pasó.
Enfadada, puso los brazos en jarras y pensó que darle una buena tunda a Justice sí que era una buena idea. Solo que Justice no estaba allí.
—Lo que pasó entre nosotros no es asunto suyo —repuso con firmeza.
—Sois familia.
—Eso no le da derecho a meterse en mi vida privada.
—No me pareció que tuvieras muchas ganas de verme —señaló Gideon—. Así que pensé que estabas de acuerdo con su... intervención.
—Claro que no —dijo, y entonces se dio cuenta de que, en efecto, había estado evitando a Gideon, pero no por la razón que creía él—. Es complicado.
—Eso ya lo veo —respondió—. Entonces, ¿estás bien?
—Claro. Nuestro encuentro sexual terminó hace cuatro años —ignoraba si él había adivinado que era virgen o no, y no veía razón para mencionarlo ahora—. La noche que pasamos juntos fue... satisfactoria —eso era quedarse muy corta, pensó al acordarse de cómo la había hecho sentir Gideon—. Siento que Justice y Ford echaran abajo la puerta de la habitación del hotel a la mañana siguiente.
El semblante de Gideon adquirió una expresión divertida. Felicia estaba acostumbrada a ver aquella expresión, y comprendió que de algún modo se había equivocado al interpretar la conversación, o se había tomado un chiste al pie de la letra.
Suspiró. Era una persona inteligente. Tan inteligente que a veces daba miedo, le habían dicho a veces. Había crecido rodeada de científicos y estudiantes. Si le preguntaban por los orígenes del universo, podía dar una conferencia sólida sobre el tema sin tener que prepararla. Le costaba, en cambio, relacionarse con los demás. Era tan

horriblemente torpe, pensó, malhumorada. Se equivocaba o se ponía a hablar como un alienígena cuando lo único que quería era comportarse como todos los demás.

–Me refería a si estás bien ahora –dijo él–. Has gritado. Por eso he venido.

Ella apretó los labios. Por enésima vez en su vida, pensó que de buena gana cambiaría treinta puntos de coeficiente intelectual por una pequeña mejora de sus habilidades sociales.

–Estoy bien –dijo, esbozando una sonrisa tranquilizadora, o esa fue su intención–. No podría estar mejor. Gracias por venir en mi auxilio, aunque fuera innecesario.

Gideon dio un paso hacia ella.

–Siempre me alegra echar una mano a una mujer bonita.

Ya está coqueteando, pensó ella mientras observaba automáticamente la dilatación de su pupila para ver si era sincero o si solo era un cumplido. Cuando a un hombre le interesaba sexualmente una mujer, se le dilataban las pupilas. Pero el almacén estaba tan oscuro que no lo veía bien.

–¿Por qué has gritado? –preguntó él.

Felicia respiró hondo.

–He visto una araña.

Levantó una ceja.

–Era grande y agresiva –añadió ella.

–¿Una araña?

–Sí. Tengo un problema con las arañas.

–Eso parece.

–No soy tonta. Sé que no es racional.

Gideon se rio.

–Eres muchas cosas, Felicia, pero todos somos muy conscientes de que tonta no es una de ellas.

Antes de que se le ocurriera qué responder, Gideon dio media vuelta y se alejó. Felicia se quedó tan absorta mirando cómo se le ceñían los vaqueros al trasero que no le salieron las palabras, y entonces él desapareció y ella se quedó sola, con la boca abierta y una manada de arañas domésticas americanas dispuestas a abalanzarse sobre ella.

Gideon Boylan sabía lo peligrosos que eran los recuerdos súbitos e inesperados. Llegaban de repente y lo dejaban desorientado. Eran tan vívidos que despertaban todos sus sentidos, y cuando se desvanecían uno no tenía forma de saber qué era real y qué imaginario. Después de pasar dos años prisionero, había estado a punto de caer en la locura. Al menos habría sido una liberación.

Su rescate se había producido justo a tiempo, aunque fuera ya demasiado tarde para sus compañeros. Pero ni siquiera hallarse lejos de sus torturadores le había hecho sentirse libre de verdad. Los recuerdos eran tan dolorosos como lo había sido el cautiverio.

«Concéntrate», se dijo mientras ponía el CD y miraba la lista de temas para las tres horas siguientes. Había dejado atrás su pasado. Algunos días, hasta se lo creía. Ver a Felicia había sido como recibir una patada en la tripa, pero el recuerdo de una mujer hermosa con la que se había acostado siempre era bienvenido. Aun así, para recuperar la calma antes de irse a la emisora de radio, había tenido que correr ocho kilómetros y meditar casi una hora.

–Esta noche vamos a hacer las cosas a la antigua –dijo dirigiéndose al micro–. Como las hacemos siempre.

Más allá de la sala de controles, la emisora estaba a oscuras, como a él le gustaba. No le molestaba la oscuridad. En la oscuridad estaba a salvo. Nunca iban a por él en la oscuridad. Siempre encendían la luz primero.

–Son las once en punto en Fool's Gold y os habla Gideon. Esta noche voy a dedicar la primera canción a una mujer encantadora con la que me he encontrado hoy. Tú sabes a quién me refiero.

Apretó el botón y comenzó a sonar *Wild Thing*, de los Troggs.

Se sonrió. No sabía si Felicia estaba escuchando o no, pero le gustaba la idea de dedicarle una canción.

En la pared se encendió una luz roja. La miró, consciente de que alguien estaba llamando al timbre. Qué hora tan extraña para recibir visitas. Se acercó a la parte delantera de la emisora y abrió la puerta. Ford Hendrix estaba al otro lado, con una cerveza en cada mano. Gideon sonrió y le indicó a su amigo que entrara.

–He oído que estabas por aquí.

–Sí, volví hace dos días y ya me arrepiento de mi decisión.

Gideon tomó la cerveza que le ofrecía.

–¿Demos la bienvenida a casa al héroe conquistador?

–Algo así.

Gideon conocía a Ford desde hacía años. Aunque Ford era un SEAL, habían servido juntos en una fuerza conjunta y, más adelante, cuando Gideon se estaba pudriendo en una prisión de los talibanes, Ford había sido uno de los hombres que habían arriesgado su vida para rescatarlo.

–Ven, vamos atrás. Tengo que poner la siguiente canción.

Caminaron por el largo pasillo.

–No puedo creer que esto sea tuyo –comentó Ford cuando entraron en la sala de controles–. Es una emisora de radio.

–Sí. Eso explica que haya tanta música.

Ford se sentó frente a él. Gideon se puso los auriculares y pulsó un interruptor.

–Esta es la noche de las dedicatorias –dijo–. Aquí va otra: bienvenido a casa, Ford.

Comenzó a sonar *Born to be wild*.

–Eres un auténtico capullo –dijo Ford tranquilamente.

–Yo me considero bastante simpático.

Ford era más o menos del tamaño de Gideon. Fuerte y campechano en apariencia. Pero Gideon sabía que cualquiera que hubiera estado en los sitios donde habían estado ellos y hubiera hecho las cosas que habían hecho ellos acarreaba sus fantasmas.

—¿Qué te trae por aquí a estas horas de la noche? —preguntó.

Ford hizo una mueca.

—Me he despertado y me he encontrado a mi madre en mi habitación. Menos mal que me he dado cuenta de que era ella antes de reaccionar. Necesito salir de allí.

—Pues búscate un apartamento.

—Voy a ponerme a buscarlo a primera hora de la mañana, te lo aseguro. Mi madre me pidió que esperara y pensé que volver a casa no estaría tan mal. Ya sabes, conectar con la familia.

Gideon lo había intentado una vez. No había salido bien.

—Con mis hermanos no tengo problema —continuó Ford—. Pero mi madre y mis hermanas me agobian.

—Se alegran de que estés en casa. Has pasado fuera mucho tiempo.

Gideon no conocía todos los detalles, pero había oído contar que Ford se había ido de Fool's Gold a los veinte años y que apenas había vuelto en los últimos catorce años.

Ford dio un largo trago a su cerveza.

—Mi madre ya me está preguntando si he pensado en sentar la cabeza —se estremeció.

—¿No estás preparado para casarte y escuchar el tamborileo de unos piececitos en el suelo?

—No, aunque no me importaría echar un polvo —Ford lo miró—. Tienes problemas, por cierto.

—Siempre los tengo.

Su amigo se rio.

—Felicia le ha echado la bronca a Justice esta tarde. Le ha dicho que no tenía derecho a decirte que no te acercaras a ella. Cuando se enfada, es todo un espectáculo. Ella sí que sabe manejar bien las palabras.

—¿La conoces?

—No mucho. La primera vez que la vi fue en Tailandia.

Cuando Justice y él habían interrumpido su noche con Felicia. O, mejor dicho, a la mañana siguiente. Una forma cortés de decir que habían echado la puerta abajo y que Justice se había empeñado en llevarse a Felicia. Gideon había intentado ir tras ella, pero Ford se lo había impedido.

Gideon no había vuelto a verla hasta esa mañana, cuando se la había encontrado luchando con las arañas.

–¿Estaba enfadada con Justice? –preguntó.

Ford meneó la cabeza.

–No quiero meterme en esto. No estamos en el instituto, y no voy a pasarle notitas en clase ni a preguntarle si le gustas. Tendrás que hacerlo tú solito.

A Gideon le dieron tentaciones. Aquella noche había sido memorable. Felicia era al mismo tiempo empollona, decidida y sexy, una mezcla muy extraña y atrayente. Pero Gideon sabía que no era su tipo: no era el tipo de nadie. A simple vista parecía curado, pero él sabía lo que había debajo. No tenía madera de novio. Pero, naturalmente, si lo que Felicia buscaba era un ligue pasajero, estaría encantado de ofrecerse voluntario.

Ford se acabó su cerveza.

–¿Te importa si me acuesto en algún despacho vacío?

–Hay un futón en la sala de descanso.

–Gracias.

Gideon no se molestó en mencionarle que no era muy cómodo. Para un tipo como Ford, un futón desvencijado era tan cómodo como la cama de un hotel de cuatro estrellas. En su oficio, uno aprendía a conformarse.

Ford tiró la botella a la papelera azul de reciclaje. Luego se fue por el pasillo. Gideon puso un CD y buscó el tema que le interesaba.

Comenzó a sonar *You keep me hanging on*.

Felicia iba a toda prisa hacia Brew-haha. Llegaba tarde, cosa que no pasaba nunca. Le gustaba que su vida fuera tranquila y ordenada. Estructurada. Lo que significaba que siempre sabía dónde iba a estar y qué iba a hacer. Llegar tarde no entraba en sus planes.

Pero desde que había visto a Gideon el día anterior estaba como aturdida. Aquel hombre la desconcertaba. No, pensó mientras pasaba por el parque, era su propia reacción la que la desconcertaba.

Estaba acostumbrada a estar rodeada de hombres físicamente fuertes. Había trabajado con militares durante años. Pero Gideon era distinto. Lo cual solo podía ser resultado de su encuentro sexual, pensó. Una sola noche era una parte muy pequeña de la vida de una persona, porcentualmente hablando, y sin embargo podía tener un efecto muy duradero. Un trauma, del tipo que fuera, podía durar toda una vida. Pero el tiempo que había pasado con Gideon había sido maravilloso, no traumático. El recuerdo de aquella noche, junto con su encuentro del día anterior, daban vueltas en su cabeza como un torbellino. Y ella, a la que le gustaba que su cabeza estuviera tan ordenada como su vida, no estaba preparada para aquel estado de nerviosismo.

Esperó a que cambiara el semáforo para cruzar la calle. Mientras estaba allí, vio a una madre joven con dos niños pequeños. Tenían dos y cuatro años, quizá, y el pequeño todavía se tambaleaba ligeramente al correr por la hierba. Se paró, se dio la vuelta, miró a su madre y a su hermano y sonrió de oreja a oreja.

Felicia observó con avidez el puro gozo de aquel instante, la espontaneidad y la alegría del pequeño. Por eso había vuelto a Fool's Gold, se recordó. Para estar en un sitio normal. Para intentar ser como todos los demás. Tal vez incluso para enamorarse y tener familia. Para echar raíces en alguna parte.

A alguien como ella, una niña prodigio que se había criado en un campus universitario, lo normal le sonaba a gloria. Anhelaba lo que otras personas daban por descontado.

Cambió el semáforo y cruzó a toda prisa, consciente de

que llegaba tarde. La alcaldesa Marsha no le había dicho por qué quería verla y Felicia no se lo había preguntado. Imaginaba que la necesitaban para algún proyecto. Tal vez para crear un sistema municipal de inventario.

Cruzó la puerta abierta de la cafetería. Brew-haha había abierto hacía un par de meses. Los suelos de tarima relucían, y el sol entraba a raudales por las grandes ventanas. Había numerosas mesas, una rica selección de pasteles y deliciosa cafeína en todas sus formas.

Patience, la propietaria y amiga de Felicia, sonrió.

–Llegas tarde –dijo alegremente–. Es emocionante para mí saber que tienes defectos. Todavía hay esperanzas para el resto de la humanidad.

Felicia gruñó mientras su amiga señalaba una mesa hacia la parte de atrás. Efectivamente, la alcaldesa Marsha Tilson y Pia Moreno ya estaban allí.

–Te llevo un café con leche –añadió Patience, que ya estaba echando mano de una taza grande.

–Gracias.

Felicia avanzó entre las mesas. Marsha, la alcaldesa con más años en el cargo de toda California, era una mujer bien vestida de setenta y pocos años. Prefería los trajes chaqueta y, cuando estaba trabajando, llevaba el cabello blanco recogido en un moño clásico. Era competente y al mismo tiempo maternal, la combinación perfecta, pensó Felicia con nostalgia.

Pia, una morena esbelta, de pelo rizado y sonrisa rauda, se levantó de un salto al verla acercarse.

–Ya has llegado. Gracias por venir. Es verano y parece que hay un festival cada quince minutos. Me alegro de estar fuera del despacho, aunque sea para una reunión de trabajo.

Dio a Felicia un rápido abrazo. Ella también la abrazó, pese a su sorpresa. Solo había visto a Pia un par de veces y no creía que fueran tan íntimas. Aun así, el contacto físico era agradable y daba a entender que congeniaban.

Patience le llevó el café con leche y un plato de galletitas.

–Hoy tenemos degustación –dijo con una sonrisa–. De la pastelería. Son fabulosas –empujó el plato hacia el centro de la mesa con la mano izquierda. Su anillo de diamantes brilló.

La alcaldesa Marsha tocó su dedo anular.

–Qué engarce tan bonito –comentó–. Justice ha elegido muy bien el anillo.

Patience suspiró y miró su sortija de compromiso.

–Lo sé. No paro de mirarlo cuando debería estar trabajando. Pero no puedo remediarlo.

Regresó a la barra. Pia la miró alejarse.

–El amor juvenil –comentó con un suspiro.

–Tú todavía eres joven y estás muy enamorada –le recordó la alcaldesa.

–Todavía estoy enamorada –repuso Pia y se rio–. Pero la mayoría de los días no me siento tan joven. De todos modos estoy de acuerdo en lo del anillo. Es impresionante.

Marsha se volvió a Felicia y levantó las cejas.

–¿No te gustan mucho los diamantes?

–No les veo el atractivo –reconoció–. Brillan, pero son simples minerales presurizados.

–Rocas carísimas –bromeó Pia.

–Porque nosotros les asignamos ese valor. Tienen poco valor intrínseco, salvo por su dureza. En algunas aplicaciones industriales... –se detuvo, consciente de que no solo estaba hablando demasiado, sino de que se estaba metiendo en un tema que cualquier otra persona consideraría aburrido–. Los fósiles sí son interesantes –murmuró–. Su formación me parece mucho más atrayente.

Las otras dos mujeres se miraron y luego la miraron a ella. Tenían una expresión amable, pero Felicia reconoció las señales: estaban pensando que era un bicho raro. Y, por desgracia, tenían razón.

Momentos como aquel eran una de las razones principales por las que le preocupaba tener la familia que tanto deseaba. ¿Y si no podía tener hijos? Biológicamente no, claro. No había motivos para sospechar que fuera estéril. Pero ¿estaba capacitada emocionalmente? ¿Era capaz de aprender lo que ignoraba? Confiaba de manera implícita en su intelecto, pero estaba mucho menos segura de su instinto, y quizá también de su corazón.

De pequeña nunca había encajado en ningún sitio, y no quería transmitirles eso a sus hijos.

–El ámbar es resina de árbol, ¿verdad? –preguntó Pia–. ¿No se basa en eso esa película, la de los dinosaurios?

–*Parque jurásico* –dijo la alcaldesa.

–Exacto. A Raúl le encanta esa película. La ve con Peter. Pero no dejo que los gemelos se acerquen a la habitación. Se pasarían semanas sin dormir si vieran a un tiranosaurio comiéndose a un hombre.

Felicia se dispuso a hablarles de las incongruencias científicas de la película, pero al final apretó los labios y guardó silencio. La alcaldesa Marsha bebió un sorbo de su café.

–Felicia, seguro que te estás preguntando por qué queríamos verte.

Pia sacudió la cabeza.

–Sí, claro, la reunión –sonrió–. Estoy embarazada.

–Enhorabuena.

La respuesta que cabía esperar, pensó Felicia, sin saber muy bien por qué le había dicho aquello Pia. Claro que se habían abrazado, así que tal vez Pia pensaba que eran mejores amigas de lo que creía ella. A veces le costaba interpretar situaciones como aquella.

Pia se rio.

–Gracias. No sabía qué me pasaba. Pregúntale a la pobre Patience. Hace poco me dio un ataque de llanto delante de ella. Llevaba una temporada muy despistada, todo se me olvidaba. Y entonces me enteré de que estaba embarazada. Fue agradable saber que mi despiste tenía una causa física y no tener que preocuparme por si estaba perdiendo la cabeza –rodeó su taza de té con las manos–. Ya tengo tres hijos. Peter y los gemelos. Me encanta mi trabajo, pero, con un cuarto hijo en camino, no puedo mantenerme al corriente de todo lo que pasa. Estoy intentando hacerme a la idea de que ya no puedo ocuparme de los festivales.

Felicia asintió educadamente con la cabeza. Dudaba de que fueran a pedirle consejo sobre quién podía ocupar el puesto de Pia. Lo sabrían mejor que ella. Pero tal vez quisieran que las ayudara a buscar. Podía redactar una lista de requisitos y...

Marsha le sonrió por encima de su taza.

–Estábamos pensando en ti.

Felicia abrió la boca y volvió a cerrarla. Le faltaron las palabras, cosa que rara vez le sucedía.

–¿Para el puesto?

–Sí. Tienes una formación muy poco corriente. Has trabajado en el ejército y tienes mucha experiencia tratando con la burocracia. Aunque me gusta pensar que aquí hay menos papeleo que en la mayoría de los gobiernos municipales, la verdad es que aun así va todo muy despacio y hay un impreso para todo. La logística es tu especialidad, y los festivales son sobre todo logística. Contigo veremos las cosas desde una perspectiva nueva y distinta –se detuvo para mirar a Pia–. Aunque tú lo hayas hecho de maravilla.

Pia se rio.

–No te preocupes por herir mis sentimientos. Felicia puede hacerlo mejor que yo. Y así no me sentiré culpable.

–No entiendo –susurró Felicia–. ¿Queréis que me ocupe de los festivales?

–Sí –dijo la alcaldesa firmemente.

–Pero son muy importantes para el pueblo. Sé que hay otras industrias, pero imagino que el turismo es la fuente principal de ingresos. La universidad y el hospital serán los que den más puestos de trabajo, pero el verdadero dinero procede de los turistas.

–Tienes razón –dijo Pia–. Y no me hagas hablar sobre hasta qué punto, porque podría decirte casi con toda exactitud los ingresos per cápita procedentes del turismo.

Felicia pensó en decirles que a ella le encantaban las matemáticas, pero se dijo que no venía a cuento.

–Pero ¿por qué queréis confiarme a mí los festivales? –preguntó, consciente de que era la única pregunta importante.

–Porque tú te asegurarás de que salgan bien –le dijo la alcaldesa–. Porque defiendes aquello en lo que crees. Pero, sobre todo, porque te esforzarás tanto como nosotras.

–De eso no podéis estar seguras –repuso Felicia.

La alcaldesa sonrió.

–Claro que sí, querida.

Capítulo 2

Felicia conducía montaña arriba. Había salido del pueblo hacía un par de kilómetros y se hallaba en una carretera de dos carriles con anchos arcenes y suave pendiente. Tomaba las curvas despacio porque no quería encontrarse de frente con algún animal salvaje que hubiera salido a forrajear aquella cálida noche de verano. Allá arriba, el cielo era un amasijo de estrellas, y la luna solo se veía a medias entre el dosel de hojas.

Eran más de las dos de la madrugada. Se había acostado a su hora de siempre, pero no había podido pegar ojo. Había estado inquieta todo el día. Desde su reunión, en realidad. No lograba tomar una decisión acerca de lo que le habían propuesto la alcaldesa y Pia. Que ella dirigiera los festivales.

Cuando encaraba un problema difícil, solía reaccionar con una tormenta de soluciones. Solo que aquello no era exactamente un problema. Era una cuestión de personas, de tradiciones y de algo intangible que no lograba identificar. Estaba al mismo tiempo emocionada por aquella oportunidad y asustada. Nunca antes había rehuido las responsabilidades, pero aquello era distinto, y no sabía qué hacer.

De ahí que se hubiera puesto a conducir montaña arriba.

Tomó un pequeño camino asfaltado en el que una señal

avisaba de que era privado. Medio kilómetro después vio la casa entre los árboles. La casa de Gideon.

No sabía con quién más hablar. Había empezado a hacer amigos en el pueblo, mujeres que intentaban comprenderla y que valoraban el esfuerzo que hacía por trabar amistad con ellas. Mujeres simpáticas y encantadoras que estaban muy integradas en el pueblo. Y ese era el problema: el pueblo. Necesitaba una opinión externa.

Normalmente habría recurrido a Justice, pero hacía poco que se había prometido con Patience. Felicia no tenía muy claro lo que implicaba enamorarse, pero estaba segura de que guardar un secreto equivalía a quebrantar una regla fundamental. Lo que significaba que Justice se lo contaría a Patience. En resumidas cuentas, que necesitaba una opinión externa.

Aparcó en la ancha explanada circular y salió del coche. Había un porche largo y grandes ventanas que dejarían entrar mucha luz. Imaginaba que la luz y el cielo eran importantes para un hombre como Gideon.

Se acercó al porche y se sentó en los escalones a esperar. El turno de Gideon acababa a las dos, así que suponía que no tardaría en llegar. No le parecía de los que se paraban en un bar antes de volver a casa, aunque no sabía muy bien por qué tenía esa impresión.

La poca información que tenía sobre Gideon era, como mucho, esquemática. Su encuentro de hacia cuatro años había sido físico, sobre todo. Apenas habían hablado. Sabía que había estado en el ejército, que le habían asignado a operaciones secretas y que había estado en sitios adonde ningún hombre debería haber ido. Sabía que su equipo y él habían estado prisioneros casi dos años. Eso había sido antes de que se conocieran.

Nunca había descubierto los pormenores de su cautiverio, sobre todo porque era información clasificada a la que, dado su rango en el ejército, ella no tenía acceso. Técnicamente, podría haberse metido en el archivo, pero le preocupaba lo que podía encontrar. Sabía que Gideon había participado en misiones de esas que parecían tan emocionantes en las películas y que eran tan mortíferas en la vida real. La clase de misiones en las que, si el agente caía en manos enemigas, nadie iba en su auxilio. Debido a ello, Gideon había pasado veintidós meses en manos de los talibanes. Imaginaba que había sido torturado y maltratado hasta el punto de que la muerte le habría parecido la mejor solución. Después, lo habían rescatado. Sus compañeros, en cambio, no habían logrado salir con vida.

La luz de unos faros apareció entre los matorrales. Felicia vio detenerse la camioneta de Gideon detrás de su coche. Él apagó el motor, salió y caminó hacia ella.

Era alto, de anchos hombros. A la luz de las estrellas no se veía ningún detalle: solo su silueta. Un escalofrío recorrió a Felicia. Pero no era de temor, se dijo. Sino de expectación. Su cuerpo recordaba lo que había hecho Gideon, la mezcla de ternura y frenesí con que la había tocado. Su ansia había ahuyentado el nerviosismo de Felicia.

Aunque había estudiado el tema de las relaciones sexuales, conocerlo intelectualmente y experimentarlo en persona eran dos cosas muy distintas. Leer acerca del estado de excitación no era nada comparado con sentirlo en carne propia. Saber por qué la caricia de una lengua sobre un pezón podía producir sensaciones agradables no la había preparado para el húmedo ardor de la boca de Gideon sobre su pecho. Y conocer la progresión del orgasmo no se parecía ni de lejos a sentir aquella descarga estremecedora que se había apoderado de ella.

–No te esperaba –dijo él, deteniéndose al pie de los peldaños.

A la luz de las estrellas, Felicia no pudo ver su semblante. No supo si él también estaba recordando.

–Necesito hablar con alguien –reconoció–. Y se me ha ocurrido hablar contigo.

Levantó las cejas.

—Está bien. Es una novedad. ¿Hace cuatro años que no nos vemos y has pensado en mí?

—Técnicamente, nos vimos en el almacén.

Él esbozó una sonrisa.

—Sí, y para mí también fue un encuentro trascendental —su casi sonrisa se desvaneció—. ¿De qué quieres hablar?

—Es un asunto de trabajo, pero si no quieres que hablemos, puedo marcharme.

La observó unos segundos.

—Pasa. Después de trabajar estoy demasiado tenso para dormir. Normalmente hago taichí para relajarme, pero mantener una conversión también funciona.

Pasó a su lado. Felicia se levantó y lo siguió al interior de la casa.

Era una casa amplia y despejada, con mucha madera y techos altos. Gideon encendió la luz al cruzar un salón con una chimenea al fondo. Había ventanales que llegaban desde el suelo hasta el techo, y aunque Felicia no pudo distinguir lo que había más allá, debido a que ya era de noche, tuvo la impresión de que sería un vasto panorama.

—¿La casa está al borde de un barranco? —preguntó.

—En la ladera de un monte.

Él entró en la cocina. Había montones de armarios, una gran encimera de granito y electrodomésticos de acero inoxidable. Sacó dos cervezas de la nevera y le dio una.

—Creía que me estabas evitando —comentó.

—Sí, pero ya hemos hablado, así que he pensado que era absurdo seguir así.

—Ya.

Su mirada oscura era firme, pero insondable. Felicia ignoraba qué estaba pensando. Su voz era atrayente, pero más por una cuestión de fisiología que porque tuviera algún interés en ella. Tenía una de esas voces graves y retumbantes que suenan tan bien por la radio.

Apagó las luces de la cocina. La súbita oscuridad hizo pestañear a Felicia. Luego notó que él cruzaba la habitación y abría una puerta corredera de cristal. La luz de la luna alumbró su sombra cuando desapareció en la terraza trasera de la casa. Felicia lo siguió.

Había varias tumbonas y un par de mesitas. Más allá de la barandilla se extendía el bosque. Los árboles descendían en picado: Gideon no estaba de broma al decir que la casa estaba en la ladera de un monte.

Felicia se acomodó en una silla, cerca de la suya, con una mesa entre los dos. Apoyó la cabeza en los cojines y se quedó mirando el cielo estrellado. La media luna iluminaba el bosque silencioso y el monte quieto. El aire era fresco, pero no frío. Oyó a lo lejos el tenue ulular de un búho. De vez en cuando, un murmullo de hojas.

–Ya veo por qué te gusta esto –comentó, tomando su cerveza–. Es muy apacible. Estás cerca del pueblo, pero lo bastante lejos para no tener que soportar demasiadas visitas inesperadas –sonrió–. Excluyéndome a mí, claro.

–Me gusta esto, sí.

–¿Nieve en invierno?

–El año pasado, no. Apenas hubo nieve. Pero nevará –se encogió de hombros–. Estoy preparado.

Lo estaría, pensó ella, gracias a su entrenamiento militar. Había notado que Justice y ella a menudo encaraban de manera distinta un problema, pero siempre con el mismo objetivo. Y hablando de su amigo...

–No podía hablar de Justice sobre esto –dijo.

Gideon levantó una ceja.

–Muy bien.

–He pensado que querrías saber por qué. Porque él y yo somos familia –se volvió en la tumbona, girándose hacia él.

Gideon era de nuevo una silueta. Un hombre fuerte y poderoso, momentáneamente domesticado. Felicia miró sus manos. Era alta, pero al lado de Gideon se sentía delicada. Durante unas pocas horas, estando en su cama, no se había sentido espantosamente inteligente, ni horriblemente cuadriculada. Había sido una mujer como todas las demás.

—Bueno, ¿cuál es el problema?

Pensó por un momento que se refería a cómo estaba mirando sus manos, y a los recuerdos que despertaban.

—Es el pueblo.

—¿No te gusta vivir aquí?

—Me gusta mucho —respiró hondo—. La alcaldesa me ha pedido que me encargue de organizar los festivales. Pia Moreno lleva varios años haciéndolo, pero ya tiene tres hijos y está embarazada del cuarto. Es demasiado para ella.

Gideon se encogió de hombros.

—Eres perfecta para el trabajo.

—En apariencia. La logística será bastante fácil, pero esa no es la cuestión. Es la trascendencia.

—¿De los festivales?

Ella asintió con la cabeza.

—Son el latido del corazón de la ciudad. El tiempo se mide por los festivales. Cuando salgo con mis amigos, hablan a menudo de los festivales de otros años, o de los próximos. ¿Por qué la alcaldesa Marsha quiere confiármelos?

—Porque cree que vas a hacer un buen trabajo.

—Cumpliré con mi trabajo, claro. Pero no se trata solo de eso.

—Estás asustada.

Felicia respiró hondo.

—Yo no diría «asustada».

Él bebió un sorbo de cerveza.

—Puedes escoger una palabra más altisonante si quieres, pero estás asustada. No quieres defraudarles y te da miedo hacerlo.

—Y yo que me creía la persona más directa del mundo —masculló ella.

Gideon se recostó en su silla y cerró los ojos. Era preferible a mirar a Felicia, sobre todo a la luz de la luna. Con sus grandes ojos verdes y su pelo rojo, era una belleza clá-

sica. ¿Cómo se describiría ella? Etérea, quizá. Gideon sonrió.
 —Esto no tiene gracia —le dijo ella.
 —Para mí sí —pero no por lo que ella pensaba. Su situación era más irónica.
 Había construido su casa y diseñado su vida para poder elegir si se relacionaba con los demás y cuándo. La noche anterior, Ford se había presentado por sorpresa en la emisora. Y esta noche era Felicia. La diferencia era que con su amigo se sentía a gusto. Con la mujer sentada a escasos centímetros de él, no tanto.
 No era que se sintiera incómodo, sino más bien que estaba absolutamente pendiente de ella. Del suave sonido de su respiración. De cómo le caía el cabello sobre los hombros. De cómo lo miraba de cuando en cuando como si estuviera recordando su único encuentro.
 Se agitó el deseo. Llevaba tanto tiempo dormido que el hecho físico de que se le agolpara la sangre en la entrepierna le resultó doloroso. Tener pensamientos puros no ayudaba, sobre todo porque no tenía ningún pensamiento puro relacionado con Felicia. Y ahora tenía una erección y no sabía dónde meterla, por así decirlo.
 Miró a Felicia y se preguntó qué diría ella si le decía que la deseaba. Cualquier otra mujer se azoraría, o se avergonzaría. Algunas empezarían a quitarse la ropa como forma de decirle que sí. Pero ¿qué haría Felicia?
 Dedujo que había una posibilidad del cincuenta por ciento de que se pusiera a hablar del proceso biológico de la erección en términos tan científicos que la sangre se retiraría en defensa propia, resolviendo de ese modo el problema. Pero, por otro lado, tal vez hiciera lo que había hecho cuando se habían conocido en Tailandia: mirarlo directamente a los ojos y preguntarle si quería acostarse con ella.
 —Eras la mujer más guapa de aquel bar —le dijo—. Me sorprendió que te acercaras a hablar conmigo.
 —Me pareciste simpático.

–Hacía mucho tiempo que nadie me decía eso.
Ella sonrió.
–En aquel momento yo todavía estaba en el ejército y trabajaba con chicos de las Fuerzas Especiales. Me sentía a gusto rodeada de hombres peligrosos. Pero no puedo explicar por qué te elegí a ti. Me pareciste atractivo, claro. Supongo que también fue una reacción química. A tus feromonas, quizá. La atracción no es una ciencia exacta.
Agachó la cabeza y volvió a mirarlo.
–Fue mi primera vez.
–¿La primera vez que intentabas ligar con un tío? Pues lo hiciste muy bien. Enseguida me interesaste.
–Llevaba un vestido de verano muy escotado. La mayoría de los hombres se sienten atraídos por los pechos. Además, había estado corriendo unos minutos antes de entrar en el bar. El olor del sudor femenino también es muy atractivo para los hombres, sexualmente hablando.
–Me siento utilizado.
Ella se rio.
–No, qué va.
–Tienes razón –había sido una gran noche–. Quería verte otra vez, pero no pude encontrarte.
Ella arrugó la nariz.
–Volvieron a enviarme a Estados Unidos. Estoy seguro de que Justice tuvo algo que ver con eso –hizo una pausa–. No me refería a que nunca hubiera intentado ligar con un hombre en un bar, Gideon. Me refería a que fue mi primera vez. Era virgen.
Gideon se quedó mirándola con la cerveza a medio camino de la boca. La dejó en la mesa. Recuerdos de aquella noche brillaron como fogonazos en su cabeza: Felicia explorando su cuerpo como si no pudiera saciarse, sus gritos ansiosos de «más» y «más fuerte»... Parecía tener tan claro lo que quería que había dado por sentado que... Nadie habría adivinado que...
–Mierda.

—No te enfades —le dijo ella—. Por favor. Esa noche no te dije nada porque temía que me rechazaras. O que dificultara las cosas. Que tuvieras demasiado cuidado o que dudaras.

—¿Cuántos años tenías? —preguntó él.

—Veinticuatro —suspiró—. Ese era en parte el problema. Nadie quería acostarse conmigo. Estaba cansada de no saber. De ser distinta. No digo que sea malo ser virgen. Supongo que en un mundo perfecto habría esperado a enamorarme. Pero ¿cómo iba a pasar eso? —se incorporó y lo miró de frente—. Crecí en un campus universitario. Utilizaban palabras muy cultas para describir mi situación, pero en el fondo no era más que un experimento de laboratorio. Ingresé en el ejército y enseguida me trasladaron a logística de las Fuerzas Especiales. Tíos por todas partes, ¿comprendes? Pero yo era tan torpe relacionándome con los demás que creo que les asustaba. O me veían como a una hermana, igual que Justice. Seguía esperando conocer a alguien. Para ese primer beso, esa primera vez. Pero ese día no llegaba —retorció los dedos—. Fui tres noches al bar antes de verte a ti. En cuanto te vi, decidí que serías tú.

Gideon no sabía qué debía hacer con aquella información.

—¿Estás enfadado? —preguntó Felicia.

—Estoy confuso. Me engañaste por completo. Parecías saber perfectamente lo que hacías.

Ella sonrió.

—Se me da muy bien investigar.

—Aun así, debería haberlo notado.

—Tenías una mujer increíblemente bella en tu cama. Estabas distraído —contestó, riendo como si fuera una broma, y sin embargo era completamente cierto.

—Hacía bastante tiempo que no me acostaba con nadie —reconoció Gideon—. Fuiste la primera, después de mi cautiverio.

Su risa se disipó.

—No lo sabía.

—No hablamos mucho. En cuanto me di cuenta de lo que querías, no pude decirte que no. Me había pasado dos años en aquel agujero en el suelo, y luego otro año y medio en Bali.

—En Bali hay mujeres muy hermosas.

—Puede que sí, pero mi maestro insistía en que la abstinencia era el camino hacia la curación.

—¿De ahí el viaje a Tailandia?

—Fue en parte la razón de que quisiera tomarme un respiro, sí —consiguió beber un sorbo de cerveza—. No esperaba encontrarte.

—No me encontraste. Te encontré yo a ti.

—Las cosas no acabaron como yo hubiera querido —repuso él.

—Para mí tampoco.

Estaban tumbados en la cama cuando dos tíos habían echado literalmente la puerta abajo. Gideon no conocía a Justice en aquel momento, pero enseguida había reconocido a Ford. Su compañero se había encogido de hombros a modo de disculpa, pero no se había quedado a hablar.

—Debí reaccionar más deprisa —dijo.

—Fue una suerte que no lo hicieras. Si no, te habrías peleado con Justice y alguien habría salido herido.

A Gideon le gustaba pensar que habría sido Justice quien saliera malparado, pero tal vez se hubiera llevado él la peor parte. En aquel momento llevaba varios años fuera de juego. Estaba en buena forma, pero no tanto como Justice. Dudaba de que Ford hubiera tomado partido, pero seguramente habría impedido que se mataran. Un triste consuelo, se dijo.

—Ahora estamos aquí —dijo.

—Pero no es ninguna coincidencia. Justice y tú conocéis a Ford. Justice lo conoció cuando era un adolescente y vivió aquí una temporada.

Gideon había oído aquella historia. Justice, que formaba parte del programa de protección de testigos, había sido trasladado a Fool's Gold. Un lugar perfecto para esconderse, pensó Gideon. A nadie se le ocurriría buscarlo en un pueblo idílico.

Justice había regresado muchos años después y se había enamorado de Patience, una chica que le había gustado ya en el instituto. Era una historia de lo más cursi. Y, sin embargo, a Gideon le parecía envidiable. Justice había encontrado la paz, algo que a él se le escaparía siempre. A primera vista parecía como todo el mundo, pero Gideon sabía lo que llevaba dentro. Sabía que no podía arriesgarse a querer a nadie. El amor debilitaba a los hombres y, al final, acababa con ellos. No podía permitirse correr ese riesgo.

Felicia se puso el pelo detrás de las orejas.

–Ford te habló de Fool's Gold y viniste a echarle un vistazo.

Así era, en efecto, y lo que vio le había gustado. Aquel pueblo turístico era lo bastante grande para encontrar lo que necesitaba y lo bastante pequeño para poder vivir en él sin integrarse del todo. Podía formar parte de él y al mismo tiempo mantenerse al margen.

–¿Vas a aceptar el trabajo? –preguntó.

–Quiero aceptarlo –había una nota de anhelo en su voz.

–Deberías hacerlo. Lo harás muy bien. Es sobre todo logística, y en eso destacas.

–¿Cómo lo sabes?

Gideon se encogió de hombros.

–Le pregunté por ti a Ford. Fue lo único que me dijo.

–Ah. Es lógico –se enroscó un mechón de pelo en el dedo–. No me preocupa la parte operativa del trabajo, sino todo lo demás. No se me dan bien las emociones. Soy demasiado introvertida –bajó la cabeza–. Ojalá me pareciera más a ti. Más impulsiva. Tú no das la sensación de tener que pensártelo todo detenidamente. Eso es genial.

En ese momento no se estaba permitiendo ser impulsivo, pensó con acritud. Si lo hubiera hecho, ya la habría desnudado y estaría haciéndola gemir. Habría recorrido cada centímetro de su cuerpo y a continuación habría posado la boca entre sus piernas.

Se le agitó la sangre al pensarlo. Quería oír cómo contenía la respiración al acercarse al orgasmo. Quería sentirla tensarse antes de romperse, la mente convertida en una nebulosa de placer.

—¿Gideon?

Se obligó a volver al presente.

—Podría enseñarte algunas técnicas de respiración que te ayudarían.

Ella se rio.

Su risa dulce y alegre llenó el silencio de la noche. Era la clase de sonido que podía salvar a un hombre, pensó Gideon. O hacerle caer de rodillas.

Creció el deseo y, con él, la certeza de que no podía arriesgarse.

—Es tarde —le dijo.

—Soy consciente de la hora. El movimiento de las estrellas y la luna es una clara... —su sonrisa se borró—. Ah, me estás pidiendo que me vaya.

—Tienes un largo camino de vuelta.

Felicia se levantó.

—Cinco kilómetros y medio, pero eso no viene al caso. Lo siento, no quería tenerte despierto hasta tan tarde. Gracias por escucharme. Me ha ayudado.

Gideon se sintió como si hubiera dado una patada a un gatito.

—Felicia, no le des demasiada importancia a esto —se levantó—. Mira, como tú misma has dicho, es complicado.

Lo miró a los ojos.

—Eso es lo que dice la gente cuando no quiere decir la verdad.

¿La verdad? Había vuelto la tensión y, con ella, la excitación. Estaba inquieto, quería moverse, pero conocía el valor de la inmovilidad.

Felicia le puso la mano en el hombro y acercó los dedos a su bíceps.

–Eres muy fuerte. Más musculoso que Justice. Él es más delgado, y tiene que entrenar más para ponerse cachas. Tu fisiología te permite muscularte más deprisa. Es... interesante.

También era interesante el calor de su piel, pensó Gideon mientras veía cómo sus ojos verdes se oscurecían ligeramente, cómo se afilaban sus rasgos y se intensificaba su mirada. El aire pareció cargarse de electricidad mientras la energía fluía entre ellos. No sabía qué estaba pensando ella exactamente, pero empezaba a hacerse una idea.

–No me mires así –ordenó.

Ella esbozó una sonrisa.

–Estoy intentando coquetear. Perdona. Es más difícil de lo que parece. Supongo que el secreto está en los matices –se inclinó hacia él–. Nuestro encuentro anterior fue muy satisfactorio. He estado con otros dos hombres después, y no ha sido igual. Supongo que es una de esas cosas intangibles que no pueden medirse. Contigo me sentí más cómoda. Nos reímos y hablamos, además de hacer el amor. Recuerdo que pedimos champán y que tú...

Gideon sabía muy bien lo que había hecho con el champán. Se acordaba de todo lo sucedido aquella noche.

Incapaz de refrenarse, puso las manos en su cintura y la atrajo hacia sí. Felicia se dejó llevar y levantó la cabeza ligeramente, de modo que apenas tuvo que inclinarse para besarla.

«Sí», pensó Felicia cuando la boca de Gideon oprimió la suya. Cerró los párpados y se dejó llevar por aquella sensación.

El beso fue más tierno de lo que recordaba. Como si Gideon estuviera volviendo sobre sus pasos. Sintió el calor que irradiaba de aquel punto central por debajo de su vientre y se extravió imaginando el fuego que danzaba sobre su piel. Puso las manos sobre sus hombros y se inclinó hacia él. Gideon subió las manos por su espalda y las deslizó arriba y abajo. Ella deseó estirarse y ronronear mientras su cerebro catalogaba las diversas sensaciones que le producían su beso, sus dedos, el calor de su contacto. Le rodeó el cuello con los brazos y abrió los labios. Gideon se puso rígido y se apartó un poco.

Aunque no era muy perspicaz en aquellos asuntos, Felicia comprendió que aún estaba indeciso. El beso había sido espontáneo, no planeado, y todavía podía decir que no. Ella ignoraba por qué podía negarse, pero sabía que aún podía hacerlo.

Abrió los ojos para mirarlo. Él tenía la mandíbula tensa y la mirada llena de indecisión.

–No sabes lo que me estás pidiendo –dijo casi gruñendo.

Ella sonrió.

–Lo sé perfectamente.

Cuatro años antes había puesto sus miras en Gideon, pensó. Lo había escogido entre todos los hombres del bar, aquella noche. Como le había dicho, tenía algo especial. Su fuerza, naturalmente. Casi todas las mujeres se sentían atraídas por los hombres fuertes. Era un hecho puramente biológico. Pero había algo más. Una esquiva sensación de plenitud, aunque, si investigaba un poco, seguramente descubriría a qué obedecía.

Ahora, la necesidad de estar con él era igual de fuerte, y por razones parecidas, pensó Felicia. Se sentía inquieta. Confusa. Su vida había sufrido muchos cambios, y la oferta de trabajo suponía, en cierto modo, un punto de inflexión. Necesitaba sentirse anclada y a salvo. Qué extraño que buscara aquello en brazos de Gideon...

Ella carecía de instinto visceral, otro peligro de ser tan cerebral. Pero quería confiar en sus corazonadas cuando tenía una, y en ese momento las tripas le decían que quería acostarse con aquel hombre.

—Quiero esto –murmuró.

Se quedó mirándolo: sus anchos hombros, el leve temblor de sus manos. Bajó la mirada y vio la erección que tensaba sus vaqueros.

Sintió satisfacción, y también expectación. No había tiempo de poner a funcionar sus glándulas sudoríparas para darle el último empujoncito, por así decirlo. Tendría que ser más directa.

Se quitó rápidamente la camiseta y la dejó sobre la tumbona, a su lado. Luego se desabrochó el sujetador y también lo dejó caer.

Gideon apretó los dientes, pero no se movió. Felicia tomó sus manos y las posó sobre sus pechos.

Quizá por instinto o quizá porque no pudo resistirse, él tomó sus pechos y comenzó a acariciar los pezones con sus pulgares. Felicia no había notado que se endurecieran, pero al bajar la mirada vio que tenía las puntas fruncidas.

Él movió de nuevo los pulgares y la suave presión hizo que la recorriera una oleada de placer. La piel de Gideon parecía más morena en contraste con su palidez. Sus manos eran grandes. Siguió moviéndolas hasta que ella sintió que sus párpados comenzaban a cerrarse. Respiró hondo.

—Estoy disfrutando de todo lo que me haces y...

—Cállate.

Abrió los ojos de golpe y lo vio sonreír.

—¿Demasiada conversación?

—Sí. En estos momentos es mejor callarse.

El alivio la hizo sentirse tan débil como las caricias de sus manos.

—Entonces, ¿vamos a acostarnos?

Él respondió apretándola contra sí y metiéndole la lengua en la boca. Felicia salió al encuentro de cada una de sus caricias. Ansiaba cada sensación, necesitaba intimar con aquel hombre. Sentirse vulnerable.

En cuanto se le ocurrió aquella idea, sintió que empezaba a analizar su significado. Hizo lo posible por desconectar su cerebro analítico y por concentrarse en el tacto suave de su camiseta, en sus anchos hombros.

Él ahondó el beso y luego se separó y retrocedió. En cuestión de segundos se quitó la camiseta y la arrojó al suelo. Siguieron las botas y los calcetines. Cuando echó mano del cinturón, ella se desabrochó el pantalón y se lo bajó junto con las braguitas.

Antes de que pudiera admirar la desnudez de Gideon, él pasó a su lado y se acercó a una de las tumbonas. Levantó una barra que había en la parte de atrás y la soltó. La silla quedó en posición horizontal.

—Qué ingenioso —comentó ella, y se descubrió siendo llevada casi en volandas a la tumbona. Se sentó en su extremo y Gideon se puso de rodillas.

Metió las manos entre su pelo y la besó. Acarició sus labios con la lengua antes de hundirla dentro de su boca. Felicia también lo besó al tiempo que deslizaba los dedos por su espalda y sus brazos.

Él posó las manos en sus pechos. Mientras comenzaba a besarla en el cuello, la hizo tumbarse. Ella obedeció, se tumbó en el cojín, con las rodillas flexionadas y los pies en el suelo de madera de la terraza. Mientras los dedos de Gideon acariciaban sus pezones, su boca fue moviéndose más y más abajo. Su destino final era obvio.

Le había hecho aquello antes, recordó ella. Los otros dos hombres no, pero Gideon le había proporcionado su primer orgasmo con la lengua. Se estremeció un poco cuando besó su vientre, deteniéndose para circundar su ombligo.

Movió los brazos para poder abrirse para él con los dedos. También eso se lo había enseñado él, pensó mientras su respiración se agitaba.

Se tensó por dentro cuando él fue acercándose. Estaba tan hinchada... Su clítoris estaba completamente repleto de sangre y extremadamente sensible.

Él movió las manos para poner las palmas sobre sus pechos. Los masajeó, distrayéndola un segundo. Felicia notó el calor de su respiración y luego la punta de la lengua en su sexo. Una sola vez. Gimió, dando un respingo involuntario. Él se rio y volvió a hacerlo.

Esta vez, ella estaba preparada y sintió que se hundía en aquella sensación. Gideon exploró por completo su sexo, recorriéndolo con la lengua antes de regresar al clítoris. Una vez allí, comenzó a lamerlo con pasadas rítmicas, adelante, atrás y en derredor, mientras seguía masajeando sus pechos.

Sus movimientos predecibles permitieron a Felicia concentrarse en lo que estaba sintiendo, en lugar de pensar en lo que sucedería a continuación. Mientras sus músculos se tensaban y sus terminaciones nerviosas se erizaban, sintió que su cerebro comenzaba a apagarse. Solo había placer y sensación. Ella, que vivía en un mundo de pensamientos e ideas, había quedado reducida a pura sensación. Era delicioso.

Adelante, atrás y en derredor, con cada pasada de la lengua de Gideon, su cuerpo se acercaba a la descarga final. Tensó las caderas. Quería más. Era consciente de que cada vez jadeaba más aprisa. De que gemía suavemente.

Gideon movió una mano, deslizándola por su cuerpo, y luego le introdujo un dedo y lo curvó hacia arriba. Los científicos debatían acerca de la existencia del punto G, pensó ella vagamente mientras intentaba separar las piernas un poco más y presionar hacia abajo. En ese momento, estaba convencida de que existía, y cuando él comenzó a frotar...

El orgasmo la pilló desprevenida. Estaba tensa y preparada, y al instante siguiente estaba volando. Se dejó llevar por las oleadas de placer, gimiendo, jadeando y suplicando, gritando incluso. No estaba segura. Tembló y se estremeció. Él le introdujo otro dedo y ella empujó hacia abajo, deseosa de que la llenara.

Su lengua permaneció quieta, permitiendo que el orgasmo se prolongara hasta que no quedó nada de él. Se sentía como si no tuviera huesos, pensó, apenas capaz de abrir los ojos.

Él se irguió.

Felicia se incorporó a medias sobre los codos y miró su erección. Sonrió cuando la agarró, guiándola hacia su interior. Era tan grande que sintió cómo se tensaba su sexo al penetrarla. Rodeó sus caderas con las piernas. Gideon agarró sus manos. Sus dedos se entrelazaron. Ella intentó mantener los ojos abiertos, mirarlo mientras la penetraba más y más aprisa, pero no pudo mantener la concentración. Volvió a acercarse al abismo, cada vez más tensa, hasta que se corrieron juntos.

Capítulo 3

Felicia llegó a su reunión de esa mañana justo a tiempo. Al aparcar junto al almacén que era la nueva oficina de CDS, descubrió que no podía parar de sonreír.

Había pasado la noche con Gideon. Habían dormido en su gran cama, hechos una maraña de brazos y piernas, y se habían despertado antes del amanecer para hacer el amor otra vez. Ella se había marchado a eso de las cinco y había vuelto a su casa para ducharse y arreglarse.

Aunque era simple biología, lo que había hecho le parecía tan emocionante... Y eso le gustaba. Normalmente, ella era la aburrida. La amiga predecible que siempre estaba disponible y rara vez tenía planes. No se acostaba con hombres a los que hacía años que no veía, y menos aún al aire libre, en plena noche.

Tenía una oferta de trabajo y seguía notando los efectos del baño de hormonas que acompañaba a una experiencia sexual satisfactoria. En ese momento, la vida le parecía muy, muy hermosa. Sonriendo todavía como una tonta, recogió su mochila y entró en el edificio.

La nave, antes diáfana, estaba ahora dividida en despachos, aulas, vestuarios y un amplio taller. Lo que más estaba tardando eran las obras de fontanería. Además de los váteres y los lavabos de costumbre, había también duchas, taquillas y vestidores. Separados por sexo. Angel había sugerido absurdamente que hicieran más pequeño el vestuario de las chicas, pero Felicia había puesto mala cara. Justice y Ford no se habían molestado en salir en su defensa. Seguramente porque sabían que no les convenía.

Justice ya estaba allí. Su presencia parecía llenar la habitación. Estaba sentado delante de una mesa destartalada que había comprado en un mercadillo de garaje, un par de semanas antes. Su «verdadero» mobiliario de oficina ya estaba encargado.

–Hola –dijo cuando entró Felicia, sin molestarse en levantar la mirada del ordenador portátil–. ¿Rellenaste los impresos para la galería de tiro?

–Sí –su tono dio a entender que «naturalmente» los había rellanado–. Los llevé directamente al ayuntamiento, yo misma. Estarán tramitados para el día quince.

CDS iba a ser una escuela de guardaespaldas. Ofrecería entrenamiento avanzado a quienes ya formaran parte de la profesión, así como cursos de reciclaje. Ford se encargaría de tratar con las empresas, y Angel se ocuparía del entrenamiento. Justice, por su parte, dirigiría la escuela.

Además, CDS daría clases para el municipio. De defensa propia, sobre todo, así como de manejo de armas y de lucha cuerpo a cuerpo.

A Felicia le habían ofrecido el puesto que quisiera dentro de la empresa, pero sabía que necesitaba algo distinto. Quería ser lo más normal que pudiera. Quería integrarse en el pueblo, enamorarse, casarse y tener hijos. Una aspiración corriente, pensó, pero que en su caso parecía muy difícil de conseguir. El trabajo que le había propuesto la alcaldesa Marsha era un gran paso en esa dirección. Si tuviera valor para aceptarlo...

Sacó su portátil de la mochila y se acercó a la mesa. Acercó otra silla y se sentó frente a Justice. Después de encender el ordenador, se conectó a Internet y comenzó a teclear.

–El equipo que encargaron Ford y Angel para la pista de obstáculos estará aquí a finales de esta semana. La grúa vendrá el lunes próximo a ayudarnos con la instalación del puente colgante.

Justice la miró con un brillo de emoción en los ojos.

—Estoy deseando probarlo.

—Es un puente alto, ¿qué tiene de especial?

Él sonrió.

Felicia sabía que en realidad estaba deseando llevar a alguno de sus amigos al puente e intentar arrojarlo de él. Los tres socios de la empresa parecían muy duros, pero en el fondo seguían siendo niños a los que les gustaba gastar bromas pesadas.

Pero por lo menos controlaban, pensó Felicia. Todos eran muy conscientes de que estaban entrenados para ser armas mortíferas. Habría sido muy fácil que la situación se les fuera de las manos, y los tres se aseguraban de que eso no sucediera nunca.

Se abrió la puerta principal y entraron Angel y Ford. Vestían vaqueros y camiseta, y deberían haber parecido dos tipos normales. Pero no. Felicia, que había pasado años en el ejército, se había convertido en una experta en distinguir a los hombres de las fuerzas especiales, y aquellos dos tenían todas las características.

Caminaban con aplomo. Cualquiera que los viera sabría que sabían manejarse en cualquier situación. Ford era cinco centímetros más alto y pesaba unos diez kilos más. Tenía el pelo y los ojos oscuros, y la risa fácil. En apariencia, era el más bromista del grupo. Pero Felicia sabía que solo era una fachada. Emocionalmente, era tan distante como cualquiera que se hubiera pasado su carrera profesional viendo la vida a través de la mira telescópica de un rifle.

Angel era el que había dejado antes el ejército, pero se había convertido en un guardaespaldas privado tan peligroso como cualquier miembro de las fuerzas de operaciones especiales. Tenía unos ojos grises claros que habían visto demasiadas cosas y una extraña cicatriz que le cruzaba el cuello, como si alguien hubiera intentado degollarlo.

Felicia había hecho intento de preguntarle por ella una vez, pero él había puesto mala cara. Sabía que había estado casado y que su esposa y su hijo habían muerto en un accidente de coche. Qué triste tenerlo todo y después perderlo, se dijo.

Justice, Ford y Angel serían los socios de la empresa. Habría varios empleados fijos, incluida su amiga Consuelo, que llegaría dentro de poco. Felicia sabía que el equipo dudaba de que pudieran encajar en un pueblo pequeño, y que les preocupaba no poder integrarse. Ella solo llevaba un par de meses en Fool's Gold, pero estaba segura de que el pueblo acabaría por conquistarlos. Justice ya había cambiado. Solo era cuestión de tiempo que los otros se descubrieran de pronto comportándose de un modo que antes habrían considerado imposible.

Había pocos datos científicos que respaldaran su hipótesis, pero aun así estaba convencida de que era correcta.

–¿Mi gimnasio está listo? –preguntó Angel–. Estoy yendo al del pueblo y hay demasiada gente.

Felicia sonrió.

–Quieres decir mujeres, ¿verdad?

Angel se volvió hacia ella.

–Mira, cara de muñeca, tú no sabes lo que es eso.

–Es por Eddie –comentó Ford con una sonrisilla–. Ayer se acercó a él y le preguntó por su cicatriz. Y luego quiso tocarle los bíceps.

Angel puso una expresión penosa.

–Esa mujer tiene, no sé, ¿cien años? ¿Qué rayos hace en un gimnasio?

–Mirar a chicos guapos como tú, sobre todo –respondió Felicia alegremente–. Por lo que he oído, su amiga Gladis y ella lo hacen constantemente. Pero no creo que tenga muchos más de setenta años. Por si te interesa, ya sabes.

Angel la miró con enfado. Justice y Ford se rieron. Felicia sonrió, contenta de haber hecho una broma.

–El equipamiento del gimnasio llega la semana que viene –dijo en son de paz–. Estará instalado y listo para usarse antes del fin de semana.

Ford acercó una silla y se sentó junto a la mesa.

–¿No dijimos que íbamos a dejar que la gente del pueblo entrenara aquí si quería? ¿Creéis que deberíamos enviarle una invitación a la nueva amiga de Angel?

Los ojos grises de Angel se volvieron glaciales.

–¿De verdad quieres tocarme las narices? –preguntó.

–Desde luego que sí, viejo.

Felicia miró a Justice, que meneó la cabeza. Angel y Ford siempre estaban así. Intercambiaban pullas e insultos, hacían ridículas competiciones y, en general, se metían el uno con el otro.

Dado que Angel tenía cuarenta o cuarenta y un años, lo de «viejo» no era más que otra de sus pullas.

–¿Podemos seguir con la reunión? –preguntó Justice–. Si es que podéis dejar de jugar unos minutos, claro. Felicia, ponnos al día.

Pasaron las dos horas siguientes hablando del negocio. Cuando acabó la reunión, Ford y Angel fueron a pelearse, o a echar una carrera o a hacer algo que exigiera que uno ganara y el otro perdiera. Felicia apagó su ordenador y miró a Justice.

–He visto a Gideon.

Él se quedó mirándola.

–Vale.

Felicia pensó en decirle que se habían acostado, pero no creía que su amigo quisiera entrar en detalles.

–Puede que sigamos viéndonos –con suerte, con y sin ropa, pensó. Quería conocerlo mejor. Tal vez aquel no fuera el curso normal que solían seguir las relaciones de pareja, pero a ella nunca le habían servido las tradiciones–. Sé que quieres protegerme –añadió–, pero no puedes. Es importante que aprenda a mi modo. Que me equivoque y que sufra las consecuencias.

—Siempre y cuando reconozcas que lo de Gideon es un error.

Ella suspiró.

—Tú sabes lo que quiero decir.

—Sí. Mira, reconozco que no me gusta mucho ese tipo.

—No lo conoces.

—Sé lo que te hizo.

Ella puso los ojos en blanco.

—Ligué con él en un bar. Prácticamente le supliqué que se acostara conmigo, y él accedió. No hizo nada malo.

Justice hizo una mueca.

—¿Te importa que no hablemos de eso?

—¿Por qué no? Es por eso por lo que estás enfadado. Justice, tenía veinticuatro años. Era de esperar que a esa edad hubiera tenido relaciones sexuales. No era una irresponsable. No tenías derecho a meterte así en este asunto, ni lo tienes ahora. Te quiero. Eres mi familia. Pero tengo veintiocho años y no puedes decirme lo que tengo que hacer con mi vida personal.

Justice abrió la boca y volvió a cerrarla.

—Está bien.

Felicia aguardó.

—Lo digo en serio —gruñó él—. No voy a decir nada sobre Gideon. Puedes salir con él si quieres.

Ella prefirió no hacerle notar que acababa de decirle que no quería que le diera su opinión, ni que se metiera en aquel asunto.

—Gracias.

—Pero esta vez espera para acostarte con él, ¿de acuerdo? Primero intenta conocerlo un poco.

Ella procuró no sonreír.

—Seguramente tienes razón.

—La tengo.

Como muchas cosas en Fool's Gold, el bar de Jo desafiaba cualquier expectativa. Su clientela estaba formada en su mayor parte por mujeres, en vez de por hombres amantes del deporte. La iluminación era favorecedora, la decoración femenina y las grandes pantallas de televisión emitían programas de televenta y *reality shows*. Los hombres eran bien recibidos siempre y cuando se retiraran a la sala de atrás, donde había una mesa de billar y un montón de televisores emitiendo deportes.

A Felicia le gustaba el bar. Cuando iba allí era para reunirse con sus amigas. Porque en los pocos meses que llevaba en el pueblo, había hecho amigas. Mujeres a las que no parecía importarles que fuera torpe en las relaciones sociales y que a menudo metiera la pata.

Se sentó a la mesa con Isabel, Patience y Noelle. Ya habían pedido y estaban tomando refrescos o té con hielo.

–Estoy pensando en el Día del Trabajo –comentó Noelle mientras removía su refresco *light* con una pajita. Se rio–. Unas fiestas de Navidad tradicionales.

Pensaba abrir una tienda nueva en el pueblo, El desván de la Navidad, dedicada a las fiestas navideñas. Al igual que Felicia, Noelle era nueva en Fool's Gold. Era alta, esbelta y rubia, simpática y divertida, pero había algo extraño en sus ojos. Felicia tenía la sensación de que ocultaba algún secreto, pero no sabía cuál podía ser.

Isabel, también rubia, pero un poco más rellenita, había crecido en aquella zona. Había vuelto al pueblo unos meses atrás para ayudar a su familia en Luna de papel, una tienda de trajes de novia. Era irreverente y siempre se estaba riendo de sí misma. Era la que bromeaba primero y la que reía más tiempo. Felicia admiraba íntimamente su sentido del estilo y su gracia natural.

Patience era la que más nerviosa la había puesto al principio. Morena y guapa, era madre soltera de una niña de diez años y estaba prometida con Justice. Al llegar ella, Patience había pensado que entre Justice y ella había algo más que amistad, pero pronto se había hecho evidente que su relación era más bien la de dos hermanos. Desde entonces, Patience había acogido a Felicia en su mundo y la había hecho sentirse bienvenida.

–Habrá montones de turistas –comentó Isabel–. En las fiestas importantes esto se llena, y el Día del Trabajo es cuando la gente quiere sentir ese último subidón del verano. Por eso se llama el Festival del Fin del Verano. Creo que tendrás un montón de gente en la tienda.

Noelle suspiró.

–Espero que tengas razón. Puede que sea demasiado pronto para que la gente empiece a pensar en la Navidad.

–Te entiendo perfectamente –dijo Patience–. Yo voy a tener que pensar cuándo empezar a poner la decoración para las distintas fiestas. Antes nunca había tenido que preocuparme por eso.

Felicia ayudaba a menudo a Patience en el Brew-haha, donde hacía turnos un par de veces por semana. No era un trabajo muy estimulante, pero le permitía poner a prueba discretamente sus habilidades sociales. Y además así podía escuchar las conversaciones de la gente e intentar aprender de ellas.

–Creo que la abundancia de turistas superará con mucho la probabilidad de que a algunos no les interese pensar tan pronto en la Navidad –le dijo a Noelle.

–Tiene razón –repuso Isabel–. El día después del Día del Trabajo se considera tradicionalmente el comienzo del otoño. Y luego llega Papá Noel.

–Es verdad –Noelle asintió lentamente–. Si puedo tenerlo todo listo para entonces, abriré el Día del Trabajo.

Patience se inclinó hacia Isabel.

–Justice y yo estamos hablando de fechas. ¿Con cuánta antelación tengo que encargar el vestido de novia?

Isabel sonrió.

–Estoy deseando que vengas a probarte vestidos. En cuanto al tiempo, depende del fabricante.

–Quiero algo sencillo. Es mi segundo matrimonio.

Felicia no conocía con detalle el pasado de Patience, pero había oído que su exmarido había desaparecido poco después de que naciera Lillie y no había vuelto nunca.

–Pero para Justice es el primero –le recordó Isabel–. Querrá que seas una princesa. Y tienes madera de princesa. Hay algunos vestidos que te van a encantar.

Patience se sonrojó.

–Puede ser, ya veremos. Esta semana iré a probarme algunos –meneó la mano–. Bueno, basta de hablar de mí. Que hable otra, por favor. Alguna tendrá noticias.

Felicia pensó en su oferta de trabajo y luego titubeó. Quería aceptar, pero todavía no estaba segura de ser la persona indicada.

–Oye, te he visto –dijo Isabel, mirándola fijamente–. Vamos, tienes que contárnoslo.

–No estoy segura de que... –dudó. Luego decidió lanzarse de cabeza–. Pia Moreno va a dejar de dirigir la organización de los festivales y la alcaldesa Marsha me ha pedido que ocupe su puesto.

Se quedaron las tres mirándola.

–Eso es genial –dijo Patience–. Eres perfecta para el trabajo. Es una cuestión de organización, y eso se te da de maravilla.

Isabel asintió.

–No sé cómo se las arreglaba Pia con tres niños, y ahora está embarazada del cuarto. El pueblo tiene suerte de que haya aguantado tanto.

Noelle dio unas palmaditas en el brazo de Felicia.

–No sé nada de los festivales, pero estoy segura de que eres brillante en todo lo que haces, así que adelante.

–Gracias –Felicia odiaba la inseguridad que iba apoderándose de ella–. No estaba segura de lo que pensaría la gente. Soy nueva en el pueblo. Puede que alguien que lleve más tiempo aquí entienda mejor los matices.

Patience meneó la cabeza.

–No, no y no. Noelle tiene razón. Lo harás de maravilla.

En cuanto a ser nueva, lo siento, pero ya eres una de nosotras –exhaló un profundo suspiro–. Supongo que eso quiere decir que no vas a seguir trabajando en el Brew-haha.

–No creo que tenga tiempo.

–No te preocupes. Tengo que contratar a más gente a tiempo completo. Por suerte tengo mucha clientela –levantó su vaso–. Por los festivales y por su organización.

Bebieron todas.

Isabel se inclinó hacia Felicia.

–Oye, ¿qué es eso de que va a venir una militar al pueblo? He oído rumores de que vamos a tener a toda una guerrera entre nosotros. ¿Es cierto?

–Sí –respondió Felicia–. Consuelo Ly llegará esta semana o la que viene. No he tenido noticias de ella últimamente, así que no sé la fecha exacta. Va a dar clases en CDS. Defensa propia, combate cuerpo a cuerpo, armas...

–¿En serio? –preguntó Noelle–. No sé si tengo ganas de conocerla o me da miedo.

–A mí me hace ilusión –añadió Isabel–. ¿Habéis visto cómo se pasean Ford y Angel por el pueblo, como si tuviéramos que enamorarnos todas de ellos porque están buenísimos?

–No es verdad –repuso Patience.

–Ford se pavonea. Yo lo he visto pavonearse.

La expresión de Patience se volvió sagaz.

–Creo que a alguien le preocupa su pasado.

–A mí no –dijo Isabel con firmeza–. Me niego a que me preocupe. Yo era una cría y eso no puede echármelo en cara.

Por lo que había oído Felicia, años atrás, Isabel había estado enamorada de Ford y había sufrido mucho con su marcha. También se rumoreaba que le había escrito a menudo, pero Felicia no estaba segura de que fuera cierto.

–No creo que a Consuelo le interese Ford –comentó Felicia–. Ni Angel. Hace años que los conoce. Dice que no son su tipo.

—Lástima —dijo Patience—. Me gusta tanto esto de estar enamorada... Necesito que alguna de vosotras se una a mí. Quiero poder hablar de lo maravilloso que es Justice y de cómo se me acelera el corazón cuando entra en la habitación.

—Puedes hablar sobre eso todo lo que quieras —le dijo Noelle.

—No es lo mismo —Patience las miró—. Quiero que una de vosotras también se enamore. En serio.

—Yo me marcho del pueblo en marzo —repuso Isabel—. No es buen momento para tener pareja. Me niego a enamorarme de un tío para luego tener que decidir entre él y mi trabajo. Ni pensarlo.

Noelle se encogió de hombros.

—Lo siento, pero yo estoy intentando superar una ruptura.

Patience apretó los labios.

—¿Seguro que no te gustan ni Ford ni Angel?

—Son muy sexis, pero no son mi tipo.

Patience se volvió hacia Felicia.

—¿Y tú? Tú te sientes a gusto con los dos.

—Igual que con Justice —contestó—. Biológicamente hablando, los seres humanos no suelen sentirse atraídos por los miembros de su familia. Es mejor así, para evitar la endogamia.

—Qué desilusión —les dijo Patience—. Me estáis dejando en la estacada.

Felicia sabía que su amiga estaba bromeando, pero aun así se sintió culpable.

—Me he acostado con Gideon —balbució, incapaz de refrenarse.

Se volvieron las tres para mirarla. Isabel levantó las cejas.

—¿Con Gideon? —preguntó Noelle—. ¿Con Gideon, el de la radio, el de la voz de ensueño? Cómo mola, me encanta escucharle.

Patience se quedó mirándola.
—¿Has dicho «cómo mola»?
Noelle se rio.
—Perdón. Me encanta leer literatura juvenil. Es un defecto que tengo, pero puedo sobrellevarlo.
Isabel se inclinó hacia el centro de la mesa.
—Patience, cielo, eso no es lo que importa. Lo que importa es que Felicia se ha acostado con Gideon el misterioso.
Patience se volvió hacia Felicia.
—¿Cómo ha sido?
—De la manera habitual. Estábamos fuera, en su terraza y... —se detuvo y se aclaró la garganta.
La miraban las tres con idéntica expresión de desconcierto.
—Ah, te referías a cuál había sido el orden de los acontecimientos que había llevado a nuestro encuentro, no a dónde ni en qué postura.
Isabel se recostó en su silla.
—¿Sabes?, voy a tener que pensármelo. Es la primera vez que me dan a elegir entre esas dos cosas.
Noelle le dio unas palmaditas en el brazo.
—Eres una de mis personas favoritas, ¿lo sabías?
—¿Porque soy un bicho raro?
—No eres un bicho raro. Eres sincera. Falta gente sincera en el mundo. ¿Cómo es que conoces a Gideon? Porque tienes que conocerlo. No te imagino metiéndote en la cama con un perfecto desconocido.
Una valoración halagüeña de su carácter, pensó Felicia, aunque falsa. Porque eso era justamente lo que había hecho. Dos veces.
—Nos conocimos hace cuatro años, en Tailandia. Fue un... un encuentro muy breve. Cuando llegué aquí, lo oí por la radio y me di cuenta de que era él. No sabía qué pensar ni qué hacer, así que he estado evitándolo estos dos meses.

Y el plan le había funcionado a la perfección, hasta que las arañas lo habían echado todo a perder.

—Quería hablar con alguien de la oferta de trabajo —añadió—. Así que anoche me fui a su casa a hablar con él.

—¿Fuiste a su casa? —repitió Patience—. ¿Así como así? Qué valiente eres. Ojalá yo fuera así. Directa y temeraria. Me lo pienso todo demasiado.

Felicia pensó en explicarles por qué había escogido a Gideon, pero se refrenó. Era posible que sus amigas no entendieran su reticencia a hablar con ellas sobre el trabajo.

—¿Cómo es su casa? —preguntó Noelle—. ¿Es fabulosa? Apuesto a que sí.

—La parte que vi era bonita.

—Lo hicieron en la terraza —comentó Isabel—. Imagino que no le enseñó la casa.

—Ah, claro. La terraza. Qué emocionante —Noelle sonrió—. Hacéis muy buena pareja. Uf, me pregunto si esta noche te dedicará una canción. Tendré que escuchar su programa.

—Seguro que no —dijo Felicia, consciente de que ella también escucharía el programa. Solo por si acaso.

¿Era normal que un hombre dedicara una canción a una mujer después de pasar una sola noche con ella? No tenía muy claro qué hacía la gente normal en sus relaciones de pareja. Se había acostado con Gideon, sí, pero seguía siendo un misterio para ella. Había tenido sexo, pero nunca amor. Encuentros físicos, pero nunca un novio. Ni siquiera había tenido una cita como es debido.

¿Cómo iba a encontrar a un hombre y a enamorarse cuando ni siquiera podía tener una cita?

—Buenas noches, Fool's Gold —dijo Gideon junto al micrófono—. Esta noche quiero empezar con una de mis canciones favoritas, dedicada a una amiga mía —apretó el botón y empezó a sonar *I saw her standing there* de los Beatles.

Pensó en hablar de las arañas, pero sabía que eso plantearía interrogantes, y prefería pasar las noches sin que le interrumpiera el sonido del teléfono.

La luz roja de la pared brilló.

Adiós a una noche tranquila. Se acercó a la puerta delantera. Por un segundo se preguntó si sería Felicia, pero enseguida se dio cuenta de que, si quería volver a verlo, no interrumpiría su trabajo: estaría esperándolo en su casa cuando volviera.

Abrió la puerta y se encontró a Angel en el umbral con un paquete de seis cervezas entre las manos.

–Hola –dijo, indicando a su amigo que lo siguiera a su mesa–. Dime que no estás buscando un sitio donde dormir. Ford ya durmió anoche en la oficina.

Entraron en la sala de controles.

–No, yo estoy bien donde estoy –contestó Angel–. Y pronto te librarás también de Ford. Vamos a alquilar una casa con Consuelo. Está amueblada. Dentro de un par de días nos darán las llaves.

Le pasó una cerveza. Gideon la aceptó y la abrió.

–¿Vas a vivir con Ford?

–Pareces sorprendido.

–Os mataréis el uno al otro.

Ford y Angel siempre habían sido competitivos. Apostaban por todo y disfrutaban inventando absurdos desafíos con recompensas ridículas.

–Nos irá bien –repuso Angel–. Consuelo nos mantendrá a raya.

–O puede que os asfixie con una almohada si le dais muchos problemas.

Solo había coincidido un par de veces con Consuelo, aquella morena tan enérgica. Era bajita pero musculosa, y luchaba como una campeona. La había visto derribar a un rival el doble de grande que ella sin sudar una sola gota.

Pulsó otro botón para poner el siguiente disco.

–Además –añadió Angel–, siempre gano yo.

—No siempre. Ganas más de la mitad de las veces, lo cual es un problema. Ford se pone a la defensiva y tú te pones chulo. No pinta bien. Es como cuando luchan los dos Terminators. Cuando se van los dos, la ciudad está en ruinas.

Angel sonrió.

—Me gustan las películas de Terminator. Yo me veo a mí mismo como un T-1000.

Gideon levantó los ojos al cielo.

—Pues yo te veo como un Schwarzenegger viejo y cascado.

—Oye...

—Solo digo que tienes más de cuarenta años, amigo mío.

—Mejor eso que estar muerto.

Gideon levantó la lata de cerveza.

—Brindo por eso. ¿Qué tal va el negocio?

—Bien —Angel paseó la mirada por el estudio—. Deberías unirte a nosotros. Salir de aquí.

—Me gusto esto.

—Tienes que echar de menos el trabajo.

Gideon sabía a qué se refería. Había tipos a los que les costaba dejarlo. Añoraban la excitación, o los viajes constantes. Sin peligro no podían relajarse.

—Me gusta ser como todo el mundo —comentó.

No podía volver atrás. No podía agarrar una pistola y volver a matar. No tenía fuerzas. El daño era permanente y su apariencia de normalidad muy fina. Quería que su vida fuera rutinaria. Vivir como una persona normal.

—Tenemos mucho que hacer —prosiguió Angel—. Ford se está dedicando a promocionarnos, y ya hay muchas empresas interesadas. Yo he estado hablando con las grandes compañías de seguridad y quieren que les hagamos el entrenamiento. Para ellos es más fácil y más barato. Nos vendría bien un poco de ayuda.

—No, gracias.

—Cambiarás de idea —insistió Angel.
—No. Igual que tú no volverás al servicio activo.
Angel torció la boca.
—He visto muertes suficientes para toda una vida.

Y había estado a punto de perderlo todo, pensó Gideon, mirando un momento la cicatriz de su amigo. La que tenía en el cuello. Solo conocía fragmentos de la historia, pero estaba seguro de que había salvado la vida por pocos segundos.

La decisión de Gideon de dejar el ejército había sido cuestión de tiempo: había tenido casi dos años para pensar qué haría si alguna vez salía de su prisión. El problema era que hallarse físicamente libre no cambiaba el hecho de que su cabeza seguía hallándose en poder de sus torturadores. Había seguido sintiéndose atrapado. Recuperarse de eso era lo más duro. Dudaba de que las pesadillas desaparecieran alguna vez.

—He oído rumores de que has comprado dos emisoras —comentó Angel.

—Los rumores son ciertos. AM y FM. Mucha charla y noticias locales en la cadena de AM y música en FM. Por las noches son viejas canciones, todo el tiempo.

Angel levantó la cabeza y escuchó la música.

—¿Qué es esto? ¿Cuántos años tiene? ¿Cien?

—Muy gracioso. Mi programa es de los años sesenta. De la década de 1960, para los que tenéis problemas con las matemáticas.

—Prueba con algo de este siglo.

—No, gracias. Nací unos cuarenta años tarde —pensó en Felicia—. En cuestión de música, por lo menos.

Angel meneó la cabeza.

—Qué raro eres, hermano.

—Dímelo a mí.

Capítulo 4

Felicia vertió la leche formando una hoja estilizada encima del café y le pasó la taza grande a la clienta.
—Que tenga un buen día –dijo con una sonrisa.
La mujer, una turista acompañada de su marido, miró la hoja.
—Qué bonito. Casi me dan ganas de no bebérmelo.
Las hojas tenían muy buena acogida, igual que los corazones. Felicia había probado también con el símbolo pi y con un par de constelaciones, pero no parecían interesarle a nadie, y había vuelto a los dibujos más sencillos.
Aquel era su último turno en el Brew-haha. Había estado trabajando a media jornada para echar una mano a Patience y tener algo que hacer.
Organizar la escuela de guardaespaldas no requería mucho tiempo. Los programas de gestión de empresas eran fáciles de manejar, y los chicos no necesitaban que les ayudara en cuestiones físicas como colocar estanterías o mover muebles.
Su nuevo trabajo requeriría más tiempo, y estaba deseando empezar. El día anterior había hablado con la alcaldesa y había aceptado oficialmente el puesto. Había rellenado un montón de impresos y había pensado en explicarles cómo agilizar el proceso de contratación. Al final había decidido que era demasiado pronto para asustarles. Un par de semanas

después podría hablar con el departamento de personal. Cuando ya no fuera la nueva.

La cafetería estaba tranquila, solo había un par de clientes en las mesas. Felicia aprovechó la calma para fregar las jarras de leche y las cucharas. Se abrió la puerta y al volverse vio entrar a Charlie Dixon.

Charlie, alta, fornida y pragmática en su modo de ver la vida, formaba parte del cuerpo de bomberos del pueblo. A Felicia le gustaba su compañía y siempre se alegraba de verla.

–¿Lo de siempre? –preguntó.

Charlie asintió con un gesto. Se tomó un café con leche grande para empezar. Para ella, nada de leche descremada, ni de sabores. No le gustaban esas bobadas, pensó Felicia, sonriendo al apretar el botón para moler los granos justos de café.

–Quería decirte que he recibido una nota de Helen –dijo Charlie–, la mujer a la que maltrataba su marido.

–Ya –aquella pareja había entrado en el Brew-haha poco después de que ella llegara a la ciudad. El hombre se había portado fatal y Felicia había reaccionado: le había parado los pies y luego le había dislocado un hombro. Había vuelto a colocárselo, y el dolor le había distraído el tiempo suficiente para que Charlie y la alcaldesa se llevaran a Helen.

–¿Cómo está? –preguntó, casi temiendo oír la respuesta. Había tantas mujeres que se sentían incapaces de romper el círculo, de poner fin a su relación con sus maltratadores.

–Hizo lo que dijo que iba a hacer. Dejó a ese cerdo y ha empezado una nueva vida en otro estado, con otra identidad. Ya se ha matriculado en clases para adultos en el pueblo donde vive.

–Me alegro.

–Yo también. Helen quería que supieras que fuiste una inspiración para ella.

Felicia puso la leche caliente en la taza y se la pasó.

—Qué bien. Gracias. No suelo inspirar a nadie.

Charlie le pasó una tarjeta de colores vivos.

—Ten. Es una invitación —la bombera se encogió de hombros—. Vamos a hacer una fiesta hawaiana en el hotel nuevo.

El hotel casino Lady Luck, construido a las afueras del pueblo, tenía previsto abrir la semana siguiente.

—Gracias —dijo Felicia, mirando la tarjeta con una fotografía de una playa y una palmera—. ¿Tengo que ir disfrazada?

—No hace falta. Es una fiesta informal —suspiró—. Clay y yo seguimos sin ponernos de acuerdo sobre la boda. Yo quiero que nos escapemos y él quiere hacer una gran boda en la iglesia, el muy loco. La gente del pueblo nos está presionando mucho, quieren que nos decidamos de una vez, y he pensado que una gran fiesta calmaría los ánimos de todos.

—Es muy generoso por tu parte —dijo Felicia—, pero no creo que eso resuelva el problema. Lo que quieren vuestros amigos no es la fiesta, sino el ritual. Una boda es una afirmación ante vuestro grupo social de que habéis pasado a otro estadio de vuestras vidas. Antiguamente, pasar de soltero a casado a menudo entrañaba responsabilidades distintas en el... —Felicia se detuvo—. Perdona, seguramente no querías oír una disertación sobre el matrimonio.

—Era interesante —le dijo Charlie.

Felicia deseó que fuera cierto.

—Estoy segura de que la fiesta será muy divertida.

—Eso espero. Ah, y puedes traer pareja —Charlie sonrió—. Era una sugerencia, no es obligatorio. No hace falta, si no quieres. De todos modos habrá un montón de gente y de comida. Me conformo con que vayas tú.

—Gracias. Iré.

Entró otra mujer en Brew-haha y se acercó a Charlie rápidamente.

—¡Deja de esconderte de mí! —exclamó—. Charlie, te juro que me estás poniendo esto muy... —se detuvo y miró a Felicia—. Hola. Soy Dellina, la organizadora de la fiesta de Charlie.

Felicia sonrió a aquella mujer rubia y guapa.

—Acaba de hablarme de la fiesta hawaiana. Da la impresión de que va a ser divertidísima.

—Desde luego que sí —dijo Dellina, mirando a Charlie con enfado—. Si cierta persona tomará algunas decisiones.

Charlie refunfuñó algo en voz baja.

—Está bien. Decidiré sobre las estúpidas flores —miró a Felicia—. No hagas caso de mis quejas. La fiesta será genial.

—Lo estoy deseando.

Charlie tomó su café con leche y se marchó con Dellina.

Felicia tocó la invitación. Quería ir a la fiesta, pero no estaba segura de si debía llevar pareja o no. El único al que podía pedírselo era Gideon, pero no sabía si a él le apetecería que se lo pidiera, ni si querría ir a una fiesta. Se habían acostado, pero Felicia sabía que eso era muy distinto a tener una relación. Las mujeres podían crear vínculos sentimentales durante la cópula, pero los hombres a menudo solo estaban echando un polvo. A no ser que se tratara de una relación de pareja, claro, en cuyo caso la experiencia podía ser también trascendental para el hombre.

Era todo tan desconcertante, se dijo mientras una pareja mayor entraba en la cafetería.

—Hola —dijo con su sonrisa ensayada—. ¿En qué puedo ayudarles?

Pidieron y Felicia se puso a trabajar.

Teniendo en cuenta todas las variables, era sorprendente que hombres y mujeres llegaran a unirse. ¿Era señal de su tenacidad, o prueba de la existencia de un poder superior con un sentido del humor perverso? Para ser sincera, no estaba segura.

Gideon caminaba por la acera, consciente de que iba a tener que tomar una decisión. Tomarse un café o no.
A primera vista, era un dilema poco trascendente. Insignificante, incluso. Pero sabía que su interés por entrar en Brew-haha tenía mucho más que ver con la mujer que atendía el mostrador que con el café.
Se había acostado con Felicia. Y lo que era más sorprendente aún: al acabar, no le había pedido que se marchara. Se habían vestido, se habían puesto a hablar y luego, casi sin darse cuenta de lo que hacía, él le había pedido que se quedara.
En su casa.
Rara vez invitaba a alguien a su casa, no le gustaban las visitas, ni las sorpresas, ni los cambios. El sexo había sido fantástico, claro, pero ¿por qué no la había invitado a marcharse? ¿Y qué hacía entrando en Brew-haha?
Sostuvo la puerta para que saliera una pareja de turistas y entró. Felicia estaba detrás del mostrador, el largo cabello rojo recogido en una coleta. Cubría su cuerpo curvilíneo con un alegre delantal con el logotipo de la cafetería.
No se fijó en él enseguida, y Gideon tuvo ocasión de observarla. Sus ojos verdes, muy grandes, parecían llenos de buen humor. Estaba sonriendo. La luz del sol que se colaba por las relucientes ventanas iluminaba su cara.
Era preciosa: el resultado de un horrible accidente de coche a finales de su adolescencia, y de las consiguientes operaciones de cirugía plástica. Después de la noche que habían pasado juntos en Tailandia, Gideon había hecho averiguaciones sobre ella. Había tardado dos meses, pero por fin había logrado encontrar su rastro. Había visto una fotografía suya anterior al accidente, y aunque ahora su atractivo era más convencional, era igual de atractiva que

entonces. Había pensado en ir a verla. Pero se había dado cuenta de que no debía hacerlo.

A pesar de sus estudios, de la meditación y el taichí, de las largas carreras y la calma superficial, no era como los demás. Estaba tan destrozado que nunca llegaría a ser un hombre completo. Y lo que no estaba destrozado, le faltaba. Había sabido, en aquel entonces, que no debía imponerle su presencia a Felicia.

Pero ahora habían vuelto a encontrarse, y por su vida que no lograba decidir qué hacer respecto a ella.

Se acercó al mostrador y se puso a la cola. No la miró directamente, pero advirtió el instante preciso en que lo miraba. Su cuerpo se tensó por la sorpresa y luego se relajó.

Gideon hizo su pedido a la adolescente que atendía la caja y luego se acercó a donde Felicia estaba entregando un café a otro cliente.

–Gideon –tomó un vaso para llevar y le sonrió–. ¿Un café con leche? ¿En serio?

Él se encogió de hombros.

–¿Te parezco más de cortado?

–Sí.

–Me gusta cambiar de vez en cuando.

–Ya.

Trabajaba con eficacia, sirviendo cafés y vaporizando la leche.

–¿Ya has tomado una decisión? –preguntó él.

Ella asintió.

–He aceptado el puesto.

–Qué bien. Seguro que te gusta.

–Espero estar a la altura. Este pueblo valora mucho la tradición y la integración.

Dos cosas en las que no tenía mucha experiencia, pensó él. Pero lo estaba intentando. Y la admiraba por eso. La mayoría de la gente huía de las dificultades. Felicia, no. Ella se lanzaba de cabeza.

–Te será muy fácil ocuparte de la logística y el resto lo irás descubriendo paso a paso –sonrió–. Como todo el mundo.

En lugar de devolverle la sonrisa, ella se mordió el labio.

–Quiero que me consideren normal –miró a su alrededor como si quisiera comprobar que no había nadie cerca y bajó la voz–. Seguramente debería avisarte, les he hablado de nuestro encuentro a unas amigas. No quería, pero... pasó.

Él se apoyó en el mostrador.

–Una de ellas era Patience.

Felicia hizo un gesto afirmativo.

–Es muy probable que se lo cuente a Justice.

–¿Te preocupa por mí? Creo que puedo arreglármelas con él.

Ella le dio el café con leche.

–Tú eres más grande y más fuerte, pero él se dedica todavía a la seguridad, lo que significa que está más entrenado. Preferiría que no os pelearais.

Era tan seria, tan formal, pensó él.

–Haré todo lo posible por complacerte.

–Gracias.

–De nada. ¿Por qué se lo contaste a tus amigas?

Se mordió el labio otra vez.

–No estoy segura. Estábamos hablando, y se me escapó. Por si te sirve de algo, estaban muy impresionadas. A las mujeres del pueblo les gusta mucho tu voz. Y además cultivas un aire de misterio que resulta muy atrayente. Seguramente se remonta a tiempos prehistóricos, cuando las mujeres eran raptadas por miembros de las tribus vecinas... Que te rapte un guapo desconocido es una fantasía primordial de las mujeres.

Gideon bebió un sorbo de café.

–¿Ah, sí?

Ella asintió con la cabeza.

—Culturalmente, contamos historias para crear vínculos o para transmitir enseñanzas. En este caso, el guapo desconocido es amable y bondadoso, y por tanto garantiza nuestra seguridad y el futuro de nuestros futuros hijos —hizo una pausa—. Y no es que tengas que preocuparte por un embarazo inesperado. Tomo la píldora.

Gideon estuvo a punto de atragantarse.

—Gracias por decírmelo —porque a él no se le había ocurrido pensar en anticonceptivos, ni en ninguna otra cosa, como no fuera en sentir su cuerpo y en lo mucho que deseaba estar dentro de ella.

Maldijo para sus adentros. Sabía que no debía ser así. Lo sabía desde que era un adolescente y su padre le había echado «la charla». ¿Cómo era posible que lo hubiera olvidado?

—Me pregunto si Patience y Justice tendrán hijos —dijo ella en tono soñador—. Sería bonito.

Gideon refrenó el impulso de retroceder.

—¿Te apetece tener una casa con valla de madera blanca?

—Si te refieres a si aspiro a tener lo que eso representa, la respuesta es sí. En realidad, nunca me ha parecido que ese tipo de vallas sean eficaces. Solo el mantenimiento debe de ser un rollo.

Bien, Gideon no sabía cómo se las arreglaba Felicia, pero tan pronto le daban ganas de huir de ella como de estrecharla entre sus brazos y besarla hasta dejarla sin sentido. Podía mirarlo a los ojos y hablarle de los pormenores de su interés sexual, y sin embargo ponerse nerviosa por aceptar un trabajo debido a su vinculación con el pueblo.

—No has venido por el café —dijo.

—¿No?

Ella negó con la cabeza.

—Querías verme. Quieres saber si estoy bien, lo cual es muy dulce por tu parte, teniendo en cuenta que fui yo quien tomó la iniciativa en nuestro encuentro sexual.

–¿Sí?
–¿Y estás bien?
–Estoy perfectamente. La intimidad física fue mejor de lo que recordaba, o sea, extraordinaria. Tengo una memoria excelente. No quiero que te preocupes. No me siento unida a ti sentimentalmente como resultado de mis orgasmos, pero si empieza a pasar, sabré apañármelas sola.

Lo cual debía convertirla en la mujer perfecta, pensó Gideon. Pero a continuación le dio por pensar en que había pasado la mayor parte de su vida sola. Separada de los demás, sin encajar nunca. Tenía que haberse sentido muy sola.

La emoción se agitó dentro de él. El impulso de protegerla. Conocía el riesgo de implicarse demasiado y juró que no lo haría, pero, qué diablos, Felicia era especial.

Ella sonrió.

–Me parece injusto que solo hablemos de mis sentimientos. ¿Tú estás bien? ¿Te preocupa lo que pasó entre nosotros?

–Me siento un poco utilizado, pero estoy bien –ladeó la cabeza–. Te presentas en mi casa en plena noche y me pides sexo. ¿Qué va a pensar uno?

Ella se rio.

–Creo que puedes soportar perfectamente la presión.

Gideon iba a preguntarle cuándo quería presionarlo otra vez, pero se refrenó. Él no era de los que se compraban una casita con valla de madera blanca. Tal vez lo hubiera sido una vez, pero esa parte de su alma había quedado pulverizada hacía mucho tiempo.

Felicia alargó el brazo para tomar una tarjeta de brillantes colores.

–¿Quieres...? –su sonrisa se desvaneció y la duda inundó sus grandes ojos verdes. La batalla se veía a simple vista. Echó los hombros hacia atrás mientras se armaba de valor para continuar–. Mi amiga Charlie y su novio van a celebrar una fiesta dentro de un par de semanas. En el hotel casino nuevo. Ya estará abierto para entonces. Charlie me ha dicho que podía llevar a alguien –hizo una pausa–. Sería la primera vez que tengo una cita. Me gustaría saber cómo es, si te apetece ir conmigo.

Gideon habría preferido que le pegara un tiro. O que lo inmovilizara con una pistola de descargas eléctricas. O que le arrancara el corazón.

No. Su respuesta era no. Él no salía con mujeres, no quería tener pareja, no...

La tarjeta tembló ligeramente entre sus pálidos dedos. La mujer que se había quitado tranquilamente la camiseta y el sujetador y le había puesto las manos sobre sus pechos hacía apenas un par de días ¿nunca había salido con un hombre? ¿Cómo iba a ignorar aquello? ¿Cómo iba a ignorarla a ella? ¿Cómo iba a aplastar sus esperanzas y sus sueños?

–Yo no soy de esos –le dijo–. De los de para siempre.

–Imagino que te refieres al matrimonio y no a la inmortalidad.

–Sí.

Ella esbozó una sonrisa.

–Es una fiesta, Gideon, no un compromiso eterno.

–Sí, lo sé. Claro, iré.

Felicia pareció contenta y aliviada.

–Gracias. Me apetece mucho.

–A mí también –y era verdad, en cierto modo. Se dirigió a la puerta y luego se volvió–. Felicia...

–¿Sí?

–Solo para que quede claro: no es una cita.

–El despacho nuevo está listo –dijo Pia–. Lleva listo una temporada. Me siento un poco culpable de no haberlo aprovechado, pero no podía asumir una mudanza, además de todo lo demás –señaló el pequeño despacho, rebosante de armarios archivadores y cajas de material promocional–. Esto es un desastre.

Felicia miró a su alrededor.

–Está claro que te falta espacio.

Pia suspiró.

–Sí. Me siento tan descuidada. Antes era capaz de mantenerme al tanto de todo.

–¿Antes de tener marido y tres hijos?

Pia asintió.

–Pero otras mujeres trabajan teniendo hijos.

Felicia nunca había entendido por qué las mujeres se sentían culpables cuando estaban agobiadas, pero reconoció los síntomas.

–Pia, por lo que he oído, pasaste de ser una mujer trabajadora y soltera a ser una mujer casada con tres hijos en menos de un año. Dos de tus hijos son gemelos.

Y ni siquiera era su madre biológica. Al morir una amiga íntima suya, dejándola como custodia de sus embriones, Pia había hecho que se los implantaran. Luego se había enamorado de Raúl Moreno. Y antes incluso de que nacieran los gemelos, habían adoptado a Peter, de diez años.

–Tus expectativas son poco realistas –prosiguió Felicia–. En menos de dos años, tu vida ha cambiado por completo. Y sin embargo has seguido ocupándote de los festivales y has creado una unidad familiar que funciona. Deberías estar orgullosa de ti misma.

Los ojos de Pia se llenaron de lágrimas.

–Qué bonito –dijo, sollozando–. Gracias –movió las manos delante de los ojos–. Perdona que llore. Es hormonal.

Felicia dedujo que también estaba agotada física y mentalmente.

–Espero poder hacerlo tan bien como tú –dijo, preguntándose si era posible.

–Lo harás mejor –respondió Pia–. Supongo que la buena noticia es que puedes montar el despacho nuevo a tu gusto –sacó un sobre de un cajón de su mesa–. Aquí tienes la dirección y la llave. En serio, está allí muerto de risa. El casero me dijo que le avisara cuando quisiera mudarme para que lo pintara. Supongo que debería llamar.

–Lo haré yo –le dijo Felicia–. A partir de ahora, dime lo que hay que hacer y yo me encargo.

Pia suspiró.

–¿Puedes hacerlo también en mi casa? Suena de maravilla.

–Creo que te parecería demasiado perfeccionista.

Pia sonrió.

–¿Tú crees? No estoy segura –miró su mesa–. Bueno, manos a la obra. Prepárate, voy a empezar a ponerte al día –se volvió y señaló la pizarra blanca que dominaba la pared más grande–. Ese es el calendario base. También está en formato informático, pero a mí me resulta más fácil trabajar con este. Así veo físicamente todo lo que está pasando –se acercó a las cajoneras de archivadores–. Aquí tenemos la información de los festivales anteriores. En el siguiente está la información de los vendedores. Hay toda una sección dedicada a catástrofes relacionadas con ellos. Tendrás que cotejar la información cada vez que recibamos una solicitud. Los permisos están en el tercer armario.

Felicia había estado tomando notas en su portátil. Levantó la mirada.

–¿Los permisos se rellenan en papel? ¿A mano?

Pia hizo una mueca.

–Tenemos un programa para rellenarlos en línea, pero nunca me he acostumbrado a él. Suele venir la misma gente todos los años, así que me limito a anotar que la información es la misma y lo dejo pasar. ¿Te parece mal?

–Claro que no –dijo Felicia automáticamente, a pesar de que había empezado a hacer una lista de cosas por hacer, y justo después de avisar al casero del nuevo despacho había anotado: «crear una base de datos sobre vendedores».

–Ojalá te creyera –murmuró Pia–. Está bien, los festivales –regresó a la pizarra–. Tenemos uno al mes, como mínimo. La mayoría de los meses hay dos, y en diciembre hay un millón. Desde mediados de noviembre al belén viviente, esto es una locura. Por suerte nuestra oficina no se ocupa del Baile del Rey de Invierno, que es en Nochebuena, así que en cuanto los animales vuelven a casa después del belén viviente, se acabó el año para nosotras –sonrió–. Pero, naturalmente, empieza otra vez en enero con los Días de la Fiebre de las Cabañas.

Se levantó y se acercó a una pequeña librería que había junto a la puerta.

–Cuadernos –dijo, señalando unas gruesas libretas–. Uno para cada festival. De qué van, cuánto duran, si es la clase de evento que genera ocupación hotelera... Cuanto más tiempo se quedan los turistas en el pueblo, más dinero gastan. Además de reunirte mensualmente con el gobierno municipal, cada tres meses tendrás que reunirte con los propietarios de hoteles, moteles y pensiones. Querrán que les mantengas informados de cualquier cambio en la organización de los festivales. Además, son una buena fuente de publicidad. Mencionan los festivales en sus folletos y en sus páginas web.

Pia regresó a su silla y comenzó a hablarle de cuestiones logísticas. Había más cuadernos y una gruesa agenda manual, ligeramente estropeada, llena de nombres y números de teléfono.

La hojeó.

–Seguramente querrás pasarla a una base de datos, ¿verdad?

–Será más fácil –repuso Felicia.

–Tenemos una. Una base de datos. Se supone que es genial. Pero yo nunca he aprendido a usarla –suspiró–. También había listados de las cosas que hay que encargar y de en qué estado se encuentran los pedidos. Ahora mismo, los aseos portátiles se contratan anualmente. Así es mucho más sencillo, te lo digo por experiencia. Pero hay cosas como la decoración y... –sacudió la cabeza–. Para cosas como la decoración y la mudanza al despacho nuevo tienes que ponerte en contacto con los servicios de mantenimiento municipales. Lo que es otro problema. En verano están ocupadísimos. Sé que no hay muchas cosas que trasladar, pero aun así podría tardar un tiempo. Lo siento, debería haberlo previsto.

Felicia miró las cajoneras y la mesita.

–¿Tengo que recurrir al Ayuntamiento? ¿No puedo traer mi propio equipo de mudanzas?

–¿Tienes uno?

Felicia sonrió.

–Conozco a un par de tipos capaces de cargar pesos pesados.

–Ya, los guardaespaldas. Claro, llámalos si están dispuestos a hacerlo. Pero no digas nada en el Ayuntamiento. Les preocuparán los seguros y las posibles lesiones.

–Lo harán encantados –dijo ella con seguridad. Justice y Ford le debían algún que otro favor, y tenía la sensación de que podía convencer fácilmente a Angel para que la ayudara. Solo tendría que decirle que Ford podía levantar más peso que él, y enseguida aceptaría. Porque, aunque a los hombres se les consideraba tradicionalmente el sexo fuerte, a menudo, en lo emocional, eran muy endebles.

Gideon reconoció la celda al instante. Medía unos tres metros por seis. De piedra, con una ventana enrejada muy alta y un portón de madera demasiado grueso para echarlo abajo. De todos modos, no habría podido hacerlo: lo tenían encadenado.

El suelo estaba sucio. El aseo consistía en un cubo que vaciaban cada pocos días. Gideon permanecía sentado con la espalda pegada a la pared, sudando a chorros mientras la temperatura seguía subiendo hasta alcanzar los cuarenta y cinco grados, quizá.

–Gideon, por favor.

Ignoraba las palabras, aquella súplica. Dan llevaba días pidiéndoselo. No. Pidiéndoselo, no. Suplicándoselo.

–No aguanto más –dijo su amigo casi sollozando–. Están amenazando a mi familia. No puedo soportarlo. La tortura. Todo esto. Voy a hundirme.

Dan, antaño un soldado alto y orgulloso, yacía acurrucado contra la pared. Estaba cubierto de sangre y tenía un brazo roto. Gideon había intentado colocárselo, pero no creía haberlo hecho bien.

Después de dieciséis meses y veintidós días de cautiverio, Dan era el último que quedaba. Los otros o habían muerto de sus heridas, o habían sido asesinados por sus captores.

–Maddie –gimió Dan–, Maddie...

Maddie era su mujer. No tenían hijos. Dan había dicho que iban a empezar a intentarlo cuando volviera a casa. Hablaba de ella todo el tiempo, aseguraba que su amor era lo que lo mantenía con vida, pero Gideon sabía que se equivocaba. El amor era lo que lo mantenía anclado en aquel lugar. Lo que le impedía abismarse tan profundamente en su propia mente que ya no pudieran hacerle daño.

Gideon miró hacia la ventana y vio que el sol estaba casi en su cenit. Eso significaba que pronto vendrían a por él.

Más tarde, sintió los golpes, uno tras otro, sintió que vomitaba a pesar de no tener nada en el estómago. Forcejeó con sus captores, pero solo consiguió empeorar las cosas. Cuando por fin acabaron, comenzaron a arrastrarlo por el pasillo, de vuelta a la celda. Sintió la suciedad en las heridas, el polvo seco en la boca, mezclándose con el sabor acre de la sangre.

Entonces se abrió la puerta y no pudo apartar la mirada. Allí estaba Dan, colgando flojamente hacia delante, con la cadena rodeándole el cuello.

Los guardias tiraron a Gideon a un lado y corrieron hacia Dan, pero era demasiado tarde. Gideon se había negado a matarlo, así que se había matado él mismo. Gideon permaneció tumbado sobre la tierra, preguntándose si su amigo había sido terriblemente débil o increíblemente fuerte.

Y luego, tan suavemente como había aparecido, la celda se esfumó y él estaba despierto. Despierto y empapado en sudor.

Sabía que era absurdo intentar volver a dormirse, así que se levantó, se quitó la camiseta y salió a la terraza. El aire de la noche lo dejó helado, pero no le importó. Se sentó con las piernas cruzadas en el suelo, cerró los ojos y comenzó a respirar.

Capítulo 5

Consuelo Ly miró la casa de una sola planta, construida al estilo de un rancho, esperando a medias que desapareciera si parpadeaba. O que aparecieran unicornios pastando en el prado. Porque, en lo que a ella respectaba, tanto las urbanizaciones de las afueras como los unicornios pertenecían al reino de la fantasía.

Había oído hablar de ambas cosas, naturalmente. Las teleseries solían parodiar la vida en las urbanizaciones, y a ella le encantaba *Modern Family*. Pero ¿vivir en un sitio así? Ella no. Siempre había dado por sentado que acabaría sus días en un tiroteo. O, en sus momentos más realistas y menos dramáticos, con el cuello roto y su cadáver arrojado a una cuneta. Pero allí estaba, mirando una casa construida al estilo de un rancho. Reformada, pensó al fijarse en el tejado nuevo y en las grandes ventanas, pero construida en torno a los años sesenta.

Aparcó en la entrada para coches, junto al dichoso Jeep de Ford. No era el vehículo al que le ponía reparos, sino a su pintura en dos tonos, negro y dorado. Los Jeeps eran máquinas duras, hechas para trabajar, y se merecían más respeto. Junto al Jeep había una Harley, lo que significaba que Angel también estaba allí.

Efectivamente, apenas había salido del coche cuando se abrió la puerta de la casa y salieron los dos. Eran altos y grandes. Consuelo medía un metro cincuenta y siete, y los dos le sacaban mucha altura, pero no la intimidaban lo más mínimo. Podía ganarlos a los dos en una pelea, siempre y cuando fuera una pelea limpia, y si querían jugar sucio, podía ganarlos en diez segundos. Por suerte los dos sabían de lo que era capaz.

—Señores —dijo cuando se acercaron.

Ford fue el primero en llegar a su lado.

—¡Consuelo!

La rodeó con los brazos y la apretó contra sí. Fue como abrazar a una pared cálida y musculosa. Antes de que pudiera recuperar el aliento, Ford se la pasó a Angel, que hizo exactamente lo mismo.

—Chica —le murmuró al oído—, sigues igual de guapa.

Se apartó de él y levantó los ojos al cielo.

—Estáis fofos —se quejó—. Habrá que empezar a entrenar en serio mañana mismo.

Ford pareció dolido.

—Yo no estoy fofo —dijo, levantándose la camiseta para enseñarle sus perfectos abdominales—. Vamos, pégame.

—Qué más quisieras tú.

Se acercó a su maletero, lo abrió y sacó dos macutos. Los chicos esperaron, sin saber si debían ayudarla o no. A Consuelo le gustó el suave brillo de temor que vio en sus ojos. Le gustaba estar al mando.

—Tomad —dijo, pasándoles los macutos—. ¿Cuánto tiempo lleváis en la casa?

—Nos dieron las llaves esta mañana —contestó Ford—. Estábamos pensando en ir a comprar. Cerveza y comida, a lo mejor. Aunque pensábamos pedir pizza para esta noche.

—Uno de vosotros debería empezar a cocinar —repuso ella mientras se acercaba a la casa. Refrenó una sonrisa, consciente de que a ninguno de los dos se le ocurriría sugerir que cocinara ella. Cruzó la puerta abierta y se encontró en un amplio cuarto de estar. Los muebles eran muy grandes pero parecían cómodos. Un sofá de cuero negro con un par de sillones y una mesa baja. Vio el comedor más allá y una puerta que, dedujo, daba a la cocina.

Se volvió hacia el otro lado, hacia el pasillo que llevaba a los dormitorios. Había un cuarto de baño en el pasillo y dos habitaciones de tamaño medio. Al fondo se abría una puerta doble.

–¿La habitación principal? –preguntó mientras echaba a andar hacia allí.

–En... Todavía no hemos decidido quién... Eh... –Ford se detuvo, tartamudeando.

Consuelo entró. Había una cama grande, una cómoda larga y una mesa escritorio. El baño era pequeño, pero tenía todo lo que necesitaba. Y el armario era perfecto.

Vio unos macutos junto a la cama y levantó las cejas.

Ford y Angel cambiaron una mirada y dejaron rápidamente el equipaje de Consuelo sobre la cama. Después, sacaron sus macutos de la habitación. Consuelo oyó murmullos. Solo distinguió algunas palabras. Algo así como «no, díselo tú», y sonrió. Era estupendo ser la bruja más mala de la casa.

Media hora después se había duchado y vestido con unos vaqueros y una camiseta de tirantes. Se cepilló el espeso pelo castaño pensando que no debería haberse dejado convencer para que se lo cortaran a capas. Lo tenía ondulado de manera natural, y se le rizaba si no se lo dejaba crecer por debajo de los hombros. Consiguió recogerse los crespos mechones en una coleta. Se puso unas sandalias y se metió la cartera y el teléfono móvil en los bolsillos de los vaqueros. Salió del dormitorio y se dirigió a la parte delantera de la casa.

Ford y Angel estaban en la cocina. Al lado de la ventana había una mesa, y junto a la encimera de granito había varios taburetes. Los electrodomésticos de acero inoxidable brillaban en contraste con los armarios oscuros. Los chicos estaban tomando una cerveza.

Por un segundo, Consuelo sintió lo distinta que era de

ellos. No solo porque fuera mujer, sino porque ellos eran, en el fondo, militares, y ella, en cambio, por más que lo intentara, no conseguía verse a sí misma más que como una chica de barrio que, por azar, se había topado con una situación en la que podía destacar.

—¿Quieres una? —preguntó Ford, señalando la nevera.

—No, gracias. He quedado con Felicia dentro de un rato —sacó cien dólares de su cartera y los puso sobre la encimera—. Poned los dos la misma cantidad para que compremos lo básico. Solo cosas para el desayuno y algún tentempié. Cada cual se ocupa de su propia comida y de su cena —ladeó la cabeza—. A no ser que queráis hacer una apuesta. El perdedor cocina una semana y los otros dos pagan la comida. ¿Os parece bien?

Los hombres asintieron.

—De la primera compra me encargo yo —continuó ella—. Después, nos turnaremos. Y prestad atención a las marcas y a los tamaños de las cosas —entornó los ojos—. Cada cual se lava su ropa, y no podéis dejar ropa ni en la lavadora ni en la secadora. En esta casa, yo no trabajo para ninguno de los dos, ¿está claro?

Asintieron otra vez.

Tendrían que contratar un servicio de limpieza, pero ya habría tiempo para eso. No era la primera vez que compartía casa con hombres y sabía que todo iba mejor si ella se encargaba de los pormenores desde el principio. Si no, tendría que liarse a tortas, y al final siempre salía alguien herido. No ella, claro, pero sí alguien.

Observó a los dos hombres que la miraban con recelo.

—Os conozco a los dos. Con vosotros todo es una competición. No tengo problema con eso, pero dejadlo para fuera de esta casa.

Dio media vuelta y salió.

Felicia esperó fuera de Brew-haha. Consuelo le había

mandado un mensaje diciéndole que iba para allá. Esperaba ansiosamente, emocionada por ver a su amiga.

Durante su carrera militar y más tarde, cuando trabajaba para la empresa de seguridad, casi todos sus compañeros habían sido hombres. A las mujeres no se les permitía entrar en combate. Así pues, no había tenido muchas oportunidades de hacer amigas. Consuelo era una de las pocas que habían formado parte del equipo. Era muy guapa, pero peligrosa, y a menudo la habían enviado a misiones que exigían hacerse pasar por otra persona y poner en práctica maniobras de distracción.

En ocasiones había seducido al enemigo, había conseguido la información que necesitaba y luego había matado a su informante antes de desaparecer en la oscuridad. Una asesina distinta, pensó Felicia. Los francotiradores mataban, pero lo que había hecho Consuelo era más personal y peligroso.

Se dio la vuelta y vio a su amiga cruzando la calle. Aunque medía menos de un metro sesenta, Consuelo era fuerte. Una combinación sexualmente muy atractiva de curvas y músculos. Los hombres no podían evitar volver la cabeza para mirarla embobados. Pero cuando miraban sus ojos oscuros, solían retroceder. Consuelo había perfeccionado lo que ella llamaba en broma su «mirada de no me toques las narices».

Felicia se había esforzado por imitarla, pero cuando intentaba poner aquella cara, la gente solía preguntarle si se encontraba mal. Debía de ser un don innato.

Así vio acercarse a la pequeña luchadora por la acera. Vestía vaqueros, una camiseta de tirantes de color verde lima y sandalias. Debería haber parecido una turista cualquiera, pero no era así. Desde la punta de su larga y reluciente coleta a su paso medido y enérgico, irradiaba peligro y confianza en sí misma.

Consuelo sonrió al verla. Corrieron a abrazarse.

–Por fin –dijo Felicia con una sonrisa–. Llevaba esperando una eternidad que llegaras. Solo han sido tres meses, claro, pero en el contexto de nuestra amistad echarte de menos hace que el tiempo parezca moverse más despacio.

Consuelo se rio.

–Mira que eres rara.

–Lo sé.

–Pero por eso eres especial y por eso te quiero más –su amiga le sonrió–. ¿Cómo estás? Yo también te he echado de menos.

Se abrazaron otra vez, entraron en la cafetería y pidieron café con hielo. Tras recoger sus bebidas, Felicia la llevó fuera y se sentaron a una mesa, bajo una sombrilla.

–Bueno, cuéntamelo todo –dijo Consuelo antes de beber un sorbo de café–. ¿Cómo es este sitio?

–¿Fool's Gold? Es un pueblo muy interesante. Lo bastante grande para tener bastantes infraestructuras, pero lo suficientemente pequeño como para que sus vecinos se conozcan.

Consuelo arrugó la nariz.

–No es normal. ¿Has visto la casa que han alquilado Angel y Ford? Se construyó en los años sesenta o algo así.

–Sí, al estilo de un rancho. El uso del espacio es muy eficiente, la zona de estar de la casa está separada de las habitaciones. Es muy tradicional.

–Es raro y no me gusta.

Felicia sabía que su resistencia se debía a que no estaba acostumbrada a aquella situación. Consuelo estaba acostumbrada a vivir en el frente, o en una ciudad. Un pueblecito de la América rural tenía que resultarle chocante.

Su amiga la miró.

–Dejando mis quejas aparte, pareces contenta.

–Lo estoy –contestó Felicia, y se dio cuenta de que era cierto–. Quería encontrar un hogar, y creo que lo he encontrado. Además, tengo un trabajo nuevo –le habló de los festivales y de su nuevo puesto–. Estoy un poco preocupada por si no doy la talla.

–Vas a hacerlo estupendamente.

–Me preocupa menos la logística que el indefinible factor humano.

–Te relacionas mejor con la gente de lo que crees –le dijo Consuelo–. Cada cual tiene un estilo distinto. Tú tienes el tuyo. Y funciona. Así que sigue así.

–Ojalá... –sacudió la cabeza–. Sé que es absurdo pedir deseos.

–Pero es necesario hacerlo. Míralo por el lado bueno. A fin de cuentas, lo peor que van a descubrir de ti es que eres aún más lista de lo que pensaban en un principio. Después de eso, todo es fácil.

Felicia comprendió lo que su amiga quería decir tácitamente: lo peor que podía descubrir la gente sobre Consuelo eran las cosas que había hecho en el pasado. Quienes no vivían en esa zona gris que eran las operaciones secretas y las misiones encubiertas podían juzgarla o tenerle miedo. Tal vez no vieran que, bajo su firmeza y sus reflejos de asesina, había una mujer solitaria que simplemente quería echar raíces.

Al principio de su relación, Consuelo le había contado algunas cosas sobre su pasado. Al principio, Felicia había pensado que se trataba de la forma en que se relacionaban las mujeres, pero con el tiempo se había dado cuenta de que Consuelo la estaba poniendo a prueba. Quería ver si era una amiga de verdad, o si era de las que no podían soportar la verdad. Al final, Felicia la había convencido de que no había forma de escandalizarla. Asistía con frecuencia a informes orales sobre misiones encubiertas. Los soldados que conocía eran asesinos. Consuelo no era distinta, y tenía sus propios fantasmas con los que luchar.

–Necesitas un hombre –le dijo Felicia.

Consuelo se quedó mirándola.

–No sé qué estás pensando, pero déjalo. Si quiero echar un polvo, ya me buscaré a alguien.

–No estaba pensando en la satisfacción sexual, aunque

sea muy placentera. Necesitas tener pareja, un lugar en el que puedas permitir que un hombre llegue a conocerte de verdad y se preocupe por ti.

Los ojos oscuros de su amiga adquirieron una expresión peligrosa.

–Voy a hacer como que no te he oído.

–Pienso insistir.

Consuelo emitió un sonido parecido a un gruñido.

–No me obligues a hacerte daño.

–No me asustan tus amenazas. Son absurdas. Jamás recurrirías a la violencia, y solo la mencionas porque con los tíos funciona –se permitió una sonrisita–. Yo soy más lista que ellos.

–También eres un grano en el trasero.

–¿En los dos mofletes?

Consuelo se rio.

–Sí, en los dos mofletes. Está bien, no puedo amenazarte para que te calles. No quiero un hombre.

–Creo que quieres lo mismo que yo. Un lugar en el que sentirte a gusto.

–Pues este no es, desde luego.

–¿Por qué no? Vas a trabajar aquí. En términos logísticos, lo normal es que busques una pareja que viva cerca de tu lugar de trabajo.

–Las cosas no funcionan así.

–Admito que en la formación de una pareja siempre hay un elemento de azar. Solo estoy diciendo que, ya que estás aquí, podrías echar un vistazo.

–No soy del tipo Asociación de Madres y Padres de Alumnos.

–No tienes hijos. ¿Por qué ibas a serlo?

Consuelo levantó las cejas.

–Ah –dijo Felicia lentamente, de nuevo un poco perdida. La diferencia era que con Consuelo no tenía que avergonzarse de su torpeza–. Es como lo de la valla blanca. Ya entiendo. Tú no eres tradicional. Yo tampoco, aunque intento moverme en esa dirección –pensó en las mujeres que veía por el pueblo. Madres jóvenes con hijos. Adolescentes hablando y riendo.

–¿Te interesa alguien en particular? –preguntó Consuelo.

–Gideon.

Los ojos de su amiga se agrandaron.

–¿Gideon, el de Tailandia? ¿Ese Gideon?

Felicia hizo un gesto afirmativo.

–¿Está aquí?

–Tiene dos emisoras de radio. Nos hemos acostado.

Consuelo se quedó boquiabierta un momento, lo cual fue muy satisfactorio.

–No era mi intención que ocurriera. Fui a hablar con él, y cuanto más tiempo pasaba a su lado, más atraída me sentía por él –sonrió–. Fue de madrugada, y lo hicimos en la terraza de su casa. Fue muy apasionado.

–¿Y después?

–Vino a ver qué tal estaba. Fue un encanto. Parecía no saber si preocuparse o echar a correr.

–Típico de un tío. ¿Qué hiciste tú?

–Lo invité a una fiesta. Dijo que sí –sintió que sonreía–. Tengo una cita.

–Mi niñita está hecha toda una mujer.

–Gideon me explicó que él no era de los de para siempre. Quería decir que... –hizo una pausa y recordó que era a ella a quien le costaba entender ese tipo de expresiones–. Bueno, ya sabes lo que quiere decir.

–Que no quiere comprometerse. Mira, Felicia, cuando un tío te dice algo así, no está mintiendo. Cuando un hombre dice que nunca ha sido fiel o que no quiere una relación a largo plazo, hay que creerle.

–Lo sé. No tiene razones para mentirme.

–Lo que quiero decir es que no te enamores de él.

–Si pasamos tiempo juntos, no estoy segura de que pueda controlar mis sentimientos. Me gusta estar con él. Me gusta sentir la ilusión de que voy a verlo, y confío en que volvamos a acostarnos. ¿Eso, por definición, no me pone en peligro de enamorarme?

Felicia conocía lo suficiente a su amiga para interpretar las emociones que reflejaba su rostro. La duda se sumó a la preocupación, y Felicia comprendió la causa de ambas.

—Me apetece —afirmó—. Quiero saber cómo es tener mariposas en el estómago. Quiero sentir, en lugar de pensar constantemente. Nunca he tenido una cita, ni me he enamorado. Si Gideon me hace daño, me recuperaré. La gente se recupera.

—Siempre parece muy fácil —murmuró Consuelo—. Justo antes de que te arranquen el corazón de cuajo. Está bien, enamórate de Gideon y disfruta del sexo. Puede que salga bien.

Felicia sonrió.

—Puede que no me enamore de él, aunque estoy deseando que volvamos a acostarnos.

—Está bien tener un plan —Consuelo se puso sus gafas de sol y se levantó—. Vamos, tú. Enséñame este pueblo tan raro. Dime que hay más de dos semáforos.

—Los hay. Y también tenemos a la alcaldesa que más tiempo lleva en el cargo de toda California y festivales cada mes. En Navidad hay un belén viviente. Tengo entendido que el año pasado hubo hasta un elefante.

—¿En el belén?

Felicia asintió con la cabeza.

—Se llama Priscilla. Vive en un rancho con varias cabras y un pony. ¿Quieres que te cuente lo de las Jornadas del Perro, en la Feria de Verano?

—Solo si prometes pegarme un tiro primero.

Gideon llegó a la reunión con unos minutos de antelación. Tenía un negocio en el pueblo, y se esperaba de él que asistiera a ciertos eventos. Lo hacía con la suficiente frecuencia como para que nadie lo llamara para preguntarle por qué no participaba. Era más fácil que integrarse a su manera, pensó mientras buscaba asiento al fondo de la sala.

Después de un par de noches horribles, por fin había logrado descansar un poco. Siempre se alegraba cuando las pesadillas no lo asaltaban.

Recorrió la sala con la mirada y saludó con la cabeza a varios conocidos. Entró la alcaldesa con Charity Golden, la responsable de planificación del Ayuntamiento. Avanzaron hacia el frente de la habitación. La alcaldesa Marsha lo vio y señaló un asiento en la tarima. Él sacudió la cabeza y la anciana se echó a reír.

Gideon observó la puerta, sin saber si Felicia asistiría a la reunión. Aunque quería verla, no estaba seguro de que fuera buena idea. Aún no podía creer que la hubiera dejado quedarse a pasar la noche en su casa. Lo del sexo lo entendía. Cuatro años antes, Felicia había sido justo lo que estaba buscando: un ligue apasionado y sin complicaciones. Ella había dado un vuelco a su vida, y él se había llevado una decepción por que las cosas acabaran tan bruscamente. Descubrirla por segunda vez había sido un aliciente añadido.

Cuando una mujer como ella expresaba interés sexual, era casi imposible decirle que no. El sexo era relativamente fácil, pero ¿quedarse a pasar la noche? Eso era muy raro en él. No le gustaba. Y sin embargo había dormido con ella con la misma facilidad con que habían hecho el amor. Una verdad incómoda que aún tenía que asimilar.

Felicia entró en el salón de actos con algunas otras mujeres. Gideon reconoció a la chica que quería abrir una tienda de objetos navideños, y estaba seguro de que la rubia alta se llamaba Isabel. Era la dueña de la zapatería, o de la tienda de ropa.

Para aquella reunión no había mesa. Habían colocado las sillas en fila. Felicia lo miró y sonrió. Gideon se sintió como si le hubieran dado una patada en la tripa, y al mismo tiempo experimentó un arrebato de calor. Dios santo, era preciosa, pensó.

Ella habló con sus amigas y luego fue a reunirse con la alcaldesa y con Charity. Isabel y la mujer de la tienda de objetos navideños retrocedieron varias filas y se sentaron delante de él.

—¿Crees que vendrá? —oyó Gideon que preguntaba Isabel en voz baja.

Su amiga suspiró.

—Vas a tener que decidirte. O quieres ver a Ford o no quieres verlo.

—¿Por qué tengo que decidir, Noelle? ¿Por qué no puedo cambiar de idea como cambio de humor? No llevo siempre los mismos zapatos.

—Porque te pasas la mitad del tiempo intentando descubrir dónde va a estar y el resto del tiempo intentando no coincidir con él. Es agotador. Además, tú tienes mil zapatos. Me sorprende que puedas ponértelos más de dos días seguidos.

Isabel miró hacia la puerta.

—Ay, Dios. Es Justice. Puede que Ford haya venido con él. Tengo que esconderme.

Gideon siguió su mirada y vio que Justice entraba con Patience. Se sentaron en la segunda fila. Isabel se hundió en su asiento.

—Parece que no ha venido —dijo Noelle—. ¿Es buena noticia o mala?

Isabel se hundió más aún en el asiento.

—No lo sé.

Entraron varias personas más en el salón de actos. Gideon reconoció a los Stryker. Rafe y su socio, Dante, dueño de una promotora inmobiliaria. Shane Stryker tenía un rancho de caballos. Su hermano Clay había abierto una casa rural en el rancho Castle. Heidi, la mujer de Rafe, se sentó con ellos. Vendía queso de cabra y jabón.

—¿Está ocupado?

Gideon miró a su derecha y vio a una rubia menuda allí parada. Tenía grandes ojos castaños y parecía tener unos doce años.

—Esta reunión es para adultos —contestó—. ¿Te has equivocado de sitio?

Ella se rio y se sentó a su lado.

—Tengo veinticuatro. ¿Quieres ver mi documentación?

Gideon se azoró.

—No, perdona.

Ella siguió sonriendo.

—No te preocupes, estoy acostumbrada. Es una cuestión de tamaño. Soy bajita y mona, así que la gente piensa que todavía soy una niña. Y montar una rabieta no ayuda a que me consideren más madura, eso seguro.

Gideon miró a su izquierda y pensó en correrse unos sitios más allá.

—El caso es —siguió ella en un susurro cómplice— que no debería estar aquí. Técnicamente, aún no he montado un negocio.

—¿Te atraen las reuniones municipales?

—Estoy pensando en montar un negocio. Un puesto de venta de comida. Una furgoneta, en realidad. Todavía estoy reformándola —hizo una pausa, como si esperara una respuesta.

—¿Como una de esas furgonetas que venden tacos?

Ella hizo una mueca.

—Bueno, más o menos. Sería algo un poco más sofisticado, aunque me encanta un buen taco. La comida callejera está muy de moda. Hay ferias en Los Ángeles y San Francisco dedicadas solo a ella.

—Me alegra saberlo.

—Soy Ana Raquel Hopkins, por cierto.

—Gideon.

Ella ladeó la cabeza.

—Tú eres el de la radio. Pones esa música de los años sesenta, ¿verdad? A la abuela de mi mejor amiga le encantas.

Qué alegría saber que tenía buena acogida entre la tercera edad, pensó con sorna.

–Dice que todo el mundo habla de los ojos seductores, pero que una voz seductora es muchísimo mejor –Ana Raquel sonrió–. Se va a poner contentísima cuando le diga que te he conocido. Voy a decirle que estás como un tren. Para ser tan mayor, quiero decir.

Tenía treinta y seis años. Todavía estaba lejos de jubilarse. Pero para una chica de veinticuatro años era casi un abuelo.

Miró hacia el fondo de la sala, donde la alcaldesa Marsha se había acercado al atril.

–Gracias a todos por venir –dijo–. He pensado que era buena idea para todos aquellos que estáis montando una empresa nueva en el pueblo que nos conociéramos. Esto no va a ser una presentación formal. Quería tener la ocasión de daros la bienvenida a nuestra comunidad y responder a cualquier pregunta que podáis tener. Además, me han acompañado los miembros del gobierno municipal con los que más trato vais a tener. Voy a empezar por Felicia Swift, que desde hace poco se encarga de la organización de nuestros festivales. Estamos encantados de contar con su experiencia y su energía.

Siguió la charla, pero Gideon no se molestó en escuchar. Se puso a escuchar a la pelirroja de largas piernas y dejó que su mente rememorara el tacto de su boca. Felicia hacía el amor sin inhibiciones. Como si solo existieran aquel instante y el placer.

Le gustaba que no jugara a nada. Que fuera brutalmente sincera. Con ella, uno siempre sabía a qué atenerse. Él no quería comprometerse, pero con Felicia sentía esa tentación.

–¡Caray!

Se volvió hacia Ana Raquel y la vio mirándolo fijamente. La chica se volvió hacia Felicia.

–Así que estáis juntos.

Él se puso rígido.

—¿Por qué dices eso?

—Por cómo la miras. Madre mía, si un tío me mirara con esa mezcla de pasión y deseo, creo que entraría en combustión espontánea —se recostó en su asiento—. ¿Hace calor aquí o me lo parece a mí?

Él cambió de postura, incómodo.

—No sé de qué estás hablando.

Ana Raquel sonrió.

—Ya. Lo entiendo. No quieres que lo sepa todo el mundo. Yo puedo ser muy discreta. Confía en mí, sé lo sensibles que pueden ser los tíos.

—Yo no soy sensible. ¿No tenías que remodelar una furgoneta?

—Sí, pero eso puede esperar. Esto es mucho más interesante.

Gideon cruzó los brazos.

—Felicia y yo estamos saliendo.

—¿Desde cuándo?

—Nuestra primera cita es dentro de un par de semanas. Una fiesta.

—¿En serio? ¿Vas a esperar tanto tiempo para vuestra primera cita? No creo que aguantes. Además, mírala. ¿Crees que nadie más va a intentar ligar con ella?

—No se trata de eso.

Ella le dio unas palmaditas en el hombro.

—Siento decírtelo, pero cuando un hombre mira a una mujer como tú la estabas mirando a ella, siempre se trata de eso.

Gideon volvió a prestar atención a la presentación. Felicia había acabado de hablar y otra persona de la oficina de la alcaldesa había ocupado su lugar. Se descubrió mirando a Felicia, observando la curva de su mejilla y cómo escuchaba atentamente, sin duda memorizándolo todo.

Ella lo miró y sonrió. A su lado, Ana Raquel masculló satisfecha:

—¿Lo ves?

Gideon no le hizo caso.

Pero después de la reunión se descubrió caminando hacia el fondo del salón. Se detuvo junto a Felicia, sin saber qué hacer ni qué decir.

—Hola —dijo ella—. ¿A que ha sido genial? Creo que la alcaldesa Marsha hace muy bien ayudando a relacionarse a los nuevos empresarios. Como sociedad, funcionamos mejor cuando existe un vínculo emocional entre los individuos. La unión hace la fuerza.

Si Gideon se lo pedía, seguramente Felicia podría escribirle la fórmula matemática del origen del universo. Hablaba cerca de una docena de idiomas. Pero ella misma había reconocido que nunca había tenido una cita.

Iban a ir a una fiesta, pensó Gideon. Debía bastarle con eso. Pero no le bastaba. Él había sido su primer amante, algo que todavía le daba sudores fríos. Aun así, sin poder remediarlo, odiaba la idea de que algún cretino se aprovechara de ella.

—¿Te apetece cenar conmigo? —preguntó—. ¿Esta noche? ¿En mi casa?

Ella apretó los labios.

—¿Me estás invitando a cenar?

—Sí.

—¿Como una...?

—Cita.

—Ya tenemos una cita. Para la fiesta.

—¿Quieres esperar hasta entonces para cenar conmigo?

—No. Me gusta pasar tiempo contigo. Gracias. Me encantaría.

—Nos vemos a las siete.

Ella hizo un gesto afirmativo.

Gideon se volvió y vio a Ana Raquel junto a la puerta. La chica le sonrió y le hizo un gesto levantando el pulgar. Gideon sofocó un gruñido.

Capítulo 6

Felicia sabía que solía regalarse vino cuando a uno lo invitaban a cenar. Se había conectado a Internet y había leído sobre algunas otras opciones interesantes, entre ellas llevar un plato de regalo, o el postre, o bien flores o algún otro regalo para el anfitrión. Pero estaba segura de que a Gideon no le haría ilusión que le regalara un bonito marco de plata o un sujetaservilletas con sus servilletas a juego.

Llegó puntual, con el vino en la mano, y llamó a la puerta.

Durante los segundos que Gideon tardó en abrir, hizo respiraciones para que su corazón no latiera tan aprisa y para reducir su ansiedad. No era agradable estar nerviosa, y teniendo en cuenta que apenas había comido en todo el día, le sorprendió tener de pronto ganas de vomitar.

Tal vez se había preocupado demasiado por su apariencia. Se había probado varios conjuntos, y aunque ninguno de ellos era inapropiado, tampoco le parecía que encajaran. Los vaqueros eran demasiado informales, y ponerse un vestido le parecía demasiado formal. Por fin había optado por unos pantalones pirata blancos y una camiseta de seda verde oscura. El escote era lo bastante pronunciado para mostrar la sombra de su canalillo, que a los hombres parecía gustarles. No sabía si aquella ropa le favorecía, y era consciente de que no sabía lo suficiente de moda para sentirse segura en ese terreno. Nunca había tenido motivos para estudiarlo.

Se abrió la puerta y Gideon apareció ante ella.

–Hola –dijo con voz baja y sensual.

Sintió que se le encogían los músculos del estómago.

–Hola –le tendió la botella de vino–. He encontrado en Internet varias opciones para la cena. Como no sabía qué íbamos a tomar, la decisión era más difícil, pero estadísticamente es más probable que en una barbacoa se coma carne roja, así que me he decantado por un tinto con cuerpo.

Él le sonrió.

–Vamos a tomar carne. Pasa.

Entró tras él en la casa.

Los días eran largos en aquella época del año y la casa estaba inundada de luz. Vio, más allá del salón, la terraza y el paisaje, que parecía extenderse kilómetros y kilómetros. La última vez que había estado allí solo había intuido la vastedad del paisaje. Ahora podía verlo con claridad.

Los árboles alfombraban las faldas de los montes. Más allá había otra sierra y, entre una y otra, un valle lejano.

Gideon la condujo a la cocina. Era grande, con armarios oscuros y electrodomésticos de acero inoxidable. Las luces del techo se reflejaban en las encimeras de granito.

Él abrió la botella de vino, tomó dos copas y sirvió. Felicia aceptó una, Gideon tomó la otra y salieron a la terraza.

De cerca, el panorama era aún más impresionante. Felicia se acercó a la barandilla y señaló monte abajo.

–Se ve el lugar donde una avalancha arrancó los árboles –comentó–. Ese grupo del medio es mucho más bajo. Teniendo en cuenta cuánto crecen estos árboles al año, yo diría que sucedió hará unos cuarenta años –miró hacia el lado izquierdo de la casa–. Como esta zona está nivelada, es improbable que vuelva a pasar, pero debe de ser impresionante verlo.

Gideon sonrió.

—Siempre y cuando no lo veas desde abajo.

Ella se rio.

—Sí. Si hay una avalancha, conviene estar a un lado o por encima.

Se fijó en los muebles de la terraza. No estaban en el mismo sitio que la vez anterior, pero si se giraba ligeramente podía ver la tumbona en la que habían hecho el amor.

Una súbita oleada de deseo se apoderó de ella, y se descubrió pensando en acercarse a Gideon, en apoyarse en él y dejar que la abrazara. Deseaba besarlo y tocarlo.

—¿Esta noche no trabajas? —preguntó.

—Mi turno empieza a las once.

Felicia calculó de cabeza.

—Entonces un encuentro sexual resulta improbable.

Gideon, que estaba tragando, comenzó a toser. Felicia observó su tos por si podía ayudarlo, pero llegó a la conclusión de que se recuperaría con facilidad. Unos segundos después, él respiró hondo.

—No es cuestión de tiempo —contestó con voz rasposa.

—Supongo que tienes razón. Podríamos no cenar.

Gideon meneó la cabeza.

—Estaba pensando más bien en que esto fuera como una primera cita. No es que yo sea muy tradicional, pero estoy seguro de que se supone que tenemos que esperar un poco. Conocernos mejor, quizá.

—Ah —se quedó pensando—. Establecer un vínculo emocional antes de mantener contacto físico. Tienes razón. Así es como suele pasar.

Aunque disfrutaba muchísimo haciendo el amor con Gideon, a ella también le apetecía esperar. Por lo que le habían dicho, el sexo era aún mejor si se practicaba con alguien que te importaba. No creía que hacer el amor con Gideon pudiera ser aún más placentero de lo que era ya, pero averiguarlo sería un experimento maravilloso. Además, si quería llevar una vida normal, tenía que comportarse de manera normal.

—Tienes razón —le dijo—. Esto es una primera cita. Deberíamos conocernos mejor —se volvió hacia la casa—. ¿Cuánto tiempo llevas viviendo aquí?

—Un poco más de un año. Un tipo de Los Ángeles compró el terreno y empezó a construir, pero luego se dio cuenta de que no le gustaba estar tan lejos de la gran ciudad. Le compré la casa y la terminé. Hice algunas modificaciones.

Felicia dedujo que había puesto más ventanas, y quizá también las claraboyas.

—¿Qué pasa cuando te quedas atrapado aquí por el mal tiempo?

—Estoy preparado. Hay un generador eléctrico, y tengo siempre una buena provisión de comida.

—Gajes del oficio —comentó ella.

Gideon se encogió de hombros y tomó su vino.

—Estar preparado no es malo. ¿Y tú? ¿Dónde te criaste?

Felicia respiró hondo. Sí, Gideon no sabía casi nada de su vida. Aquella noche, cuatro años antes, apenas habían hablado.

—Cerca de Chicago —hizo una pausa, reacia a hablar con detalle de su pasado. La gente reaccionaba de manera insospechada cuando les contaba cómo había crecido—. No fui una niña fácil —añadió—. Leía a los dos años y a los tres hacía complejas ecuaciones matemáticas. A los cuatro usé unas cosas que encontré debajo de la pila de la cocina para fabricar una bomba.

Gideon levantó una ceja.

—¿A propósito?

—Sabía que explotaría y me pareció divertido. No quería destrozar nada. Pero mis padres no lo vieron así.

—Te metiste en un buen lío, ¿eh?

—Pensaron que necesitaba un ambiente más estructurado. Algún sitio donde tuviera estímulos intelectuales. No sabían qué hacer conmigo.

Sabía que estaba buscando excusas, diciendo lo que decía siempre. Y, aunque era cierto, también era un modo de esquivar cualquier reacción emocional a la cruda realidad. A sus padres les daba miedo. No habían querido tenerla cerca.

Bebió un sorbo de vino.

–Varios profesores de la universidad se pusieron en contacto con ellos. Les propusieron que estudiara con ellos, que aprendiera todo lo que quisiera, y que a cambio ellos intentarían averiguar qué me hacía distinta a los demás.

Sus padres la habían cedido a un experimento de laboratorio, pensó, y se dijo que no era para tanto. A fin de cuentas, estaba bien.

–Tenía acceso a todas las clases del campus, a los mejores profesores. Estudié con científicos y premios Nobel. Fue una oportunidad extraordinaria.

Gideon la miró atentamente.

–Estabas sola.

–Siempre tenía supervisión de algún adulto. El personal se ocupaba de eso.

–Pero no tenías familia, ni amigos.

No había compasión en su voz, pero Felicia se preparó para escucharla.

–No estaba en situación de tener amigos –reconoció–. Era demasiado pequeña para que pudiera relacionarme con los demás alumnos, y los adultos me veían como alguien de quien aprender, no como una igual. A algunos les daba miedo mi inteligencia. A los catorce años me convertí en una menor emancipada. Publiqué artículos y escribí varios libros para ganarme la vida. A los dieciséis decidí que quería dedicarme a otra cosa.

–Sabía que habías ido a la universidad siendo muy joven, pero no que... –se interrumpió con expresión de lástima.

—No tienes por qué sentir pena por mí —le dijo ella—. Era feliz. Sí, tenía una existencia más solitaria que la mayoría, pero no estoy segura de que me hubiera ido mejor si mi infancia hubiera sido normal. He tenido una educación magnífica.

—Pero la vida es algo más que lo que se aprende en la escuela.

—Estoy de acuerdo. Algunos estudiantes se esforzaban mucho. Uno de ellos había sido militar. Lo habían herido, había perdido las piernas. Le costaba moverse, pero nunca se quejaba. Era simpático y divertido, y me trataba como a una hermana pequeña —torció la boca—. Murió por complicaciones de sus heridas. Yo tenía dieciséis años. A la semana siguiente falsifiqué mi documentación para ingresar en el ejército. No les conté que tenía varios títulos. Para ellos, no era más que una chica que se había alistado.

—¿Cuánto tiempo duró eso?

Ella sonrió.

—El suficiente. Pude integrarme. Había normas y yo no tengo problema en aceptarlas. Como me interesaba la logística, me destinaron a un equipo de las Fuerzas Especiales, y el resto ya lo sabes —miró hacia los árboles—. Seguro que hay búhos en el bosque. Me pregunto si veremos alguno cuando anochezca.

—Felicia...

Se volvió hacia él. Tenía una mirada intensa, pero no logró deducir qué estaba pensando.

—Estoy bien —le dijo—. No tienes que preocuparte por mí.

—Entonces no lo haré.

Pero no estaba segura de que estuviera diciendo la verdad. En realidad, la idea de que se preocupara por ella la hacía feliz, lo cual resultaba desconcertante. ¿No debía intentar convencerlo de que era absolutamente autosuficiente? Suspiró. Los rituales de apareamiento eran complicados en todas las especies, pero en el caso de los humanos las reglas, además, cambiaban constantemente.

Gideon puso los filetes en los platos y Felicia los llevó a la mesa. Habían preparado juntos una ensalada, y ella había hecho el aderezo mientras Gideon ponía la carne en la parrilla. Se sentaron el uno frente al otro. El sol poniente proyectaba sombras sobre la terraza.

Ella comenzó a cortar su filete.

–Perfecto –comentó–. Entiendo las condiciones necesarias para cocinar, pero, aunque me sé la teoría, no siempre soy capaz de llevarla a la práctica. No sé hacer dulces, por más que lo he intentado. Consuelo dice que mis defectos me hacen simpática, pero no estoy muy segura de que sea cierto. Aunque a nadie le gusten las sabelotodos.

Gideon sacudió la cabeza.

–Tú no eres una sabelotodo. Es una cuestión de actitud.

Felicia era extremadamente inteligente, pero de una manera natural. Tratándose de ella, era como si fuera muy alta, o como si tuviera muy buen oído. Sencillamente, era así.

–Espero que tengas razón. Quiero caerle bien a la gente. Es uno de los atractivos de este pueblo. Que tengo amigos –suspiró–. Amigas, en realidad. Quedamos para comer o para tomar algo después del trabajo.

Una vida normal, pensó Gideon. Lo que no había tenido de pequeña. En el ejército habría tenido esa oportunidad, pero en las Fuerzas Especiales no había muchas mujeres. Entre las largas jornadas de trabajo y los viajes constantes, no habría podido hacer amigas con las que salir.

Felicia le sonrió con un brillo divertido en la mirada.

–Eres un tema de conversación recurrente –le dijo–. Las mujeres te encuentran sexualmente atractivo. Además, admiran tu físico cuando andas por el pueblo.

Gideon consiguió tragarse el trozo de filete sin atragantarse.

–No me digas eso.
–¿Por qué no? Es verdad y deberías sentirte halagado.
–Yo no lo creo.

Miró su brazo izquierdo y tocó ligeramente el tatuaje que se veía por debajo de su manga.

–También les intriga esto. Las mujeres mayores relacionan los tatuajes y tu antigua profesión con el peligro. Las más jóvenes te encuentran sencillamente sexy. Pero todas pueden escuchar tu voz por las noches, lo que te hace más accesible. Es una combinación irresistible –se detuvo un segundo. Luego se rio–. Como la miel para las moscas.

–Creía que no te gustaban los clichés.

–Me parecen útiles cuando me relaciono con otras personas. La estructura de mi discurso es más bien formal.

–Puede que solo sean las palabras que eliges.

Ella asintió.

–Estoy de acuerdo. Conozco demasiadas palabras, y me gusta hablar con precisión. Pero a muchas personas les resulta chocante.

–Esas personas no tienen sentido del humor.

–Ojalá lo tuviera yo. No siempre entiendo los chistes. También tengo problemas con las referencias culturales. Cuando era pequeña no veía la televisión, pero ahora me he puesto al día, y he leído los libros más conocidos –sonrió–. Conozco *Harry Potter* y *Crepúsculo*.

–¿Magia y vampiros? No es lo mío.

–Sí, pero acabas de darme la razón. Sabes qué son, aunque no hayas leído los libros ni visto las películas. Yo me perdí todo eso hasta los dieciséis años. Podía hablarte de los avances en la investigación sobre el origen del universo, pero no sabía lo que era una Barbie –hizo amago de decir algo más, pero se detuvo. Su mirada se afiló–. Tú sabes perfectamente de lo que hablo –dijo en voz baja–. Tuviste una experiencia parecida cuando estuviste prisionero de los talibanes. Vivir fuera del tiempo –tocó de nuevo su brazo–. No es que esté equiparando mi experiencia con la tuya.

–Bueno, no recibía la prensa diaria, si es a eso a lo que te refieres –mantuvo un tono ligero y se dispuso a esquivar cualquier pregunta que le hiciera. Él no hablaba de su pasado con nadie. Era agua pasada, había seguido adelante. No creía que estuviera curado, pero sabía que nunca lo estaría. Las pesadillas eran prueba de ello. Algunas heridas permanecían abiertas para siempre. Pero iba tirando, y casi siempre se las ingeniaba para que los demás creyeran que era como ellos.

–Yo habría seguido buscando –le dijo ella, haciéndolo volver al presente–. Si hubieras formado parte de mi equipo. Hicieron mal abandonando la búsqueda.

Gideon notó que, aunque parecía fascinada por su filete, no estaba comiendo.

–No lo sabía nadie –le dijo–. En eso consistía mi misión.

–Siempre lo sabe alguien. Alguien tiene que meterte allí y alguien tiene un plan para sacarte, te proporcionan equipación... No debieron dejarte allí.

Desconocía los detalles, pero podía adivinarlos. Y tenía razón: alguien tenía que saberlo. A su equipo lo habían dejado allí y les habían dicho que estaban solos. Pero alguien tenía que saber dónde estaban.

–Política –murmuró, y tomó su copa de vino.

–¿Había más hombres contigo? –preguntó.

–Tres.

Tres hombres a los que había visto morir. Lenta y dolorosamente. Uno por uno habían sucumbido a la tortura, a la locura.

Dejó su copa.

–Tenían familia. Algunos tenían hijos. Hablaban de ellos, de cuánto los echaban de menos, de cuánto deseaban volver a verlos. Tenían esperanza. Tenían fe. Me decían que eso les hacía fuertes, pero se equivocaban. Tener algo por lo que vivir significaba que también tenían algo que perder. Esos cerdos les hacían más daño por eso. Yo salí con vida porque me daba lo mismo vivir que morir.

Había sido entonces cuando había aprendido esa lección: era mejor estar solo. No querer a nadie. No tener nada que perder. Eso era lo que le había salvado la vida.

–¿El amor equivale a la muerte? –preguntó Felicia.

–Algo así.

–Me gustaría explicarte que te equivocas, pero no tienes motivos para creerme. Las cicatrices mentales y emocionales de tu cautiverio deben de ser muy hondas. Y las lecciones que se aprenden en situaciones traumáticas nos acompañan toda la vida –le dedicó una sonrisa trémula–. Cuando tenía cinco años, me quedé encerrada en un armario con una araña. Fueron solo unos minutos, pero todavía recuerdo mis gritos –ladeó su silla hacia él–. ¿Me equivoco al suponer que no te interesan los compromisos sentimentales? ¿Que, aunque disfrutas de mi compañía y el sexo te parezca placentero, no quieres sentir apego hacia mí?

No era así como él lo habría expresado, pero:

–Sí.

–Yo quiero echar raíces –añadió Felicia–. Quiero enamorarme. Sé que es un sentimiento de origen químico en su mayor parte, pero aun así quiero saber cómo es. Y con el tiempo quiero casarme y tener hijos. Quiero formar parte de una familia. Sentirme arraigada. A ti no te interesan esas cosas.

–No.

–Entonces pasar tiempo contigo no me ayuda a conseguir mi objetivo.

Cuánta crudeza, pensó Gideon, sorprendido por la patada que sintió en las tripas. Pero Felicia sabía lo que quería, y él no tenía derecho a hacerle perder el tiempo.

–Ya te lo dije, no soy de los de para siempre.

Ella hizo un gesto afirmativo.

–Aun así, me siento reacia a dejar de verte. Me pregunto si me siento atraída por los elementos tradicionales de chico malo que destacan en tu personalidad. O puede que se trata de simple compatibilidad sexual. Me gusta imaginarnos haciendo el amor y teniendo orgasmos juntos –suspiró–. No estoy segura de qué debo hacer.

Gideon sintió el impulso, salido directamente de su verga repentinamente dura, de sugerirle que practicaran algunos de aquellos orgasmos allí mismo, enseguida. Al diablo con la cena y con sus objetivos vitales. Pero Felicia le gustaba casi tanto como la deseaba, y no quería estropearlo todo por el impulso de echar un polvo.

–Deberías alejarte de mí –le dijo haciendo un penoso esfuerzo.

–Una solución sensata –se quedó mirándolo–. Pero no quiero ser sensata. ¿Por qué será?

–¿Porque eres una mujer?

Ella se rio.

–Creo que mi capacidad de raciocinio es mucho mayor que la tuya, pero el comentario sexista es encantador –asintió–. Tengo que reflexionar sobre ello. ¿Te importa que me piense qué quiero hacer y te lo diga más adelante?

No se parecía a nadie que él hubiera conocido. Pero por eso precisamente la deseaba más aún.

–Tómate tu tiempo.

–¿Y no te importa que acabemos de cenar?

–Claro que no.

–Bien –sonrió–. ¿Quieres que hablemos de deportes? Tengo bastantes conocimientos de béisbol y puedo hablar de la clasificación de los equipos, incluyendo las estadísticas de los jugadores.

Gideon empezó a reírse. Luego se inclinó y la besó. Felicia se quedó mirándolo.

–¿Por qué has hecho eso?

–Porque no he podido evitarlo.

Sonrió.

–¿Hay algo más que no puedas evitar?

–De eso nada, señorita. Primero tienes que tomar una decisión. Sexo sin ataduras y citas sabiendo que lo nuestro no durará, o alejarte de mí y esperar al Hombre Perfecto.

Felicia asintió con la cabeza.

—Sí, es lo más sensato —sus ojos se agrandaron—. A esto se refieren las mujeres cuando hablan del Hombre Perfecto Ahora. Cuando se sienten atraídas por hombres como tú.

—No exactamente —murmuró él—. Pero más o menos.

Capítulo 7

–Esto podría estar más alto –gritó Ford desde lo alto de la cuerda que colgaba de una gruesa rama de árbol, a unos seis metros del suelo.

–Sí –le respondió Consuelo–. Y también podríamos cavar un foso y poner unos cuantos cocodrilos. ¿Qué te parece?

–¡Genial!

Gideon meneó la cabeza. Cualquier día, Ford y Angel se matarían con sus absurdas competiciones. Pero como llevaban años intentando superarse el uno al otro, sabía que no iba a hacerles cambiar de idea. Le habían pedido que planteara ideas para hacer más difícil la pista de obstáculos para los profesionales y que al mismo tiempo pudieran usarla personas «normales». Ignoraba por qué creían que sabía más de esas cosas que Ford, Angel o Consuelo, pero al menos disfrutaría pasando una mañana en el bosque.

Angel dio unas palmadas a un gran árbol.

–Los troncos suelen tener un lado plano. Podríamos montar dianas.

–Nada de disparar en el bosque –replicó Consuelo–. ¿Es que quieres que muera alguien? Vamos a tener una pista de tiro especial a un lado o al otro del almacén. ¿Se puede saber qué te pasa?

Angel se quedó mirándola.

—¿Qué?

—Díselo —exigió Consuelo, señalando a Angel—. Dile que es idiota.

—Eres idiota —obedeció Gideon.

Angel lo miró con enfado.

—Oye, ¿por qué te pones de su lado? Somos amigos. A ella acabas de conocerla.

—Pero me cae mejor.

Consuelo sonrió.

—Lo mismo digo —dijo.

Angel resopló, enojado, y se alejó.

Gideon se rio, acordándose de que así eran las cosas en el campo de batalla. Había peligro, claro, y también estrés, pero los momentos de calma eran divertidos. La vida se vivía con más intensidad porque podía acabarse en cualquier momento.

Consuelo era baja pero fuerte, y se movía como si supiera perfectamente lo que hacía. Ford se la había presentado diciendo que iba a enseñar combate cuerpo a cuerpo y lucha callejeras, además de dar varias clases tácticas. Gideon dedujo que conocía formas de matar que harían estremecerse al soldado más aguerrido.

Pero sabía también que era una de las pocas personas a las que Felicia consideraba íntimas, y eso era más importante para él.

Ford se deslizó hasta el suelo y se apartó de la cuerda.

—¿Qué tal la pista? —preguntó.

Gideon señaló hacia el oeste.

—Carrera suave de tres kilómetros hasta la linde del viñedo y luego hacia al norte, otro kilómetro y medio. Las dianas ya están montadas. Disparad desde una distancia de treinta metros. Al centro de la diana y abajo a la izquierda —miró a derecha e izquierda—. ¿Queréis intentarlo? Se me ha caído una cosa por el camino. Uno de vosotros podría traérmelo.

Angel y Ford asintieron con un brillo en los ojos. Gideon hizo una pausa.

—Está bien, adelante.

Angel y Ford echaron a correr.

—¿No habías dicho «carrera suave»? —preguntó Consuelo.

—¿Alguna vez les has visto hacer algo suavemente?

—Tienes razón —suspiró—. Espero que gane Ford. El que pierda cocinará una semana, y Angel es mejor cocinero —lo miró—. Soy amiga de Felicia.

Gideon miró sus ojos oscuros.

—Ya me he enterado.

—¿Qué probabilidades hay de que salga de esto con el corazón de una pieza?

—Todavía no ha decidido si vamos a seguir saliendo.

Lo cual no respondía a la pregunta, pero al menos lo había intentado. Consuelo levantó las cejas.

—¿Qué tiene eso que ver?

—No quiero hacerle daño —contestó—. Quiero que sea feliz.

—¿Contigo?

—No —reconoció—. Conmigo, no —en otro tiempo, quizá. Pero desde hacía mucho no. No le interesaba echar raíces. Querer a alguien. Le gustaba vivir al margen, fingir que encajaba a pesar de saber que no era cierto. Era más fácil. Más seguro. Reconfortante.

—¿Se lo has dicho a ella?

—Varias veces.

—¿Va a hacerte caso?

—¿Hacen caso las mujeres alguna vez?

Casi esperaba que lo arrojara al suelo con una llave y le pusiera el pie en el cuello. O al menos que lo intentara.

—Las mujeres suelen oír lo que quieren oír —comentó Consuelo a regañadientes—. Puede que Felicia sea más lista que la mayoría, pero en lo que respecta a conocer a los hombres, es igual que todas.

En parte se debía a falta de experiencia, pensó Gideon. Felicia se había perdido muchas cosas que las mujeres de su edad daban por descontadas. Nunca había salido con nadie. Tal vez él no pudiera ofrecerle una casa con valla de madera blanca, pero podía dejar que practicara con él. Que adquiriera cierta experiencia con un hombre que solo quería lo mejor para ella. Siempre y cuando ambos recordaran cuáles eran los límites.

Oyeron dos rápidos disparos a los lejos. Quince segundos más tarde, otras dos detonaciones resonaron en las montañas.

–¿Qué les has dejado para que lo encontraran? –preguntó Consuelo.

Gideon sonrió.

–Un lápiz de memoria.

–Maldita sea –masculló ella–. Espero que gane Ford.

Felicia no conseguía sentirse a gusto en el despacho de Pia. Era su tercer día y todavía se sentía como una intrusa. Pia le había dado las llaves del despacho. El problema no era que se sintiera sin derecho a girar la cerradura: era lo que sucedía una vez estaba dentro.

El despacho era pequeño. Apenas había espacio para un escritorio, un par de sillas y un montón de cajoneras. En la pizarra blanca estaban anotados todos los festivales y, debajo de cada uno, una lista de cosas pendientes. La pared que quedaba libre estaba ocupada por carteles de distintos eventos.

Sabía dónde estaba cada cosa y entendía que ahora ella estaba al frente de los festivales, pero no podía sacudirse la sensación de que aquel no era su sitio.

Se sentía dominada por la monstruosa agenda y los montones de papeles. El sistema de Pia estaba bien organizado, pero se basaba en el papel. El pequeño despacho tenía un olor característico. No era desagradable, pero Felicia tenía la impresión de haber entrado en un lugar antiguo y sagrado en el que estaba prohibido cambiar nada, y quienes osaban intentarlo eran castigados.

Se moría de ganas de crear una base de datos y guardarlo todo en el ordenador. Así podría relegar todas aquellas cajoneras a un almacén y tendría un poco de espacio. Pero allí no, pensó, y se regañó a sí misma por dejarse llevar por su propia superstición. Sin embargo, no lograba sofocar aquella sensación de inquietud.

Una semana más solamente, se dijo. Ya había quedado en trasladarse de despacho el lunes siguiente. Justice, Angel y Ford iban a ayudarla. Ella se encargaría de embalarlo todo y de tenerlo listo para la mudanza. En cuanto estuviera instalada en su nuevo despacho, se sentiría más a gusto en su trabajo. Al menos eso esperaba.

Seguía preocupándole no hacerlo bien. No la parte logística del trabajo: eso era fácil. Era el resto lo que le preocupaba. Conectar con la gente, generar recuerdos. ¿Y si se equivocaba? ¿Y si no pegaba allí ni con cola?

Usar aquella frase hecha la hizo sonreír. Le gustaban los refranes y las expresiones populares. No solo porque encajaban en muchas situaciones, sino porque todo el mundo las entendía. Le permitían comunicarse más fácilmente con quienes la rodeaban.

Alguien llamó a la puerta entornada del despacho. Entró una mujer rubia de unos cincuenta y cinco años. Era de estatura media y tenía unos rasgos agradables y una sonrisa acogedora.

–Hola, soy Denise Hendrix. ¿Tienes un segundo?

Felicia había oído hablar de la familia Hendrix. Ford era el menor de los tres chicos. Tenía tres hermanas pequeñas que eran trillizas. Aquella debía de ser su madre, aunque Denise parecía mucho más joven de lo que era.

–Claro –contestó, levantándose–. Conozco a Ford.

Denise se acercó con la mano extendida.

–Eres la joven a la que se le da tan bien la logística. Sí,

Ford me ha hablado de ti. Por lo que dice, vas a empuñar el látigo para poner nuestros festivales a la orden del día.

–Confío en que sigan funcionando –repuso–. Quiero respetar la historia del pueblo y sus fiestas. No sé si necesitaré un látigo.

Se quedó callada, confiando en que la broma surtiera efecto. Denise se rio y tomó asiento. Felicia se acomodó detrás del escritorio, aliviada por haber tenido un rasgo de buen humor. El humor era algo tan complicado, se dijo. Tan subjetivo, con tantos matices... Ella prefería las situaciones en las que podía predecir el resultado.

Denise se inclinó hacia delante.

–Quiero alquilar una caseta para el festival del Cuatro de Julio. ¿Se alquila o se arrienda? No conozco la terminología exacta, pero quiero una caseta.

–El Ayuntamiento exige la presentación de una solicitud –le dijo Felicia–. Es un proceso muy sencillo. ¿Va a cocinar y a servir comida? En ese caso es más complicado. Por la reglamentación sanitaria y esas cosas.

–No, nada de comida –le aseguró Denise–. Quiero montar una caseta para encontrarle una novia a Ford.

Felicia se quedó mirándola. Debía de haber oído mal. O no haber entendido lo que quería decir porque...

Denise suspiró.

–Crees que estoy loca.

–No, señora.

–Está bien. Loca no, pero sí un poco atolondrada –se encogió de hombros–. Lo acepto. Pero me niego a tirar la toalla, así que voy a tomar cartas en el asunto.

Más frases hechas, pensó Felicia, todavía asombrada.

–Eso siempre ayuda –comentó sin saber qué decir.

–Exacto –Denise asintió–. Ford ha estado fuera tanto tiempo... Lo echaba de menos todos los días. Sé cómo se sentía y no puedo reprocharle que se marchara, pero ahora que está en casa quiero que se quede. Así que he pensado que, si se enamora y se casa con una chica de aquí, querrá quedarse. Que yo sepa no está saliendo con nadie, así que puede que lleve un tiempo. Por eso he pensado que en realidad no hace falta que sea él quien encuentre la chica adecuada. Puedo buscársela yo.

Felicia no supo qué responder. Y no por su falta de habilidades sociales, sino porque de repente se había quedado en blanco.

–¿Sabe Ford que...?

–¿Que pienso buscarle esposa? –Denise negó con la cabeza–. No. Pronto lo averiguará, pero para entonces ya será demasiado tarde. Ah, y también voy a buscarle novia a Kent. Por fin se ha dado por vencido con su exmujer. Menos mal. Lorraine resultó ser una auténtica bruja. Puedo perdonarle que abandonara a Kent. Está mal, pero, en fin, las relaciones fracasan a veces. Pero que dejara a su hijo, a mi nieto... Eso sí que no se lo perdono.

Felicia se sintió como si hubiera perdido la capacidad de razonar.

–Yo, eh...

Denise sonrió.

–Se me ha ocurrido decorar la caseta con sencillez. Con un cartel llamativo, quizá. «¿Quieres casarte con este hombre?» o algo así. Llevaré fotos de mis dos chicos cuando eran bebés para que las vean las mujeres. Así se harán una idea de cómo serán sus hijos –se inclinó hacia delante y bajó la voz en tono cómplice–. Todo esto es por los nietos. Kent tiene a Reese y Ethan tiene a Tyler, a Melissa y a Abby. Mis niñas están todas casadas y tienen hijos. Ford me debe un nieto. Quiero que se case y, si no lo hace por sus propios medios, estoy dispuesta a hacerlo por él –sacó una carpeta de su bolso–. He hecho una lista con las características que busco. He pensado en pedirles a las jóvenes que rellenen un impreso y luego clasificarlos yo misma –le pasó una hoja de papel.

Felicia la miró. Efectivamente, era una solicitud para el puesto de esposa. El documento, de tres páginas, era sorprendentemente minucioso. Estaba el historial clínico, un hueco para hablar de relaciones anteriores y unas cuantas líneas dedicadas a las expectativas de futuro.

—La inteligencia se transmite a través de la madre —murmuró Felicia—. Quizá convenga que compruebe el expediente educativo de las candidatas.

—Gracias, lo haré —Denise la miró—. Entonces, ¿puedo tener una caseta?

—Claro.

Felicia se levantó y recogió los papeles necesarios para el permiso.

—Todavía hay tiempo para que tenga una en el festival del Cuatro de Julio —dijo.

—Estupendo. Quiero que la caseta esté en una zona con mucho trasiego. Sé que ahí fuera hay una chica adecuada para cada uno de mis hijos, y voy a encontrarla.

Felicia no pudo decidir si quería estar cerca o lejos cuando Ford averiguara lo que se proponía su madre. Sabía que Consuelo se partiría de risa cuando supiera lo que estaba pasando.

Denise tomó las hojas de papel.

—Gracias por tu ayuda.

—De nada.

La señora Hendrix se marchó. Felicia volvió a sentarse frente al ordenador, y entonces cayó en la cuenta de que Denise no la había considerado en ningún momento como posible candidata para uno de sus «chicos». Era soltera, inteligente y razonablemente atractiva. Y, sin embargo, Denise no le había dicho ni una palabra al respecto. Ni siquiera había insinuado que sería bien acogida en la familia Hendrix.

¿Por qué sería? ¿Había notado Denise con solo mirarla que no encajaría? ¿Era una cosa maternal? Ella no quería salir con Ford, y a Kent no lo conocía, pero aun así. ¿No podía entrar en la lista?

Por lo visto no, pensó con tristeza. Lo que significaba

que, si quería enamorarse y tener familia, iba a tener que descubrir cómo ser más normal. Iba a tener que encajar mejor. Y solo conocía una forma de conseguirlo.

–Sean fieles, señores –dijo Gideon al micrófono–, o ya saben lo que pasará –pulsó un botón y comenzó a sonar *Suspicious minds*, de Elvis. Se rio para sus adentros al estirarse en la silla.

Cuando estaba allí, todo parecía marchar bien. Solo estaban él, la noche y la música. Últimamente veía a demasiada gente, y eso siempre lo desgastaba. Necesitaba su soledad, su rutina.

Al llegar a Fool's Gold, no había sabido qué esperar, más allá de lo que le había contado Ford: que era un pueblo pequeño, pero animado, y que allí podría establecerse. Había querido desaparecer y había dado por supuesto que el mejor lugar para hacerlo sería la gran ciudad. Pero aun así había ido a visitar el pueblo e, inopinadamente, le habían encantado sus bonitas calles y sus simpáticos vecinos.

La primera persona a la que había conocido era la alcaldesa Marsha. Se había parado delante de El zorro y el sabueso, se había quedado mirándolo unos segundos y había preguntado:

–¿Gideon o Gabriel?

A él lo había pillado tan por sorpresa que no solo conociera su nombre sino también el de su hermano gemelo, que se había marchado sin contestar palabra.

Había montado en su coche y había conducido sin rumbo, preguntándose quién era aquella mujer y cómo había adivinado su identidad. Veinte minutos más tarde se había descubierto frente a la emisora de radio. El gran cartel de «Se vende» le había hecho reír. Era una emisora de radio, por amor de Dios, no un garaje. Pero había entrado y había pedido que se la enseñaran.

Menos de un mes después, era el propietario de las dos emisoras, la de AM y la de FM. Había invertido casi todos sus ahorros en la compra. Le había quedado lo suficiente para acabar la casa y poco más, pero no le importaba. Las emisoras iban bien, y podía ahorrar la mayor parte de su sueldo. No necesitaba gran cosa. Aunque nunca sería un magnate de los negocios, le sorprendía que le fueran tan bien las cosas y procuraba recordarlo cuando tenía una mala noche.

La alcaldesa Marsha había ido a visitarlo el día de su estreno en la emisora. Le había pedido disculpas por decirle a la gente que era Gabriel en lugar de Gideon, y le había explicado que estaba convencida de que era su hermano quien se instalaría en el pueblo. Una afirmación carente de sentido. Su hermano era médico y trabajaba con los soldados más malheridos. San Gabriel, pensó Gideon con acritud. ¿O era un ángel? Hacía años que no hablaba con su hermano. Y no porque hubieran discutido, sino porque no tenían nada que decirse.

Acabó la canción. Gideon puso la siguiente de su lista, pero pensar en su hermano lo llevó a pensar en su familia. Tenía que llamar a su madre la semana siguiente. Se preocupaba si no tenía noticias suyas de cuando en cuando. Pero primero tenía que pasar un tiempo a solas. Por la mañana saldría a correr. Que los kilómetros obraran su magia y lo sanaran.

Brilló la luz de la pared, indicando que había alguien en la puerta. Miró el reloj. Era casi medianoche: tarde para visitas. Se levantó y recorrió el pasillo.

Sabía que seguramente serían Ford o Angel, pero se le encogió un poco el estómago al barajar otras posibilidades. O solo una. Y si su deseo de ver a una pelirroja de largas piernas era un defecto, estaba dispuesto a sobrellevarlo.

Se acercó a la puerta y la abrió. Felicia apareció ante él, con la boca torcida y expresión preocupada. Gideon sintió de inmediato el deseo de tenerla en su cama y el impulso de ofrecerle consuelo. Quiso abrazarla y decirle que, fuera lo que fuese lo que le preocupaba, podía arreglarse. Lo cual lo sacó de quicio.

—¿Qué? —preguntó con más aspereza de la que pretendía.

Ella levantó la barbilla y lo miró con enfado.

—Necesito hablar contigo.

Le sostuvo la puerta y le indicó que entrara. Luego la condujo al estudio. Cuando estuvo a salvo detrás de su mesa, con ella sentada enfrente, se arriesgó a volver a mirarla.

—¿Qué ocurre? —preguntó en tono menos hostil.

Felicia respiró hondo.

—Ha venido a verme Denise Hendrix.

Gideon tardó un momento en comprender a quién se refería.

—¿La madre de Ford?

Hizo un gesto afirmativo.

—Quería contratar una caseta para el festival del Cuatro de Julio —le explicó cuál era el propósito de la caseta—. No es que me interese Ford. Para mí es como un hermano, y a Kent no lo conozco, pero eso no es lo que importa —apretó los labios como si intentara refrenar su emoción—. ¿Por qué no ha pensado en mí? Cumplo sus requisitos. Estoy soltera, vivo en Fool's Gold, no hay motivos para pensar que no pueda tener hijos sanos... Es lo que dijo que quería: nietos. Así que ¿por qué no le parezco lo bastante buena?

Gideon no sabía qué era peor, si el leve temblor de su voz, el dolor de su mirada o los horribles celos que le desgarraban las entrañas. Pensar en ella con Ford o con cualquier otro hombre le daba ganas de liarse a puñetazos.

Estaba en un lío y lo sabía. Mantenerse centrado, conservar la calma, era fundamental para su supervivencia. Había estado en el infierno y no quería volver a él.

—Creo que sabe la verdad sobre mí —prosiguió Felicia—. De algún modo se ha dado cuenta de que tengo algo raro.

—No tienes nada raro —contestó él, intentando ignorar su

inquietud–. Eres una mujer preciosa e inteligente que quiere fundar una familia. ¿Qué suegra potencial no te pondría la primera de su lista?

–Denise Hendrix –Felicia se quedó mirándolo–. Quiero ser como todo el mundo.

–Ser como todo el mundo está muy sobrevalorado.

–Para ti es fácil decirlo. Tú encajas allí donde vas. Entiendes cómo habla la gente. Entras en una habitación y tienes la certeza de que vas a saber qué decir.

–Entro en una habitación y me pongo a buscar salidas.

Felicia asintió lentamente.

–Tienes razón. Sé que la tienes. No lo decía en ese sentido.

Gideon meneó la cabeza.

–No. Sé lo que querías decir, Felicia. He dicho una idiotez.

Seguía enfadado porque quisiera que Denise la eligiera para Ford, aunque lo cierto era que entendía su reacción.

–Tú encajas –afirmó.

–No como todo el mundo. Quiero sentir que pertenezco a un sitio. Me gusta esto y quiero quedarme. Quiero casarme y formar parte de una familia –se quedó mirándolo–. Quiero que salgamos juntos.

Gideon giró bruscamente la cabeza hacia la derecha y calculó a qué distancia estaba la puerta.

Ella se rio.

–No te asustes: no pretendía que esas dos ideas parecieran relacionadas.

Él se volvió hacia ella.

–No me he asustado.

–Te has puesto pálido y ha dado la impresión de que ibas a salir huyendo por la salida de incendios –su risa se desvaneció–. Me has avisado con antelación de lo que quieres y de lo que no. Había decidido que salir contigo no me ayudaba a conseguir mi meta, pero ahora ya no estoy tan segura. Tú sabes cómo integrarte.

No le gustó adónde iba a parar aquello.

—Felicia —comenzó a decir, y se detuvo sin saber qué añadir.

—Quiero aprender de ti —añadió ella con firmeza—. Bueno, de lo nuestro. Quiero que salgamos como una pareja normal. Que me enseñes lo que hace la gente cuando tiene una cita, cómo se comporta. Quiero ser como todo el mundo.

No tuvo valor para decirle que eso era imposible. Felicia era demasiado especial. Pero no entendería el cumplido, y él no quería disgustarla.

Ella sonrió.

—A cambio, tendremos sexo. Tienes que reconocer que nuestra química sexual es excelente.

Eso estaba más que dispuesto a reconocerlo.

—El sexo es peligroso.

—Yo no lo creo. Usaremos anticonceptivos, y siempre y cuando lo hagamos en sitios más o menos seguros, no creo que... —levantó las cejas—. Ah, te refieres al riesgo de que establezcamos un vínculo emocional. No quieres que me enamore de ti.

—Lo pasarías mal.

—Agradezco tu preocupación, pero ¿no te preocupa lo que pueda pasarte a ti?

Vaciló. No quería herir sus sentimientos.

—Yo soy incapaz de querer a nadie.

—Yo creo que eres muy capaz —repuso ella—, pero entiendo lo que intentas comunicarme.

—Decirme.

—¿Qué?

—Entiendo lo que intentas decirme.

—Claro que lo entiendes, ¿por qué no ibas a entenderlo? Estoy usando un lenguaje muy sencillo.

Gideon se rio.

—No. No utilices la expresión «entiendo lo que intentas comunicarme». Suena demasiado formal.

Felicia arrugó el entrecejo. Luego asintió con la cabeza.

—Ya comprendo —sonrió—. ¿Ese es tu modo de aceptar que salgamos juntos y ayudarme a aprender a ser como todo el mundo?

Gideon conocía todas las razones por las que debía negarse. Era muy posible que aquello terminara mal. Pero ¿cómo iba a rechazar una relación sexual libre de compromisos con una mujer hermosa? Y lo que era más importante: tiempo con Felicia, dentro y fuera de la cama. Él no podía ser lo que ella quería o merecía, pero eso no significaba que pudiera resistirse a ella.

—Sí —contestó.

Felicia se rio. Luego se puso en pie.

—¿Quieres que empecemos acostándonos aquí, en la emisora?

Gideon masculló algo en voz baja. Ya estaba excitado.

—No tienes que pagar por adelantado —le dijo.

Su sonrisa se hizo más amplia.

—No considero que la intimidad física contigo sea una especie de pago. Disfruto muchísimo.

Gideon gruñó.

—Me estás matando, lo sabes, ¿verdad?

Ella rodeó la mesa y se acercó. Cuando estuvieron lo bastante cerca, lo abrazó y se apretó contra él.

—Gracias —murmuró—. Te lo agradezco de veras.

—De nada.

Gideon se permitió ponerle las manos en la cintura, con idea de que no hicieran nada esa noche. Si iban a salir juntos, seguiría las normas apropiadas. Por más que la deseara.

Felicia dio un paso atrás.

—Deberíamos planear nuestra primera cita —hizo una pausa—. Aunque técnicamente ya la hemos tenido, así que esta sería la segunda.

—Voy a llevarte a cenar —dijo él rápidamente, consciente de que si Felicia se presentaba en su casa, no comerían ni irían a ninguna parte.

Ella sonrió de oreja a oreja.

—Me encantaría —le dio un ligero beso en la boca, meneó la mano y se marchó.

Gideon se quedó clavado en el sitio hasta que oyó cerrarse la puerta de la calle. Luego se dejó caer en su silla y respiró hondo.

Aquello era peligroso, seguramente para ambos. Pero Felicia quería aprender a ser como los demás y él... Bien, él quería fingir, aunque fuera solo un par de semanas, que seguía siendo una persona normal.

Buscó entre sus discos hasta que encontró el que quería y lo metió en la ranura. Se puso los cascos y subió el volumen. Era una noche para los Rolling Stones. Como le recordaban en una de sus canciones, «no siempre se consigue lo que se quiere», pero con Felicia podía aproximarse mucho.

Capítulo 8

Felicia echó una ojeada al reloj de detrás de la barra y tomó su copa de vino.

Aún tenía un rato antes de irse a casa y cambiarse para cenar con Gideon.

Tenían una cita. Una cita de verdad, pensó alegremente, algo confusa por su nivel de euforia. Porque, aunque salir con Gideon pudiera ayudarla a entender los rituales que conducían al matrimonio y la maternidad, no era el hombre con el que iba a pasar su vida. Era un medio para un fin, de ahí que su grado de entusiasmo tuviera que ser más comedido. Notaba, no obstante, una clara opresión en el pecho y un hormigueo en el estómago.

–¿Qué pasa? –preguntó Patience–. Es como la cuarta vez que miras el reloj en los últimos quince minutos. ¿Llegas tarde a algún sitio?

Isabel, Noelle y Consuelo se volvieron hacia ella con curiosidad.

–Tarde no –murmuró–. Tengo una cita.

Levantaron las cejas al unísono. De no haber sido ella el objeto de su curiosidad, le habría entretenido analizar la reacción idéntica de las cuatro. Pero sintió una repentina e inexplicable necesidad de rebullirse en el asiento.

–Una cita –repitió Isabel–. ¿Con un hombre?

Felicia hizo un gesto afirmativo.

–Nunca me he sentido atraída sexualmente por las mujeres.

–Me alegra saberlo –comentó Consuelo, tomando su cerveza.

–¿Con quién? –inquirió Noelle.

–Con Gideon –dijeron Patience y Consuelo al mismo tiempo.

Isabel y Noelle se miraron.

–Está claro que lo sabíais –dijo Isabel–. ¿Nos estáis guardando secretos?

–A nosotras nadie nos cuenta nada –repuso Noelle–. Es porque somos rubias. Nos tienen envidia.

–Puede ser –Isabel se volvió hacia Felicia–. ¿Desde cuándo estáis saliendo?

Felicia carraspeó.

–No estamos saliendo en el sentido tradicional del término. Vamos a salir para que Gideon me ayude a aprender a ser como todo el mundo.

–¿Y por qué necesitas que te enseñe eso? –preguntó Consuelo.

–Porque soy un bicho raro –respondió Felicia, pensando que la respuesta era obvia.

–Eres montones de cosas –le dijo su amiga–, pero un bicho raro no.

–No soy como el resto de vosotras.

–Yo soy aburridísima –comentó Isabel–. Mejor no te parezcas a mí.

–Has estado casada. Te has enamorado. Eso es lo que yo quiero.

Isabel le tocó la mano.

–Encontrarás a tu media naranja. Estoy de acuerdo con Consuelo. No estoy segura de que necesites practicar.

Felicia suspiró.

–Soy rara. Hace un par de días vino a verme Denise Hendrix. Quiere poner una caseta en el festival del Cuatro de Julio.

Les explicó lo que se proponía Denise. Cuando acabó, se recostó en su asiento y esperó sus respuestas. Patience se había quedado boquiabierta.

–Imposible –susurró–. ¿En serio? ¿Denise Hendrix va a recoger solicitudes para encontrarles novia a Ford y a Kent? –se volvió hacia Isabel–. Deberías presentarte.

–Ni pensarlo. Ford no me interesa –Isabel agarró su copa de margarita–. Ni hablar, no me interesa. Hace años que no –suspiró–. Aunque quizá si él estuviera interesado... –meneó la cabeza–. No, no me interesa. Estoy decidida a hacer como que no existe. Soy fuerte.

–Y un pelín loca –Consuelo levantó los ojos al cielo–. Esa caseta solo va a traer problemas.

–Denise es la que está loca –repuso Isabel–. A Ford no va a hacerle ninguna gracia. Y creo que a Kent tampoco va a entusiasmarle la idea.

–Es bonito que se preocupe así por sus hijos –comentó Noelle–. Aunque la viabilidad del plan sea cuestionable.

Felicia las miró a todas con enfado.

–Perdonadme –dijo alzando la voz–, pero no es eso lo que quería decir. Estaba sentada justo delante de ella. Soy una mujer inteligente y sensata, soltera y en edad reproductiva. ¿Por qué no me preguntó si me interesaba alguno de sus hijos?

–Ya conoces a Ford –dijo Consuelo–. Puede que piense que, si pudierais ser pareja, ya habría sucedido.

–¿Y qué me dices de Kent? –preguntó Felicia–. Afrontémoslo: ni siquiera me ha tenido en cuenta. No sé por qué, pero así es. La verdad es que soy distinta, y ya no quiero serlo. Quiero ser exactamente como todos los demás. Así que voy a salir con Gideon hasta que descubra cómo conseguirlo –se quedó mirando la mesa, reacia a ver sus miradas compasivas.

–Espero que no ocurra jamás –dijo Consuelo tranquilamente–. Tú, ser como todo el mundo... Sería una lástima. A mí me pareces fantástica tal y como eres.

Felicia miró a su amiga.

—Gracias. Te agradezco el apoyo, pero quiero más de lo que tengo.

—Pues deberías salir por ahí y buscar al hombre adecuado —le dijo Consuelo—. No necesitas practicar.

—Puedo ser muy torpe.

—Deberías haberme visto con Justice —reconoció Patience—. No supe qué decirle cuando apareció hace unos meses. Había estado tan loca por él cuando era una adolescente... —suspiró—. Pero salió todo bien y ahora vamos a casarnos.

—Yo, como reciente divorciada —añadió Isabel, y levantó su margarita—, soy una amargada.

Noelle levantó su copa de vino.

—Yo también. Pero me alegro por ti.

Se pusieron a hablar de posibles fechas para la boda. Patience reconoció que prefería que fuera en otoño, pero que le preocupaba que empezara a nevar muy pronto. Felicia miró el reloj y vio que era hora de marcharse. Dejó diez dólares sobre la mesa y se levantó.

—Tengo que irme.

—Queremos un informe completo —dijo Isabel—. Y detallado.

—Yo también debería irme —dijo Patience después de que se marchara Felicia.

—Un hombre guapo esperándote en casa —comentó Noelle con una sonrisa—. Me das envidia, pero lo entiendo —hizo una pausa y frunció ligeramente el ceño—. Ha sido una hora feliz cargada de emociones. Estoy agotada.

Isabel se rio. Consuelo esperó a que las otras dos dijeran que también tenían que marcharse. O esperaran a que se marchara ella. Acababa de conocerlas, y estaba allí únicamente porque la había invitado Felicia.

Sabía que no tenía nada en común con las otras mujeres

sentadas a la mesa. Habían crecido en ciudades y pueblos tranquilos, en barrios respetables. Estaba claro que nadie más en aquella mesa tenía cicatrices de bala o cuchillo, y si aquellas mujeres supieran las cosas que había hecho, al principio por necesidad y luego porque se le daba bien, no querrían volver a tener nada que ver con ella.

–Que te lo pases bien con Justice –dijo Isabel, y miró a Consuelo–. Noelle y yo íbamos a quedarnos a cenar. ¿Te unes a nosotras?

–Di que sí –la instó Noelle–. Podemos ser muy divertidas.

–Me encantaría –dijo Consuelo antes de que se le ocurriera una razón para marcharse. En realidad, ella también quería encajar. Compartía con Felicia ese deseo de ser normal, pero por motivos distintos. Al igual que su amiga, seguramente no lo conseguiría, pero podía fingir que así era.

Isabel hizo una seña a la mujer que atendía la barra, que asintió con la cabeza.

–Es una de las ventajas de vivir en Fool's Gold, que se puede ir a pie a todas partes. Te puedes tomar una copa sin problemas porque no hay por qué conducir –cruzó los brazos sobre la mesa y se inclinó hacia delante–. Sé que eres amiga de Felicia y que has estado en el ejército. ¿También te dedicabas a la logística?

–No exactamente.

La miraron las dos, expectantes.

–Era una agente en activo. Hacía algunos trabajos encubiertos.

Los ojos azules de Noelle se agrandaron.

–¿Eras una espía? ¿Como James Bond solo que en chica?

–Esa soy yo –dijo Consuelo con ligereza, y sonrió–. La verdad es que no es tan interesante. Me mudaba a una zona, me informaba sobre la gente que vivía por allí, averiguaba lo que estaba pasando –seducía a un agente enemigo y, si era necesario, lo mataba. Pero eso no iba a contárselo.

–Entonces ¿sabes defensa propia y esas cosas? –preguntó Isabel.

Consuelo dijo que sí con la cabeza.

–Voy a ocuparme de gran parte del entrenamiento en CDS.

Noelle pareció confusa un segundo.

–Te refieres a la academia de guardaespaldas. Así es como la llamamos los pueblerinos.

–¿Los pueblerinos? –preguntó Consuelo.

Noelle sonrió.

–Ajá.

–Tiene razón –Isabel arrugó la nariz–. ¿Los pueblerinos? ¿Qué pasa, es que estamos en los años cuarenta? –miró a Consuelo–. Tienes unos abdominales increíbles. Seguro que entrenas.

Consuelo pensó en el saco de boxeo que esa mañana había estado golpeando durante una hora.

–Casi todos los días.

Isabel suspiró.

–Yo debería hacer ejercicio. Pienso en ello. Pero supongo que eso no cuenta.

–La sinceridad, eso sí que cuenta –le dijo Noelle–. Todo es cuestión de actitud.

–Las sentadillas también ayudan –repuso Consuelo con sorna.

Isabel sonrió.

–La verdad es que no creo que sea capaz, pero tú serás mi inspiración.

La mujer de detrás de la barra se acercó. Se volvió hacia Consuelo.

–Soy Jo. No nos conocemos.

–Consuelo.

–Trabajas en CDS –dijo Jo, y se rio–. Por si te sirve de algo, a Angel y a Ford les das miedo.

—Mejor. Es lo que quiero.

—No me extraña —miró los vasos casi vacíos—. ¿Otra ronda? —preguntó.

—Sí —contestó Isabel—. Y nachos con guacamole. Luego hablaremos de la cena.

Jo anotó el pedido y se marchó.

Noelle tomó su margarita y volvió a dejarla sobre la mesa.

—¿Vas a echarnos un sermón sobre la mala alimentación?

—No —respondió Consuelo—. Voy a pedir otra ración de nachos.

—Vamos a ser muy buenas amigas —Noelle se sentó más derecha—. Estoy segura. ¿Y si dieras clase de gimnasia? Algo así como «ejercicio para fofas y flácidas». Yo me apuntaría. Seguro que contigo sería divertido.

Isabel asintió.

—Estoy de acuerdo, aunque no me cabe ninguna duda de que nos darías mucha caña. Pero voy a cumplir treinta dentro de un par de años.

Consuelo sonrió. Le gustaba la personalidad alegre y caprichosa de Isabel.

—Acabas de decir que no te interesa el ejercicio.

—No me interesa, pero el miedo puede ser un gran estímulo. Y la gravedad va a hacer que las cosas empiecen a moverse. Al menos es lo que siempre me dice mi madre.

—¿Tu madre vive en el pueblo? —preguntó Consuelo.

—Ahora mismo no. Mi padre y ella están haciendo un crucero alrededor del mundo. Mejor dicho, una serie de cruceros pasando muchas semanas aquí y allá entre uno y otro. Van a estar casi un año de viaje. Es una de las razones por las que he vuelto a Fool's Gold. Trabajo en el negocio familiar —se detuvo para realizar el efecto de sus palabras—. Luna de papel.

—Es una tienda de novias —añadió Noelle—. Muy bonita. También tienen vestidos para bailes de promoción y de otros tipos.

Isabel puso los ojos en blanco.

–Mi hermana está tan ocupada trayendo niños al mundo que no puede ocuparse de la tienda. Mis padres quieren venderla y yo me estoy recuperando de un divorcio, así que aquí estoy. Voy a ponerla a punto, a buscar un comprador y, cuando se venda, a llevarme parte de los beneficios. Y luego, adiós muy buenas.

–¿No vas a quedarte en el pueblo? –preguntó Consuelo.

Isabel negó con la cabeza.

–Ya he estado aquí mucho tiempo, y tengo un armario entero lleno de camisetas de los festivales.

Llegó una camarera con dos margaritas, una cerveza, nachos, salsa de tomate y guacamole. Noelle tomó un nacho.

–Yo no quiero marcharme. Esto me encanta.

–Porque acabas de llegar –contestó Isabel–. Dale veinte años.

–Te juro que me gustará aún más. Y si además encontrara al hombre adecuado...

–Tengo entendido que la señora Hendrix está recogiendo solicitudes –comentó Consuelo, pensando que estaba deseando que Ford se enterara de los planes de su madre. Iba a ser todo un espectáculo.

–No conozco a Kent –dijo Noelle, y bajó la voz–. Pero yo no podría salir con Ford. Isabel sigue enamorada de él.

Consuelo se preguntó si Ford lo sabía y, si lo sabía, qué pensaría de ello.

Isabel miró con enfado a Noelle desde el otro lado de la mesa.

–No es cierto. Hace años que no hablo con él.

–Estabas enamorada de él.

–No fue más que un capricho pasajero –miró a Consuelo–. Tenía catorce años y él estaba prometido con mi hermana. Ella le puso los cuernos, él se marchó del pueblo y yo le escribí. Fin de la historia.

—En realidad la historia no acaba ahí —comentó Noelle en tono confidencial—. Isabel sigue colada por él.

—Creo que voy a tener que encerrarte en un armario o algo así.

Consuelo bebió un sorbo de cerveza.

—No me obliguéis a separaros.

Noelle se inclinó hacia ella.

—Lo has dicho tranquilamente, pero das miedo. ¿Cómo lo consigues? Eres bajita, pero impresionas un montón. Te admiro.

—Es cuestión de entrenamiento —repuso Consuelo, consciente de que había aprendido a valerse sola desde muy joven. Si crecías en la calle, tenías que aprender a sobrevivir. Cada vez que se metía en líos, se recordaba que tenía que vivir o morir. Y ella siempre se había decantado por la vida.

—Aun así podrías salir con Kent —comentó para distraerlas.

—No lo conozco —repitió Noelle.

—Es bastante simpático —Isabel se puso salsa en un nacho—. El típico Hendrix. Alto, moreno y ojos oscuros. Bastante guapo, creo yo.

—¿Pero no tanto como Ford? —bromeó Noelle.

Isabel puso cara de fastidio.

—No voy a hacerte caso —se volvió hacia Consuelo—. Es profesor de Matemáticas. Tiene un hijo, Reese. De once o doce años. Está divorciado y no sé mucho más.

—Puede que presente mi solicitud —dijo Noelle—. Será una de tantas, claro. Las posibilidades de que me rechacen parecen enormes —levantó las cejas—. ¿Y tú, Consuelo? ¿Te interesa algún Hendrix?

—No, gracias. Hace tiempo que conozco a Ford y no es mi tipo.

—¿Por qué no?

—Lo último que me apetece tener en mi vida es otro soldado fanfarrón.

Noelle clavó un dedo en el brazo de Isabel.

—¿Ford es fanfarrón? ¿Tu corazón late más fuerte cuando fanfarronea?

—Eres un incordio, ¿lo sabías? —Isabel miró a Consuelo—. Kent no es militar.

—No haríamos buena pareja —contestó a la ligera. En realidad, sabía que era imposible que un tipo lo bastante inteligente para ser profesor de Matemáticas se interesara por una mujer como ella. Sobre todo teniendo un hijo. Le echaría un vistazo, vería lo que era y se largaría. Le había pasado otras veces.

Isabel suspiró.

—Seguro que, cuando entras en una habitación, todos los tíos se giran para mirarte.

—Con la lengua fuera —añadió Noelle—. Debe de ser bonito.

El sol estaba todavía alto, pero los altos árboles daban sombra. Felicia alisó la servilleta sobre su regazo, intentando convencerse de que no había razón para estar nerviosa. Se había acostado con Gideon, y aquello era solo una cena. ¿No debía ser más fácil? A fin de cuentas, iban vestidos.

Pero desde el instante en que Gideon había ido a recogerla y después, mientras cruzaban en coche los viñedos Hibiscus, hasta el momento en que se habían sentado en aquella preciosa mesa al aire libre, no se le había ocurrido ni una sola cosa que decir.

Tal vez fuera por el aspecto que tenía Gideon. Iba vestido con vaqueros azules lavados y camisa de manga larga azul clara. No muy trajeado, pero tampoco del todo informal. Se había cortado el pelo y hacía poco que se había afeitado.

Porque aquello era una cita, pensó Felicia. Y ella no sabía qué hacer en una cita.

—Esto es bonito —comentó él, mirando a su alrededor.

Los árboles daban sombra al lado oeste del patio. Más allá, al norte de la finca, estaban los viñedos.

–Los árboles son autóctonos en su mayor parte –dijo ella–. Pinos variados, abetos blancos y robles negros de California. El roble negro es uno de los árboles más útiles de esta región. Se cree que anidan en ellos más de cincuenta especies de aves, y las bellotas son una parte sustancial de la dieta invernal de ardillas y ciervos de cola negra. El roble negro de California se ha adaptado a los incendios que solía haber en esta parte del país. Su gruesa corteza lo protege de pequeños incendios, y vuelve a crecer fácilmente después de un incendio de mayores proporciones –hizo una pausa–. Aunque seguramente no te interesaba saber tantas cosas de un árbol autóctono.

Gideon le dedicó una lenta sonrisa.

–No eres nada aburrida. Me gusta –miró los árboles–. Ahora admiro mucho más que antes el roble negro de California.

Felicia no supo si se estaba burlando amablemente de ella, o riéndose de su torpeza. Confiaba en que fuera lo primero.

Una joven con pantalón negro y camisa blanca se acercó a ellos.

–Buenas noches. Gracias por cenar con nosotros. Voy a ser su camarera. Esta noche tenemos varias especialidades, además de tres clases distintas de vinos a elegir.

Les habló de los vinos. Felicia y Gideon decidieron probar la selección de tintos y pidieron un surtido de aperitivos para empezar.

–¿Qué tal va tu trabajo nuevo? –preguntó él.

–Todavía estoy acostumbrándome y aprendiendo. Fui con Pia al festival de esquí acuático. Pia me puso al corriente de todo, de lo que pasa antes, durante y después –se detuvo, preguntándose hasta qué punto podía ser sincera.

–¿Qué ocurre? –preguntó Gideon.

–Estaba desorganizado. Me sorprendió dónde estaban

colocadas algunas casetas, y la ubicación de los aseos era muy ineficaz –alisó otra vez su servilleta–. Me gustó conocer a los competidores. Tienen muchísima habilidad. Entiendo la mecánica del esquí acuático, pero dudo que pudiera practicarlo –arrugó la nariz–. De hecho, creo que me caería una y otra vez.

–Pero estarías guapísima en bikini.

Felicia abrió la boca y volvió a cerrarla. Sintió que se sonrojaba. Una respuesta involuntaria a un cumplido inesperado, pensó. O quizá fuera la insinuación sexual que implicaba el cumplido. El placer de saber que le gustaba su cuerpo.

–Los bañadores de una pieza son más prácticos para hacer deporte.

Gideon exhaló un suspiro.

–Bueno, si tienes que ser práctica...

Ella se rio. La camarera apareció con cinco copas de vino para cada uno. Solo había una pequeña cantidad de vino en cada una. Les explicó las características de cada vino, dejó los aperitivos sobre la mesa y se marchó.

–La cena se está complicando –comentó Gideon.

–Los vinos distintos y la comida nos permiten encontrar las combinaciones más agradables. Lo salado con lo dulce, lo picante con lo ácido y así sucesivamente –apretó los labios. «No todas las conversaciones tienen que ser una conferencia», se recordó–. Perdona.

Gideon arrugó el ceño.

–¿Por qué me pides perdón?

–Tengo demasiada información en la cabeza. No todo el mundo quiere saber que, en latín, la frase «pon tus patos en fila» se dice «*instrue omnes anates tuas in acie*».

Gideon tomó la primera copa.

–Dormiré mejor ahora que lo sé.

–Solo quieres ser amable.

–Pregunta por ahí, Felicia. No soy amable.

–Claro que sí. La gente del pueblo tiene muy buena opinión de ti.

Lo observó mientras hablaba y enseguida notó que se envaraba, como si se encontrara de pronto en una trampa.

–¿No te alegra ese cumplido?

–No.

Su sinceridad la sorprendió.

–¿Porque no eres capaz de integrarte y, si piensan que sí, esperan demasiado de ti?

Se quedó mirándola.

–Lo has entendido a la perfección. Debería recordar que estás familiarizada con la psique de un soldado.

–Hasta donde puedo estarlo. No soy de las que creen que los hombres y las mujeres tienen la misma neurofisiología. Nuestras conexiones cerebrales son muy distintas, por eso procesamos de manera diferente la información. Pero estuve en el ejército el tiempo suficiente para saber cómo piensan y reaccionan los militares –hizo una pausa–. En la medida en que se puede generalizar –dejó su copa de vino y pensó un instante en salir corriendo. Cualquier sitio le valdría, con tal de no estar allí–. Ya estoy otra vez –murmuró–. Estoy nerviosa. Parloteo sin parar.

–Estás siendo demasiado dura contigo misma. Me gustan las cosas que me cuentas. Me hacen pensar en mi vida desde otra perspectiva.

–Gracias –confiaba en que estuviera siendo sincero, porque no todo el mundo opinaba lo mismo.

Pensó en Denise Hendrix y en cómo la había ignorado como posible esposa para sus hijos.

–Creo que soy bastante lúcida respecto a los defectos de mi personalidad –le dijo–. Y obviarlo no va a ayudarme a encajar.

–Ni a encontrar marido y tener hijos.

–Sí, eso me gustaría –bebió un sorbo de vino–. Algunos científicos del laboratorio donde me crié tenían familia. Recuerdo lo contentos que se ponían cuando nacía un niño o cuando sus hijos lograban algún hito. Eran hombres inteligentísimos que hablaban con orgullo de los primeros pasos o de la primera palabra de sus hijos. Estamos configurados para sentir el impulso de procrear, de transmitir nuestro ADN. Y, además, formar parte de un grupo cerrado, de una familia, nos satisface emocionalmente. Seguro que has oído hablar de los estudios que demuestran que la gente es más longeva cuando vive rodeada por una comunidad.

–No es que cuestione tus aspiraciones –le dijo Gideon–. Solo cuestiono el esfuerzo que pones para alcanzarlas.

–Eres un hombre fuerte, alto y guapo. Nunca va a faltarte compañía femenina, y si dijeras que quieres casarte habría cientos de mujeres que se ofrecerían voluntarias.

Gideon sorteó el cumplido empujando hacia ella el plato de *bruschettas*.

–Pruébalas.

–¿Por qué?

–Porque seguro que están deliciosas y no voy a convencerte de que no tienes absolutamente nada de malo.

Ojalá fuera cierto, pensó ella con tristeza.

–Entonces ¿por qué estás aquí? Has dejado claro que no te interesa tener una relación amorosa. Por tanto, estás conmigo para echarme una mano. Si no tuviera un problema, no necesitaría ayuda.

Gideon gruñó.

–Recuérdame que no vuelva a desafiar tu capacidad intelectual.

Ella asintió.

–Es una buena norma. Si te sirve de consuelo, me ganarías en cualquier actividad física que exigiera fuerza de cintura para arriba. Entreno, pero no tengo tu masa muscular.

–Menudo consuelo. Así que, en la categoría troglodita, gano yo.

Felicia sonrió.

–También tienes una voz muy sexy. Me encanta escuchar tu programa.

—¿Lo oyes?
—Casi todas las noches.
—¿En la cama?
—A veces —su programa era muy tarde.
—¿Desnuda? —preguntó, fijando su mirada oscura en la cara de Felicia.
—Suelo llevar una camiseta y un... —de pronto sumó dos y dos—. Ah —se dio cuenta de que estaba coqueteando. Se inclinó hacia él y bajó los ojos para mirarlo a través de las pestañas—. A veces estoy desnuda.

La cara de Gideon se tensó y sus pupilas se dilataron. Interés sexual, pensó ella alegremente. Uno de los fines del coqueteo.

—¿Debo decir que me toco? —preguntó—. ¿No os excita eso a los hombres?

Gideon acababa de beber un sorbo de vino. Se atragantó y empezó a toser. Pudo tomar aire, de modo que Felicia no se ofreció a golpearle la espalda. Pasados un par de minutos, carraspeó.

—¿Mejor? —preguntó ella.

Él asintió con la cabeza.

—¿Eso quiere decir que no debo mencionar la masturbación?

—En efecto —contestó él con voz baja y ronca.

—Esto de salir tiene muchas normas. Alguien debería escribir un libro.

—Seguro que puede encontrarse alguno en Internet —meneó la mano—. Tenemos que hablar de otra cosa.

—Está bien —¿qué tema sería el adecuado?—. He estado leyendo unos artículos sobre el uso de la mecánica lagrangiana en el flujo de muchedumbres. He pensado que podían ser útiles para los festivales.

Gideon se quedó mirándola unos segundos. Luego sonrió.

—Me encantaría que me lo explicaras.

Capítulo 9

−Estoy confusa −comentó Felicia.
Consuelo recogió la cinta de embalar y la usó para cerrar la caja.
−No será por la mudanza, ¿no? Porque este despacho es minúsculo.
Felicia meneó la cabeza.
−Estoy deseando mudarme al otro despacho. Estaré mucho más cómoda teniendo mi propio espacio. Es por mi cita con Gideon.
Su amiga se detuvo.
−¿Qué ocurrió?
−Fuimos a la bodega y tomamos vino y aperitivos. Estuvimos hablando −le había hablado de su infancia en la universidad y él... Arrugó el ceño. Gideon había esquivado casi todas sus preguntas. Seguía sabiendo tan poco sobre él como la semana anterior.
−¿Sí? ¿Qué?
Felicia negó con la cabeza.
−No sé por qué me está ayudando. Creía que era por el sexo, pero después de la cita se limitó a darme un beso en la mejilla. Teniendo en cuenta cómo reacciona cuando está conmigo, no creo que haya perdido el interés. Así que ¿por qué no quiso nada más?
Consuelo se encogió de hombros.

—Los hombres son criaturas extrañas y frágiles. Fingen que son muy machos, pero no es cierto. ¿Le preguntaste qué le pasaba?

—No. Quería, pero no sabía qué decir. Estaba desconcertada.

—Bienvenida al mundo de las relaciones de pareja. Pero ¿te gusta Gideon?

—Sí. Me encanta sentir esa emoción cuando voy a verlo. Me siento muy a gusto con él, y me gusta que estar a su lado me excite tanto sexualmente.

Consuelo se rio.

—Te quiero muchísimo.

Felicia sabía que su comentario no merecía aquella respuesta, así que debía de haber dicho alguna tontería sin darse cuenta. Otra vez.

—¿No debería decir que me excita?

—No, no es eso, es cómo lo has expresado.

Felicia se quedó pensando.

—¿Me gusta que me ponga a cien? ¿Me gusta lo bueno que está?

—Mejor. ¿Tenéis prevista otra cita?

—Sí. Gideon va a acompañarme al festival de globos de Sierra Nevada. Y luego está la fiesta de Charlie y Clay. No parece que le moleste pasar tiempo conmigo.

—Está claro que se siente a gusto contigo. Eso es bueno.

—Lo sé, es solo que... Me gustaría más que no pudiera refrenarse cuando estamos juntos.

Consuelo sonrió.

—¿Qué quieres, que te tumbe en el suelo y te lo haga allí mismo?

—Preferiría algo más sutil, pero eso sería mejor que un beso en la mejilla.

—Verás, de eso se quejan los tíos. Si nos desean, los llamamos bestias y los rechazamos. Y si no se nos echan encima, creemos que no les interesamos. Nunca saben a qué atenerse.

—No es que quiera complicar las cosas a propósito –le dijo Felicia–. Pero me gustaría que hubiera algo más –quería hacer el amor con Gideon. Quería tenerlo en su cama. No solo por los orgasmos, sino porque le gustaba tocarlo y que él la tocara–. Puede que le dé miedo que le tome demasiado apego emocional, aunque ya le he dicho que, si eso pasa, encararé yo sola la situación. Me ha explicado que no quiere tener una relación duradera, así que, si me enamoro de él, ¿no es problema mío y no suyo?

—Cualquiera pensaría que sí, pero casi nunca es tan sencillo.

—Quizá debería enamorarme de él. Para practicar.

Consuelo hizo una mueca.

—No te busques sufrimiento, niña. Ya te lo encontrarás sin necesidad de buscarlo.

Quizá, pero sería maravilloso conocer el amor, aunque fuera solo una vez. Miró el reloj.

—Los chicos llegarán dentro de poco. Tenemos que acabar.

Ya lo habían embalado casi todo. Quedaban dos cajas por llenar. Felicia había pedido usar el montacargas para trasladar las cajoneras sin vaciarlas. Ya había vaciado el escritorio y los armarios, además del pequeño ropero. Calculaba que, entre Justice, Ford y Angel, solo tardarían tres horas en hacer la mudanza. Si hacían lo que les dijera, todo iría a pedir de boca.

Consuelo y ella acabaron de embalar tres minutos antes de que llegaran los chicos.

—¿No podías contratar un servicio de mudanzas? –preguntó Ford al ver las cajas amontonadas, con números pulcramente escritos a un lado.

—El Ayuntamiento tiene operarios para esas cosas –contestó Felicia–. Pero tienen otras cosas que hacer y yo no quería esperar. Así que os ofrecisteis voluntarios.

—Yo no recuerdo haberme ofrecido voluntario –refunfuñó Ford.

—Yo tampoco —añadió Angel.

—Que tengáis amnesia no es problema mío —repuso ella con firmeza.

En realidad, les había dicho cuándo y dónde debían presentarse. Lo cual era casi como ofrecerse voluntarios.

—Consuelo va a supervisarlo todo aquí —añadió—, y yo en el despacho nuevo. Cuando saquéis las cajas, hacedlo en orden, por favor —hizo una pausa para dar mayor énfasis a sus palabras—. Cuando lleguéis a mi despacho nuevo, las apilaréis por orden. No los números impares a un lado y los números pares al otro. Ni por peso, ni por números primos, sino por orden numérico, ¿está claro?

Justice sonrió.

—Tengo la impresión de que no te fías mucho de nosotros.

—Os conozco. A todos —procuró mirarles con cara de pocos amigos, aunque nunca había tenido una mirada muy amenazadora.

—Si no le hacéis caso, tendréis que responder ante mí —dijo Consuelo enérgicamente—. ¿Entendido?

Angel y Ford se miraron y asintieron con la cabeza.

—El escritorio se queda aquí —dijo Felicia, tomó su tableta y tocó la pantalla—. Y también las estanterías. Ya tenéis la dirección. Podéis empezar —se dirigió hacia la puerta y luego se volvió—. Muchísimas gracias por vuestra ayuda. Cuando acabéis, habrá cerveza y pizza esperándoos.

Dos minutos después estaba en la calle. Al salir del edificio, le sorprendió encontrar a varias mujeres en la acera. No estaban caminando, y no había ningún festival. Parecían estar esperando algo.

—¿Ya? —le preguntó una de ellas.

—Ojalá hiciera más calor —comentó su amiga—. Así se quitarían las camisas.

Felicia miró hacia la izquierda y vio que había más mujeres esperando.

—No entiendo.

Una mujer que llevaba un chándal de color morado brillante se acercó a ella.

—Hemos venido al desfile —dijo alegremente—. Eres Felicia, ¿verdad?

—Sí, señora.

—Soy Eddie Carberry. Tus guardaespaldas van a hacer la mudanza del despacho. Hemos venido a ver el espectáculo.

Felicia seguía sin entender.

—¿Quieren ver a unos hombres manejando carretillas para mover cajas y armarios?

Eddie le sonrió.

—Queremos mirar embobadas sus bíceps y sus preciosos traseros. Lo de las cajas es lo de menos.

—Muy bien —dijo Felicia lentamente, pensando que había muchas cosas en la vida de un pueblo pequeño que seguía sin entender.

Echó a andar por la acera. La fila de mujeres llegaba hasta la esquina, y al doblarla vio que se prolongaba más aún. Su despacho nuevo estaba al otro lado del ayuntamiento. Cuando se acercaba al edificio, salió la alcaldesa Marsha y se dirigió hacia ella.

—No sé cómo se ha corrido la voz —dijo con un suspiro—. Las mujeres de este pueblo son como niños. Pierden la cabeza por ver a un hombre medio desnudo.

—No estarán medio desnudos, así que no creo que vayan a conseguir lo que quieren.

La alcaldesa Marsha pareció contrariada.

—Sinceramente, dudo que eso les importe mucho.

Felicia volvió a mirar la muchedumbre de mujeres, que seguía creciendo. Angel acababa de doblar la esquina, y las mujeres comenzaron a lanzar vítores. Oyó gritar «¡Dale duro, nene!» y «¡Quítate la camiseta!». En lugar de parecer ofendido, Angel se limitó a sonreír y comenzó a moverse con un poco más de lentitud.

Entonces salió Ford, al que también pareció satisfacerle tanta expectación. Al menos hasta que vio a su madre señalándolo mientras hablaba con una joven de veintitantos años. Justice pareció un poco más avergonzado.

Una de las ventanas de arriba de un edificio que había al otro lado de la calle se abrió y por ella comenzó a salir una música estruendosa. Las mujeres comenzaron a corear aún más fuerte, siguiendo el ritmo machacón de la música.

—Esto no me lo esperaba —reconoció Felicia.

La alcaldesa le lanzó una sonrisa cansina.

—Al final te acostumbras —comentó—. Algunos días hasta resulta enternecedor. Naturalmente, hay otros en que solo da vergüenza ajena.

Gideon estaba seguro de que, si no fuera tan condenadamente temprano, estaría disfrutando. La madrugada estaba despejada y fresca, el cielo era de un negro profundo, tirando a azul, con un levísimo asomo de luz en lo alto de las montañas. Estaba en compañía de una mujer hermosa con la que ansiaba acostarse. La única pega era que eran las cuatro y media de la madrugada, y que estaba en pie desde la mañana anterior. Esa, y que allí había unas cinco mil personas más, de modo que era prácticamente imposible que pudiera quedarse a solas con Felicia.

A su alrededor, con las montañas al este y los viñedos al oeste, había cerca de una docena de globos aerostáticos. Sus brillantes colores no se distinguían aún. De momento no eran más que siluetas borrosas.

Gideon estaba a un lado del gentío, donde lo había dejado Felicia, que se había ido con Pia a hablar de los pormenores del festival. Se metió las manos en los bolsillos de los vaqueros y deseó no haberse bebido el café tan rápidamente. Le habría sentado bien tomarse otro.

—Buenos días.

Se volvió y vio acercarse a Justice y a Patience. Justice sostenía a una niña dormida en brazos. Patience llevaba una botella de champán abierta y un montón de vasos apilados.

—Buenos días —dijo—. Habéis madrugado.

—A esta hora despegan los globos —dijo Patience con una sonrisa—. ¿A que es precioso? Me sentía culpable por tomarme una mañana libre en el trabajo, pero tenía que verlo. Lillie también quería, pero en estos momentos parece que le ha fallado el entusiasmo.

Su hija se removió, medio dormida, pero no dijo nada.

—Se espabilará cuando despeguen —afirmó Justice, que sostenía a la niña con delicadeza.

Gideon aceptó el vaso de champán que le ofreció Patience y lamentó que no fuera café.

Cada vez había más gente a su alrededor. Oyó retazos de conversación, vio parejas muy juntas. Muchas se daban la mano o se abrazaban. Era por la hora, pensó. O tal vez fuera la imagen de los enormes globos llenándose lentamente de aire caliente mientras el sol comenzaba a trepar por las montañas.

—¿Hay café? —preguntaron detrás de él.

Al volverse vio a Ford, a Angel y a Consuelo.

—Champán —dijo levantando su vaso.

Angel hizo una mueca.

—Es una tradición —explicó Ford, y aceptó un vaso de Patience—. Brindamos y luego despegan.

—Preferiría estar en la cama —refunfuñó Consuelo, pero también aceptó un vaso.

—No tienes más que decirlo, cara de muñeca.

Angel apenas había acabado de hablar cuando Consuelo le dio bruscamente su vaso a Ford, se giró ligeramente y, lanzando una patada, tumbó a Angel de espaldas. Tardó unas tres décimas de segundo en completar el movimiento. Luego le puso la bota en el cuello y sonrió.

—¿De veras? —preguntó.

Él tragó saliva y levantó las manos con las palmas hacia arriba.

—Perdona. Tranquila. No volverá a pasar.
—Eso me parecía —apartó el pie y volvió a tomar su vaso—. ¿Cuándo despegan los globos?
—Cinco minutos antes de que amanezca —contestó Felicia al acercarse a ellos. Llevaba una tableta en las manos y parecía un poco cansada—. Se dirigirán hacia el sur, siguiendo las montañas. Al pasar por encima de los picos, las corrientes de aire los empujarán de manera constante hacia el oeste, hasta que aterricen cerca de Stockton. Hay mapas si queréis seguir la ruta prevista. Calculo que hay una probabilidad de una setenta y dos por ciento de que aterricen a la hora estipulada —miró a Angel, que seguía sacudiéndose el polvo—. No sé qué has dicho, pero la culpa ha sido tuya.
—Ha sido un accidente.
Felicia le quitó varias hojas de encima.
—Un accidente así puede ser mortal y lo sabes —se volvió hacia Gideon—. ¿Es bonito? ¿Te está gustando?
Estar rodeado de gente antes de las siete de la mañana era su idea del infierno. Pero Felicia tenía una expresión ligeramente frenética, y le daba la sensación de que estaba tan incómoda como él, aunque fuera por otros motivos.
—Es genial —dijo.
Ella se quedó mirándolo.
—Quiero creerte.
—Pues hazlo.
Asintió con la cabeza.
—Es un festival relativamente sencillo. Nada de casetas, ni de pasacalles. Solo el despegue de los globos esta mañana, y carreras de globos este fin de semana, siempre y cuando el tiempo coopere. He creado un programa de ordenador para recopilar los datos meteorológicos más actualizados.
—¿Es que no te fías de las páginas web? —preguntó él, intentando no sonreír.
—Me gusta confirmar los datos —miró por encima de su hombro—. Tengo que volver con Pia. Me está dando un

montón de información sobre los demás festivales. Si no te veo antes de que te marches, ¿nos vemos en la fiesta hawaiana?

–No me la perdería.

Felicia se quedó parada un momento, luego se puso de puntillas y le dio un beso en la mejilla. Después se marchó. Gideon se quedó mirándola, sin saber cómo había accedido a su ridículo plan de aprender a salir con hombres para poder enamorarse de otro y casarse. No lograba sacudirse la sensación de que iba derecho hacia el desastre. Seguramente porque estaba seguro de que los finales felices no eran lo suyo.

Cuanto más conocía a Felicia, más se daba cuenta de que iba a lamentar tener que separarse de ella cuando llegara el momento. No era una mujer fácil de olvidar. Pero aun así tendría que separarse de ella, no solo porque era lo mejor para ella, sino porque no tenía alternativa.

El hotel casino Lucky Lady ocupaba cerca de cuarenta y cinco hectáreas al norte de la ciudad. Era un edificio grande y moderno, pero había respetado el entorno natural y su aparcamiento se hallaba rodeado de grandes árboles.

Felicia estaba al mismo tiempo emocionada y nerviosa cuando Gideon la condujo hacia el salón de baile. Le había puesto la mano sobre los riñones como si necesitara ayuda. O quizá fuera lo que solía hacerse en una cita. Felicia empezaba a sentirse confusa otra vez.

Durante la semana anterior, habían ido a cenar a la bodega y al festival de globos aerostáticos, aunque no habían pasado mucho tiempo juntos porque ella tenía que trabajar, y ahora iban a asistir a la fiesta hawaiana de Charlie y Clay. Era su tercera cita. ¿No debería haber cambiado algo entre ellos?

El problema era que seguía estando tan nerviosa y sintiéndose tan insegura como en su primera cita. Tenía otra vez aquel hormigueo en el estómago, y se cuestionaba todo lo que quería decir. Quería que Gideon la tocara y al mismo tiempo era incapaz de preguntarle cuándo iban a acostarse. Cuando estaba con él se volvía tímida.

–Clay fue una de las primeras personas que conocí cuando llegué al pueblo –comentó Gideon mientras rodeaban varias máquinas tragaperras–. Fue a la emisora a preguntar por la publicidad, para anunciar sus casas rurales.

–No lo conozco mucho –reconoció ella–. Pero Charlie me cae bien. Es muy directa, así que me resulta más fácil tratar con ella. Y me gusta su sentido del humor.

–Parecen una pareja simpática.

Felicia asintió con la cabeza.

Habían llegado a un amplio pasillo con señales que indicaban hacia el salón de baile. Vio delante unas puertas dobles abiertas de par en par. Sonaba música *reggae* y oyó hablar y reír.

–No te preocupes, todo va a salir bien –murmuró Gideon.

–¿Qué? –miró a su alrededor y se dio cuenta de que se había parado como si temiera entrar en el salón. Y así era. Las grandes reuniones la ponían nerviosa. Cuanto menos conocía a la gente, más posibilidades había de que metiera la pata. Empezaba a sentirse a gusto en el pueblo. No quería ponerse en ridículo.

–Sé que mis miedos son irracionales –le dijo.

Gideon sonrió.

–Y me lo dice la chica a la que le dan miedo las arañas. En cuanto te descuides estarás pasándome tarros para que te los abra porque tú no tienes fuerza suficiente.

–Creo tener bastante fuerza y sé usar una palanca. Y, quitando las arañas, la mayoría de los seres vivos no me dan miedo. Pero la gente es distinta –miró el vestido amarillo con flores que se había puesto. No tenía tirantes, la parte de arriba era ajustada y la falda flotaba sobre sus caderas de un modo que le parecía favorecedor. Se había pintado las uñas de los pies de color coral brillante y se había puesto unas sandalias de tiras doradas.

Gideon lo tenía más fácil, se dijo. Había elegido una camisa hawaiana y unos vaqueros. ¿Qué podía haber más sencillo?

—En el festival de los globos estaba nerviosa —reconoció—, pero ocupada. Me sentía integrada porque estaba ayudando entre bambalinas. Esta fiesta es distinta.

Cambió la música. Comenzó a sonar un tema más lento. Gideon la atrajo de pronto hacia sí y la tomó de la mano. Apoyó la otra mano sobre su cintura y comenzó a moverse al ritmo de la música.

—¿Qué haces? —preguntó Felicia.

—Bailar. Imagino que si lo preguntas es porque lo hago mal.

—Estamos en el pasillo.

—Ajá.

—La gente no baila en los pasillos.

Sus ojos oscuros brillaron, divertidos.

—¿Y besarse? ¿Se besa la gente en los pasillos?

Antes de que ella pudiera responder, la apretó aún más contra sí y la besó. Se apoderó de sus labios con una intensidad que la dejó sin respiración. Técnicamente seguía respirando, pero la expresión era muy adecuada, pensó Felicia antes de dejarse llevar por sus sensaciones. Cerró los ojos y posó las manos sobre los hombros de Gideon, inclinándose hacia él.

La embargó una oleada de deseo, rápida e intensa, y de pronto deseó tocar todo su cuerpo... o que él le arrancara el vestido para tocarla.

Gideon movió la boca, pegada a la suya. Ella abrió los labios de inmediato y sintió el contacto de su lengua. Los nervios reaccionaron como una cascada, despeñándose por todo su cuerpo. El calor se acumuló en su vientre y se deslizó hacia abajo. Sonrió cuando Gideon se apartó.

—Me pones a cien.

Él sonrió.

—¿No quieres hablarme de tus reacciones químicas?

—Podría hacerlo, pero en este caso creo que conviene hablar en plata.

—Tú también me pones a cien —murmuró él, rodeándola con los brazos y apretándola contra sí—. Y me gusta cuando hablas en términos científicos... sobre tu anatomía femenina.

Felicia apoyó la mejilla en su pecho y disfrutó de la sensación de seguridad que se había apoderado de ella y del contacto de su pene duro contra su vientre. El latido del corazón de Gideon era firme y pausado, y su ritmo le parecía relajante. Él se apartó y la besó en la frente.

—¿Mejor?

—¿Que cuando?

—Quería distraerte para que no estuvieras tan nerviosa.

Por la fiesta, pensó ella.

—Tu plan ha funcionado —contestó con una sonrisa.

Se volvieron hacia la puerta del salón de baile. Gideon la tomó de la mano y entraron juntos.

El salón tenía a un lado un escenario en el que estaba tocando una banda *reggae*. Había una larga mesa de bufé y tres barras, además de una mesa con postres y una fuente de chocolate. Un lado del salón se abría a un amplio patio con numerosos asientos y vistas a las montañas. Felicia dedujo que las puertas de cristal podían quitarse o ponerse, dependiendo de la estación y el evento.

Les ofrecieron bebidas tropicales de diversos colores. Los camareros caminaban entre los invitados con bandejas llenas de comida. Felicia vio a Charlie y a Clay. Ella llevaba un bonito vestido blanco. Dellina se acercó a ella y le susurró algo al oído. Charlie asintió con un gesto. Clay se inclinó y besó a Dellina en la mejilla, lo cual extrañó a Felicia. Era casi como si le estuviera dando las gracias. Qué interesante.

Felicia y Gideon cruzaron el salón atestado de gente.

Saludaron a varios conocidos. Justice y Patience se acercaron y se pusieron a charlar. Vio a Consuelo, que parecía estar enfrascada en una conversación con la alcaldesa Marsha, y a Isabel escondida detrás de una planta de gran tamaño. Evidentemente, su amiga había decidido seguir escondiéndose de Ford.

Una hora más tarde subió al escenario una mujer de mediana edad muy bella. Era menuda y atlética y vestía un *sarong* rojo y blanco.

—Gracias a todos por venir —dijo dirigiéndose al micrófono—. Me llamo Dominique Dixon y quiero darles la bienvenida. Esta fiesta es para mi maravillosa hija Charlie y para su prometido, Clay —señaló a la pareja, que se había acercado al escenario.

Los ojos de Dominique se llenaron de lágrimas.

—Te quiero muchísimo, Charlie. Espero que seas siempre feliz.

La alcaldesa Marsha se reunió con ella en el escenario. Lucía uno de sus trajes chaqueta, de color rosa claro. Una elección extraña para una fiesta hawaiana, pensó Felicia.

La alcaldesa abrazó a Dominique y luego se acercó al micrófono.

—Bienvenidos —dijo con una sonrisa—. Debo decir que esta fiesta representa lo que más amo de Fool's Gold. Que lo amigos se junten para celebrar cosas juntos. Ha sido un honor para mí asistir a casi todos los bautizos y las bodas del pueblo desde hace muchos, muchos años. La de hoy no es una excepción. Si los que estáis en medio del salón podéis moveros a la izquierda o la derecha, por favor. Hay que formar un pasillo central.

Felicia no entendió. ¿Qué iban a hacer? Gideon la agarró de la mano y tiró de ella hacia atrás. Vio entonces que Charlie se había trasladado al fondo del salón. Llevaba el mismo vestido que antes, pero tenía en las manos un ramo de rosas y lirios blancos. Clay se había apartado de su lado y estaba de pie junto al escenario. Una niña de diez u once años se puso delante de Charlie. Saltaba a la vista que en algún momento de su vida había sufrido quemaduras, pero aun así sonreía feliz mientras arrojaba al suelo pétalos de rosa.

Felicia se descubrió extrañamente llorosa y emocionada sin saber por qué. Heidi, con una enorme tripa de embarazada, y su marido, Rafe, se colocaron entre Charlie, Clay y la niña de las flores. Annabelle y Shane se unieron a ellos.

—¡Uy, va a haber una boda! —gritó alguien.

La alcaldesa volvió a sonreír.

—Sí, así es. Por lo visto Charlie y Clay no se ponían de acuerdo sobre si celebrar una boda grande o pequeña, así que se han decantado por algo poco convencional. Menos complicaciones y más diversión —hizo una pausa—. Charlie me ha pedido que os diga que Clay y ella se van por la mañana a las islas Fiji tres semanas y que no quieren visitas.

Todos se rieron. La banda comenzó a tocar una versión animada de la marcha nupcial y Charlie echó a andar por el improvisado pasillo. Felicia no daba crédito. Una boda. Así, de repente.

Se volvieron todos hacia el escenario cuando los novios ocuparon su lugar frente a la alcaldesa Marsha. Su familia se había reunido en torno a ellos. Felicia vio a la madre de Charlie y a la de Clay tomadas del brazo, llorando y riendo al mismo tiempo.

Miró a la pareja a los ojos y vio amor en su mirada. Se pertenecían el uno al otro, pensó. Eran felices e iban a comenzar una nueva vida juntos.

La embargó el anhelo, pero se recordó que no debía preocuparse. Ella también había empezado una nueva vida. Aprendería lo que necesitaba saber y luego buscaría al hombre adecuado para ella. Algún día, se casaría. Quizá no como Charlie, pero, fuera como fuese, sería un recuerdo que atesoraría toda su vida.

Capítulo 10

Felicia había reducido todo el festival del Cuatro de Julio a un cuadro sinóptico. Lo había organizado por hora, ubicación y tipo de caseta. Estaba preparada. O todo lo preparada que podía estar antes de que empezara el festival.

Treinta y siete horas, se dijo. Treinta y siete horas para que llegaran los ocupantes de las casetas y empezaran a montar sus puestos. Había confirmado la llegada de todos los pedidos, así como la asistencia de los empleados que iban a ayudar en el montaje. Los adornos estaban puestos. En todas las farolas de las calles principales había una bandera o una guirnalda. Sabía la hora exacta a la que empezaría el desfile y quién participaría en él.

En el ejército había planificado operaciones. Había movido equipamiento que valía millones de dólares, por no hablar de soldados, aviones y barcos, pero aun así no se sentía preparada para afrontar su primer festival en Fool's Gold.

–Puedo hacerlo –se dijo, de pie en medio del despacho. Era fuerte. Era lista. No iba a empezar a hiperventilar. Si no tal vez se desmayara, y seguramente se haría alguna herida si se caía al suelo.

«Concéntrate en tu despacho», se dijo. Le gustaba su despacho. Tenía montones de ventanas y conexiones a Internet rápidas, y todo estaba organizado como a ella le gustaba. Había trasladado la enorme agenda de Pia a una base de datos que a continuación había grabado en su tableta. Tenía acceso a más información que cualquier presidente antes de 1990.

«*Neutiquam ero*. No estoy perdida».

Porque no lo estaba. Sabía perfectamente dónde estaba y lo que hacía. Seguiría respirando y todo iría bien. Estaba segura.

–No entiendo.

Felicia sonrió educadamente y señaló el plano.

–Su caseta está aquí.

La mujer, alta y morena, vestida con vaqueros y una camiseta con la carta de tarot del mago, la miró con enfado.

–Ya veo lo que está impreso en esa página. Digo que no lo entiendo porque ese no es mi sitio. Me pongo en el mismo sitio todos los años. Está allí, junto al puesto de perritos calientes. La gente va a comerse un perrito caliente y, de paso, se pasa por mi puesto. Sin duda saben que esa horrenda carne procesada va a acabar con ellos, por eso quieren saber cómo acabará su vida. Y para eso estoy yo.

Movió los labios de un modo que a Felicia le pareció una sonrisa, pero era difícil saberlo. También parecía un poco una mueca feroz.

–He cambiado su caseta de sitio –le dijo.

–Pues vuelva a ponerla donde estaba. La gente viene a verme. Tengo que estar donde puedan encontrarme.

–La encontrarán con toda facilidad –Felicia procuró conservar la paciencia aunque empezaba a irritarla la tozudez de aquella mujer–. Ahora está en el camino que lleva al parque. La gente pasará a su lado cuando vaya a escuchar a la banda. Podrán sentarse y disfrutar de sus servicios sin tener que hacer malabarismos con sus perritos calientes. Tendrá más clientes de ese modo.

La pitonisa puso los brazos en jarras.

—Quiero estar junto al puesto de perritos calientes.

—Eso no puede ser. En lugar de tener los puestos de comida desperdigados por todo el recinto, he creado una zona de restauración. Y allí no hay sitio para su puesto.

—Eso es una idiotez. ¿Dónde está Pia?

Felicia pensó en decirle que, si de verdad tenía poderes paranormales, habría adivinado que iban a trasladar su caseta antes de llegar a Fool's Gold. Pero sabía que no serviría de nada.

—Ahora la responsable soy yo.

—¿Se ha despedido? —la pitonisa sacudió la cabeza—. Qué barbaridad. Para una persona que sabe lo que hace, y se marcha. Y ahora tengo que aguantarme contigo —entornó los ojos—. Sabes que puedo echarte una maldición, ¿verdad?

Felicia pensó que la habían entrenado para desarmar a un atacante en menos de tres segundos, pero sabía que la violencia física estaba descartada. Y además no era su estilo.

—Lamento que esté descontenta con la nueva ubicación de su caseta, pero confío en que al menos intente sacarle partido. Según mis cálculos, tendrá un treinta y dos por ciento más de tránsito de visitantes, y eso se traducirá en un incremento de sus ingresos.

—Lo que tú digas —masculló la mujer, y se alejó.

Felicia respiró hondo, decidida a no permitir que un incidente aislado le amargara el día. Los cambios encontraban a menudo resistencia. Pero al final de la larga semana de fiestas los feriantes verían que había hecho bien.

—Oye, ¿tú eres esa tal Felicia?

Se volvió y vio a un grandullón con camisa de manga corta y el nombre «Burt» bordado en el bolsillo.

—Sí.

—He traído los aseos portátiles de más que pediste, pero no puedo ponerlos en su sitio. Hay unos tíos construyendo un escenario o algo así.

—Ya. Esta vez los aseos van en un sitio distinto. De hechos, en varios sitios.

El hombre gruñó.

—¿En serio? ¿Y me lo dices la víspera del Cuatro de Julio? ¿Dónde está Pia?

—Es muy llamativo —comentó Isabel, indecisa—. Los colores son vivos y las fotografías han quedado muy bien.

Consuelo se quedó mirando la alegre caseta amarilla rodeada de globos rojos, blancos y azules. El cartel llamaría la atención, pensó mientras leía las grandes letras en las que se leía «¿Quieres casarte con uno de mis hijos?». Dos grandes fotografías de los hermanos Hendrix adornaban la parte delantera de la caseta. Denise Hendrix estaba sentada detrás de una mesa, en la zona que quedaba a la sombra. Sobre la mesa había varios álbumes de fotos y un montón de solicitudes.

—Si yo fuera Ford o su hermano, me daría pánico —comentó Consuelo.

—Kent —dijo Isabel distraídamente—. El otro hermano se llama Kent. Es profesor de Matemáticas. Y tiene un hijo.

Kent tenía el mismo cabello oscuro y los ojos que Ford, pero su expresión era más suave, pensó Consuelo. Su sonrisa relajada tenía algo que la atraía.

—¿Está divorciado? —preguntó.

—Sí. Pero no conozco los detalles. Ella se llamaba Lorraine. Cuando se marchó, Kent lo pasó fatal. Sufrió mucho, porque los hombres son intrínsecamente idiotas. El caso es que volvió al pueblo y encontró trabajo en el instituto. Es bastante listo y simpático, creo. Un buen tipo, pero, ya sabes, no muy interesante.

Consuelo se volvió hacia su amiga.

—¿No es lo bastante peligroso para ti?

Isabel se echó la larga melena rubia sobre el hombro.

—Te recuerdo que yo ya estaba loca por Ford antes de que

fuera peligroso. No hay amor como el de una chica de catorce años.

—¿Y ahora?

—Ahora no lo conozco —miró a su alrededor y bajó la voz—. Básicamente, todavía lo estoy evitando. No es tan difícil. Supongo que trabajar en una tienda de novias ayuda.

Denise, una mujer atractiva de poco más de cincuenta años, levantó la mirada y las vio.

—Hola, chicas —dijo, haciéndoles señas de que se acercaran—. ¿Venís a presentar una solicitud?

—No exactamente —contestó Isabel—. Pero la caseta es estupenda.

Denise sonrió.

—He recibido un montón de solicitudes —señaló un montón de papeles que tenía en una caja de plástico, en un rincón de la caseta—. También estoy haciendo fotos a todas las chicas que vienen para adjuntarlas a las solicitudes. Voy a cotejar todos los datos y sus referencias antes de hablar con los chicos.

—Hablando de los chicos —dijo Isabel—, ¿ellos lo saben?

La sonrisa de Denise se volvió ligeramente malévola.

—Todavía no. No me cabe duda de que van a enfadarse cuando lo sepan, pero se les pasará. Dentro de unos meses, cuando estén felizmente casados, me darán las gracias.

—Está bien tener un plan —comentó Isabel, y se volvió hacia Consuelo—. Lo siento, debería haberos presentado. Denise, esta es mi amiga Consuelo Ly. Es nueva en Fool's Gold. Va a trabajar en la academia de guardaespaldas. Consuelo, Denise Hendrix.

Se dieron la mano.

—Encantada de conocerla, señora.

—Denise, querida, llámame Denise —miró de arriba abajo a Consuelo—. ¿Estás soltera?

—Sí.

—¿Te has casado alguna vez?

—No.

–¿Cuántos años tienes?
–Treinta.
Denise arrugó el entrecejo.
–¿No te has casado por alguna razón?
–Antes viajaba mucho por trabajo.
–¿Tienes hijos?
–No, señora –Consuelo reprimió el impulso de dar un paso atrás. Sabía que podía pararle los pies fácilmente, pero aquello era Fool's Gold y tenía la sensación de que debía tratar a los mayores con respeto.
–¿Te gustan los niños?
La pregunta no debería haberla sorprendido, pero la sorprendió. De pequeña, su madre siempre le había dicho que cuidara de sus hermanos pequeños. Que era la mayor y que era su deber. Había hecho lo que había podido. Había intentado que no se metieran en líos, pero vivían en un barrio muy duro y el atractivo de las bandas era irresistible.

Su hermano pequeño había muerto antes de cumplir catorce años, víctima de un tiroteo. El otro se había pasado la vida entrando y saliendo de prisión. Consuelo había malgastado años intentando demostrarle que había otro camino, pero él no la hacía caso. Ahora apenas se hablaban. Solo la llamaba para pedirle dinero, y ella se negaba a dárselo. Si su madre siguiera viva, se le habría partido el corazón al ver a su familia destrozada.

–Siempre he querido tener hijos –reconoció. Una oportunidad de empezar de cero. De vivir en algún sitio agradable. De echar raíces. Amar a un hombre era un riesgo que no sabía si podía asumir, pero tener un hijo le parecía menos arriesgado. A un hijo podría ofrecerle todo cuanto tenía.

Denise tomó una solicitud y luego la retiró.
–¿Piensas quedarte en Fool's Gold?
Consuelo asintió con un gesto.
Denise volvió a sonreír.
–Estupendo –le pasó la solicitud y se volvió hacia Isa-

bel–. Por desgracia, he oído que piensas marcharte dentro de unos meses, así que entenderás que no quiera que rellenes una solicitud.

Isabel dio un paso atrás.

–No hay problema. Buena suerte.

–Gracias, querida.

Isabel agarró a Consuelo de la mano.

–Deberíamos irnos.

Denise se acercó a ellas.

–¿No quieres rellenar la solicitud? –preguntó a Consuelo.

–Eh, no, gracias. Ya conozco a Ford y no es mi tipo.

–¿Y Kent? Es muy listo. Y muy buen padre.

Isabel tiró de ella y Consuelo salió de la caseta diciendo rápidamente:

–Lo siento.

Isabel siguió caminando.

–Si no fueran las diez y media de la mañana, propondría que fuéramos a emborracharnos donde Jo. ¿Te ha dado tanto miedo como a mí?

–Ha sido extraño. Pero hay que reconocer que tiene mucho valor.

Isabel se rio.

–¿Ahora lo llaman así? Te juro que si no fuera porque no quiero ver a Ford, me quedaría por la caseta para ver su estallido cuando se entere de lo que está haciendo su madre.

Siguió hablando, pero Consuelo había dejado de escucharla. Se descubrió mirando hacia atrás, hacia la fotografía del otro Hendrix. El de los ojos amables.

Felicia conocía las diversas causas que podía tener una jaqueca. Descartando un tumor cerebral y un aneurisma, solo le quedaban un montón de causas inocuas. Casi con toda probabilidad, el latido que notaba en las sienes se debía a la falta de sueño y al estrés de su nuevo trabajo. La próxima vez que viera a Pia le pediría perdón por haber pensado que su trabajo era fácil. Porque a decir verdad era el reto más difícil al que se había enfrentado nunca.

Eran casi las cinco de la tarde del viernes, el segundo día del festival. La noche anterior habían sido los fuegos artificiales y el primer concierto. Esa noche había otro concierto cuyo principal atractivo era una banda de *bluegrass* llamada The Blue Grass Band.

—Estamos en el parque —dijo por octava vez el cantante principal en otros tantos minutos. Se había trasladado de la calzada a la acera, tal vez con la esperanza de intimidarla pareciendo más alto.

—Lo sé —contestó Felicia, confiando en parecer paciente y comprensiva, cuando en realidad tenía ganas de agarrar un objeto contundente y golpearle con él hasta que dejara de quejarse.

—¿Por qué estamos en el parque? Nunca estamos en el parque.

Felicia respiró hondo.

—Allí tendrán más sitio. Hemos puesto sillas a los dos lados, con una zona amplia de hierba en medio. El sonido viajará mejor sin tener edificios tan cerca. La zona de restauración lleva directamente al parque, lo que aumenta el tránsito de personas. Mucha gente que no tenga pensado ir a escuchar la música se sentirá atraída por ella. Anoche la asistencia aumentó en un veinte por ciento, al igual que la venta de discos y camisetas. Va a tener que confiar en mí en este caso.

—No creo que tenga usted las vibraciones adecuadas para este trabajo. ¿Dónde está Pia?

—Pia no está disponible —respondió Felicia, intentando no rechinar los dientes—. Y si quiere quejarse, tendrá que ponerse a la cola. Creo que ya hay alguien que me ha echado una maldición.

—Esto es un asco —le dijo el chico, de unos veintitantos años—. Y usted no tiene ni idea.

Con aquel elocuente comentario, se alejó, dejándola abrazada a su tableta. Le quedaban cuarenta y ocho horas más, pensó con amargura. Con un poco de suerte estaría en la cama a medianoche y podría dormir hasta las seis. Y lo mismo el sábado. Lo que significaba que invertiría en una actividad agradable doce de aquellas cuarenta ocho y horas. No podía decir lo mismo de las otras treinta y seis.

–Ahí estás.

Respiró hondo y al volverse vio a Ford acercarse a ella.

–Le has alquilado una caseta a mi madre para buscarme esposa.

Felicia echó a andar.

–Ponte a la cola.

–¿Qué?

–Todo el mundo tiene algo de lo que quejarse. No quiero oírlo.

Ford la agarró del brazo.

–Oye, mi madre tiene una caseta y dice que tú le has dado permiso.

Se paró y lo miró de frente.

–Tiene derecho legal a alquilar una caseta en el festival si eso es lo que quiere. No está haciendo nada ilegal y ha pagado la tarifa. Mi trabajo consistía en darle el permiso.

Ford bajó el brazo y se quedó mirándola.

–Pero somos amigos. Deberías haberme avisado.

Aquellas palabras la hirieron más profundamente que un navajazo. Se apretó la tableta contra el pecho.

–Lo siento. No pensé que fuera para tanto.

–Quiere casarme. Está aceptando solicitudes.

Parecía verdaderamente disgustado, pensó Felicia.

–Ha tomado la iniciativa. Así se siente mejor. Estuviste fuera mucho tiempo y no quiere que vuelvas a marcharte. Seguro que puedes entenderlo. En cierto modo es divertido.

–Para mí no. Deberías habérmelo dicho.

Intentó ver la situación desde su punto de vista. El hecho de que ella quisiera emparejarse no significaba que todo el mundo tuviera ese deseo. Gideon, sin ir más lejos, que evitaba cualquier vínculo emocional.

—Tienes razón —asintió rápidamente—. Ha sido un error no decírtelo. Entiendo que puedas considerarlo un acto de traición por mi parte.

Ford se removió.

—Bueno, lo de «traición» es un poco fuerte.

—No, nada de eso. He sido una mala amiga. Te pido disculpas.

—Jo, Felicia, estoy enfadado, pero tampoco es el fin del mundo.

—Ha sido una desconsideración por mi parte —sintió que le ardían los ojos y tardó un segundo en darse cuenta de que estaba empezando a llorar—. Pero han pasado tantas cosas... Estoy intentando ser comprensiva porque los cambios son necesarios, pero todo el mundo se resiste a ellos. Hay más quejas de las que esperaba y no he dormido, y ahora tú te enfadas conmigo.

—No estoy enfadado —masculló él—. No pasa nada. En serio. Estoy bien. Seguramente mi madre está haciendo algo bueno, ¿no?

—Solo lo dices por decir.

—Soy capaz de decir cualquier cosa con tal de que me prometas que no vas a llorar.

Felicia sorbió por la nariz.

—Haré lo que pueda. Pero, en cuanto interviene el sistema nervioso simpático, es posible que sea muy difícil detener el proceso.

Ford masculló un juramento.

Ella tragó saliva, intentando todavía contener las lágrimas.

—Puedes irte. Estoy bien. Me siento mejor sabiendo que no estás enfadado conmigo.

—No lo estoy, de veras. No pasa nada, ¿vale?

Felicia asintió con la cabeza y Ford se marchó a todo

correr. Ella echó a andar entre la gente, intentando dominarse. No solía ceder al llanto, y el hecho de que tuviera ganas de llorar era una prueba de su estrés. Tal vez le ayudaría tomar un poco de azúcar.

Delante de ella, un niño de ocho o nueve años dio un zapatazo.

—¡Esto es una tontería! —le gritó a su madre—. ¡Quiero un algodón de azúcar! Tenían que estar aquí. ¿Por qué no están aquí?

—No lo sé. Este año todo es distinto —miró a su marido—. No es tan divertido.

Felicia apretó con más fuerza su tableta.

—Los puestos de algodón de azúcar están allí, junto a la zona de restauración —dijo, señalando con el dedo—. Al lado del puesto de limonada. No está muy lejos.

—Gracias —contestó el hombre, y pasó un brazo por la cintura de su mujer—. ¿Sabes?, me apetece una limonada.

La familia se alejó camino de la zona de restauración. Felicia se quedó mirándoles. Intentó no tomarse como una ofensa personal el comentario del niño, pero le costó. Tenía tantas ganas de que el festival saliera bien...

A las ocho de la noche, estaba dispuesta a reconocer su derrota. Había tenido que soportar una reprimenda del vendedor de miel y de un niño pequeño que buscaba a la señora que hacía animales con globos. Cuando la alcaldesa Marsha se acercó a ella, comprendió que debía ser sincera.

—Es un desastre —dijo mirando a su jefa—. Lo siento. Estaba tan convencida de que así sería mejor... El tránsito es más fluido y sé que hay más gente escuchando la música, pero quizá sobrestimé la importancia de eso. Sé que los cambios pueden resultar difíciles. Creo que me he excedido.

La alcaldesa aguardó un segundo.

—¿Lo crees de veras?

—No —contestó Felicia—. No lo creo. Lo de antes era una tontería. Como el carrito de los perritos calientes estaba junto al puesto del tarot, la gente iba comiendo cuando pasaba por él. Aunque quisieran que les leyeran las cartas, no siempre estaban cómodos en la caseta porque tenían en la mano un perrito caliente. Y las colas de los puestos de comida tapaban la entrada de otras casetas. No había sitio suficiente para las distintas orquestas. Así es mejor. Solo que nadie me cree.

La alcaldesa Marsha la enlazó por el brazo.

–En palabras de Yogi Berra, «*imperfectum est dum conficiatur*».

Felicia tradujo de cabeza.

–¿Las cosas no se acaban hasta que se acaban?

–Exacto. Quedan dos días más de feria. Da tiempo a la gente para que se acostumbre. A mí me gusta lo que has hecho, y sospecho que a ellos también acabará por gustarles.

–¿Antes o después de que me linchen?

–Antes, con suerte.

Felicia se detuvo y la miró.

–¿Estás enfadada?

–En absoluto. Estás haciendo tu trabajo.

–¿Y si le he estropeado la fiesta a todo el mundo? ¿Y si no guardan un buen recuerdo de este Cuatro de Julio?

–Te estás otorgando mucho más poder del que tienes. Los recuerdos son cosa suya, no tuya. Tener que buscar el puesto del algodón de azúcar no va a estropearle el día a nadie.

–Espero que tengas razón.

–Suelo tenerla.

Gideon fue a buscarla al atardecer. La encontró junto al parque, al borde de la multitud que se había reunido para escuchar a la banda de *bluegrass*.

–¿Qué probabilidades hay de que hagan una versión de una canción de los Beatles? –preguntó al acercarse.

Felicia le dio una sorpresa al dejar su tableta en el suelo y acercarse a abrazarlo. Rodeó su cintura con los brazos y lo estrechó contra sí.

–Oye –dijo él, acariciando su largo pelo–, ¿estás bien?

–No –su voz sonó sofocada contra su pecho–. No estoy bien. Todo el mundo me odia.

–Yo no.

–Todos menos tú. Es horrible. Yo creía que era dura y valiente, pero no lo soy. Soy débil. Soy un fracaso.

Gideon agarró su barbilla y la obligó suavemente a mirarlo. Sus ojos verdes rebosaban lágrimas.

–También eres un poco dramática. ¿No irá a venirte la regla?

Ella logró sonreír.

–Intentas distraerme con comentarios machistas.

–¿Y funciona?

–Un poco –respiró hondo–. El festival está siendo un desastre, y es todo culpa mía.

Gideon miró a su alrededor.

–No sé. La gente parece estar pasándoselo bien.

–Qué va. Nadie encuentra nada. Los feriantes están furiosos. Y el de la orquesta me ha tratado como si fuera idiota.

–Eso tiene que ser una novedad para ti.

Ella acercó la cabeza a su pecho.

–No te lo estás tomando en serio.

–Es una feria, niña, no la paz mundial. Si la fastidias, nadie se va a morir.

Levantó la cabeza y sorbió por la nariz.

–Perspectiva... Tienes razón. Lo he hecho mal, pero la próxima vez lo haré mejor.

–Eso es.

Volvieron a llenársele los ojos de lágrimas y una se deslizó por su mejilla. Gideon se sintió como si le hubieran dado una patada en la tripa.

–¿Por qué lloras?

—Me siento fatal. No estoy acostumbrada a fallar —se enjugó la lágrima y se inclinó de nuevo hacia él—. Cuando tenía catorce años, había un chico, Brent, uno de los pocos estudiantes que me hablaban. Quizá porque era mayor. Había estado en el ejército, en Irak. Había perdido las piernas y estaba en una silla de ruedas. Era como un padre para mí —sollozó otra vez, aferrándose todavía a él—. Tenía muchos dolores constantemente, pero era muy valiente. Yo lo ayudaba a estudiar Matemáticas. Fue él quien me habló de convertirme en una menor emancipada. Me ayudó con el papeleo y fue al juzgado conmigo.

—Parece un buen tipo —comentó Gideon, intentando no ponerse celoso.

—Fue por Brent por lo que me alisté en el ejército. Quería rendirle homenaje. Cada vez que me asustaba, pensaba en qué haría él, en qué podía hacer para que se sintiera orgulloso de mí —dio un paso atrás y miró a su alrededor—. Si estuviera vivo, hoy no le habría causado muy buena impresión —respiró hondo—. No por el error. Todo el mundo comete errores, sino por estar llorando. Qué tontería.

Gideon comprendió varias cosas a la vez: que, desde muy niña, Felicia había logrado encontrar lo que necesitaba desde un punto de vista emocional. Un mentor aquí, una figura paterna allá. Justice era como un hermano para ella, al igual que Ford. Quizá sus padres la hubieran abandonado, pero había aprendido instintivamente a cuidar de sí misma lo mejor posible.

Comprendió además que era mucho más dura consigo misma que cualquier soldado que él hubiera conocido.

—¿Te has equivocado? —preguntó.

Felicia se volvió hacia él.

—¿En lo del festival? —se encogió de hombros—. Sé que mis teorías son correctas, así que, si pienso solo en la organización, creo que tengo razón. Pero es más difícil prever cómo va a reaccionar la gente. Sobre todo en un entorno como este. Eso no lo he tenido en cuenta.

—Defender lo que uno cree correcto es la definición misma de la valentía, Felicia. Tienes que creer en ti misma.

Ella esbozó una sonrisa.

—Es lo que me habría dicho Brent. Cosa de soldados, ¿no?

—Es lo que nos inculcan.

Su sonrisa se hizo más clara antes de desvanecerse.

—No me gusta que la gente esté molesta conmigo. No estoy acostumbrada a que me cuestionen. Hace que me sienta incómoda. Además, ¿y si me he equivocado? ¿Y si me despiden?

Gideon la rodeó con el brazo.

—Te daré un trabajo de media jornada en la emisora. Puedes trabajar en la sala de archivos.

Ella dejó escapar una risa ahogada.

—¿Tienes una sala de archivos?

—No, pero tampoco creo que vayan a despedirte, así que lo mismo da.

Felicia se apoyó en él.

—Gracias.

—No hay de qué.

Ella se agachó para recoger su tableta.

—Vamos —dijo Gideon, dirigiéndose hacia la zona de restauración—. Vamos a comernos un algodón de azúcar. Tengo entendido que cuesta encontrarlos, pero que merece la pena.

—Ten —la señora del tarot entregó a Felicia una sudadera verde clara—. Para decirte que gracias y que lo siento.

Felicia se preguntó si la camiseta estaría maldita.

—Vale —dijo lentamente—. Eh... De nada.

La mujer sonrió.

—Ha sido un festival fantástico. Tenías razón en lo de mi caseta. Ha entrado mucha más gente. No me había dado cuenta de la cantidad de gente que pasaba de largo porque iba comiendo. Este año he tenido cola prácticamente todos los días. Ha sido genial. Siento haberme enfadado contigo –se volvió para alejarse y luego miró hacia atrás–. El año que viene te haré caso, sea lo que sea lo que quieras hacer.

Felicia le sonrió.

–Me alegra saberlo. Gracias.

La mujer le dijo adiós con la mano.

Felicia extendió la camiseta y sonrió al ver su estampado de cartas del tarot. Un gesto amistoso, pensó alegremente. Y además no era el primero de aquella tarde de domingo.

Apenas una hora antes, dos miembros de distintas orquestas habían ido a decirle que habían tenido más público que otras veces y habían vendido más discos y camisetas. La descarga de su música a través de Internet se había disparado. Tres vendedores de comida le habían dicho que casi habían doblado sus ventas respecto a años anteriores. El hombre del puesto de miel seguía molesto, pero no todo podía ser perfecto, y aquello era mucho más de lo que esperaba Felicia.

Patience y Lillie se acercaron corriendo a ella.

–¿Te has enterado? –preguntó Patience–. Es Heidi. Ha tenido una niña. Vamos a ir luego al hospital a verla. Es el final perfecto para una semana perfecta.

–No me había enterado –contestó. Solo había visto a Heidi un par de veces. Se había casado el verano anterior y ya era madre–. Dadle la enhorabuena de mi parte. Me da un poco de envidia su felicidad.

Patience la abrazó.

–Ya te encontraremos a alguien. ¿Has ido a la caseta de Denise? Podrías preguntarle por Kent. A no ser que te interese Ford.

–No, pero gracias.

–Mejor, porque, diga lo que diga, estoy segura de que Isabel sigue colada por él –Patience miró su anillo de compromiso–. Este pueblo es sencillamente mágico.

Lillie tiró a su madre de la mano.

–Mamá, tenemos que ir al hospital.

–Tienes razón –Patience volvió a abrazar a Felicia–. Ven pronto a la cafetería. Quiero que me cuentes con detalle cómo ha ido tu primer festival.

–Claro.

Se marcharon.

Felicia rodeó el parque, inspeccionando las labores de limpieza. La gente se había dispersado y los feriantes estaban atareados recogiendo y embalando sus mercancías. La gente la llamaba a gritos al pasar. Ella les saludaba y les deseaba buen viaje.

Lo había conseguido, pensó, feliz. Había sobrevivido a su primer gran evento. No había sido fácil, pero solo había tenido una pequeña crisis y había recopilado mucha información para el siguiente festival. Se tomaría con más calma los cambios y daría más explicaciones. Recabaría información y seguiría adelante.

Tenía un plan, pensó alegremente. Y eso siempre era bueno.

Caminó hacia la parte delantera del parque. Gideon había dicho que la esperaría allí. Lo vio al cruzar la calle y entonces se dio cuenta de que no estaba solo. Había un niño a su lado.

Tenía unos doce o trece años, el cabello y los ojos oscuros. Felicia se sorprendió mirándolo atentamente sin saber por qué. Tenía algo extraño. Algo que le resultaba casi familiar.

Se preguntó si lo había visto ese día. O por el pueblo. Había tantos niños en Fool's Gold... Quizá fuera amigo de Lillie o...

Gideon la vio, y su expresión de alivio y de pánico la hizo apretar un poco más el paso. Al acercarse, el niño también la miró y sonrió. Aquella sonrisa la hizo pararse en seco. La conocía. Reconoció la forma de su boca y sus ojos.

—Tú debes de ser Felicia —dijo el niño—. Gideon me estaba hablando de ti. Soy Carter.

Felicia comprendió de inmediato lo que ocurría, pero aun así necesitaba constatar que tenía razón.

—¿Carter?

—Sí. Gideon es mi padre.

Capítulo 11

−¿Tu padre?
Carter se encogió de hombros.
−Sí, lo sé. Es raro, ¿verdad?
Felicia miró a Gideon, que aún no había dicho nada. Tenía la vista fija en el niño y parecía sentirse atrapado. Felicia sospechó que estaba a punto de echar a correr. Podía enfrentarse al rifle de un francotirador. Podía desarmar rápidamente a un atacante. Pero ¿qué podía hacer con un hijo?
Carter se metió la mano en el bolsillo de los vaqueros.
−Mi madre era Eleanor Gates. Ellie. Se conocieron cuando mi pa... cuando Gideon estaba destinado en San Diego. Él se fue al extranjero y entonces ella se enteró de que estaba embarazada. Siempre me dijo que era un buen soldado y que no quería ser un estorbo para él −miró a Gideon−. Operaciones especiales, ¿verdad? Es lo que decía mi madre, aunque no estaba segura. No le hablaste mucho de eso.
−Era secreto −contestó Gideon, y se aclaró la garganta.
Carter sonrió otra vez.
−Y ella no podía saberlo. Como en las películas. El caso es que se quedó embarazada y no quería ser una carga. Decía que, si querías estar con ella, volverías −su sonrisa se desvaneció−. Como no volviste, decidió no poner tu

nombre en el certificado de nacimiento. Pero a mí sí me lo dijo. Ya sabes, cuando fui mayor.

Felicia oía las palabras y entendía su significado, pero asimilarlas le costaba mucho más de lo que habría imaginado. Gideon tenía un hijo. Incluso sin la historia que acababa de contarles Carter, el parecido entre ellos saltaba a la vista.

—¿Dónde está tu madre? —preguntó, temiendo conocer ya la respuesta.

—Murió —contestó el niño con sencillez—. Hace un año. Los padres de mi mejor amigo se ofrecieron a acogerme en su casa, y eso hicimos. Me fui a vivir con ellos. Pero ahora se están divorciando y van a marcharse a otro estado. Ninguno de los dos quería quedarse conmigo, así que, o encontraba a mi padre, o me iba a un hogar de acogida.

Parecía muy seguro de sí mismo, pensó Felicia. Pero vio un leve temblor en la comisura de su boca.

—¿Cuántos años tienes? —preguntó.

—Trece. Pero sé muchas cosas. No soy un niño.

—En muchas culturas ya se te consideraría un adulto —repuso ella—. Normalmente hay ritos para marcar el paso de un periodo de la vida al siguiente. Aquí consideramos que la edad adulta empieza a los dieciocho, aunque no es difícil convertirse en un menor emancipado.

Carter se quedó mirándola.

—Vale —dijo despacio—. ¿Estás de acuerdo en que no soy un niño?

—No exactamente. ¿Cómo has encontrado a Gideon?

—Ha sido fácil —recogió la mochila que tenía a sus pies y la abrió—. Tenía esta fotografía y su nombre. Cuando me enteré de lo del divorcio y de que tenía que buscarme un sitio nuevo donde vivir, me puse a buscar en Internet. Se me dan bien los ordenadores y esas cosas.

—Eso está claro —dijo Felicia, tomando la fotografía. En ella aparecía Gideon de joven, rodeando con los brazos a una morena muy guapa. Ella sonreía con ese brillo en la mirada que Felicia había visto en otras mujeres enamoradas, aunque nunca en sus propios ojos. Le pasó la fotografía.

Gideon la tomó y asintió lentamente.

—Es Ellie.

Felicia sabía que no tenía sentido confirmar por otros medios su paternidad. Era evidente que Carter era hijo suyo. Pero él no estaba preparado para hacerse cargo de un adolescente, pensó. Tenía que haber otra solución, pero ignoraba cuál podía ser.

Eran casi las ocho de un domingo por la noche. Tenía previsto irse a casa y dormir al menos doce horas. Quizá más. Pero ¿y Carter?

La alcaldesa Marsha se acercó y sonrió a Carter.

—Hola, joven. Soy la alcaldesa Marsha y tú eres el hijo de Gideon —le tendió la mano.

—Carter —dijo el chico al estrecharle la mano—. ¿Cómo sabía que estaba aquí?

—Yo lo sé todo, Carter. Te darás cuenta cuando lleves aquí un tiempo —los miró a ambos—. Os parecéis. Pero a juzgar por tu cara de pasmo, Gideon, deduzco que no sabías nada de Carter.

—No —contestó él—. Nada.

—Entonces tendréis muchas cosas de que hablar —la alcaldesa se volvió hacia Felicia—. Estás agotada, querida. Ha sido un fin de semana muy duro. Pero estupendo. Tu primer festival ha salido de maravilla —miró a Carter—. Admiro tu iniciativa. Pero estoy segura de que sabes que tus actos tienen consecuencias.

Carter suspiró.

—No quería entrar en el sistema de hogares de acogida. Uno oye cosas, ¿sabe?

—Sí, lo sé. Pero también hay leyes, y sigues siendo menor de edad. Además, dejarles una nota a tus tutores no va a tranquilizarles.

—¿Cómo sabe que les dejé una nota?

Marsha sonrió.

–¿No se la dejaste?

Carter dijo que sí con la cabeza.

–No soy un niño.

–Eres un adolescente, que es peor. Lo sé, créeme –le dio unas palmaditas en el brazo–. Necesitas un sitio donde quedarte esta noche.

–Tengo a mi padre.

–No es tan sencillo. Te propongo una cosa: pasarás la noche con una familia de acogida. Avisaré a tus tutores de que estás bien y por la mañana iremos a ver a un juez que conozco. Como en tu partida de nacimiento no figura el nombre de tu padre, habrá que confirmar vuestro parentesco con una prueba de ADN.

–¿Como en las películas? –Carter parecía impresionado.

–Exacto, igual. Es todo muy moderno y sencillo. Y mientras se hacen los análisis, conseguiremos que se apruebe a Gideon como padre de acogida. El resto ya lo iremos viendo.

Carter se colgó la mochila del hombro. De pronto parecía receloso.

–Preferiría quedarme con él.

Felicia entendía que le diera miedo irse a un lugar extraño. Aunque hubiera ido allí por decisión propia, no conocía a nadie y no sabía si las cosas saldrían bien.

Pensó en ofrecerse como madre de acogida, pero sabía que tendría que pasar por el proceso de autorización, al igual que Gideon. Y eso era imposible un domingo por la noche.

–No te preocupes –dijo la alcaldesa amablemente–. Creo que van a gustarte estos padres de acogida. Pia y Raúl Moreno tienen tres hijos. Peter, el mayor, también estuvo en acogida y lo adoptaron. Raúl antes era jugador de fútbol americano. Era zaguero de los Dallas Cowboys.

Carter se animó.

–¿En serio?

Felicia asintió.

—Conozco a su mujer. Pia es muy amable. Solo será esta noche, Carter —pensó en cómo hacer que se sintiera mejor—. Tengo un teléfono de prepago en la oficina de CDS. ¿Qué te parece si lo activo y me paso por casa de Pia? Te daré mi número. Así, si pasa algo, podrás llamarme e iré a buscarte.

—¿Harías eso?

—Claro que sí —se acercó y tocó ligeramente su hombro—. Has hecho un viaje muy largo tú solo para encontrar a tu padre. Acabas de llegar y todo esto te resulta extraño. Vas a tardar un tiempo en sentirte como en casa.

—Gracias —dijo Carter, y miró a la alcaldesa—. Estoy listo.

—Ya lo veo. Vamos, entonces. A pie, porque, como pronto descubrirás, en Fool's Gold puedes ir a casi todas partes andando. Claro que eso no significa que los chicos de dieciséis años no quieran un coche. ¿Por qué estarán tan obsesionados los jóvenes con conducir? ¿Puedes explicármelo?

—Porque tener coche mola —contestó el chico mientras doblaban la esquina.

Felicia esperó a que dejaran de oírse sus voces. Luego miró a Gideon.

—Un suceso inesperado —comentó.

Él masculló:

—Se... se presentó en la emisora, así como así. No sabía qué hacer, así que vine aquí. No puedo tener un niño. No puedo. Esto es un error. No puede vivir conmigo. ¿Qué voy a hacer con él? Yo no puedo ser padre —soltó una risa que parecía más bien un ladrido—. No —dijo tajantemente—. No puede ser. Tiene que irse a otra parte.

Felicia miró la mano que había apoyado sobre su hombro.

—¿Ellie tenía familia?

—No me acuerdo —respiró hondo—. No creo. Era hija única y sus padres habían muerto. Recuerdo que pensé que yo no era el tipo de hombre que querría llevar a casa de sus padres, y que por suerte eso no era problema –se desasió de su mano–. No puedes calmarme como si fuera una mascota, Felicia.

–No era eso lo que intentaba. Quiero ayudarte, Gideon. Puedes afrontar esto.

–No, no puedo. Ese chico tiene que encontrar otro sitio donde vivir.

–¿Vas a dejar que tu hijo vaya a una casa de acogida?

–Mejor eso que vivir conmigo –dio media vuelta y luego volvió a mirarla–. No estoy rehuyendo mis responsabilidades. Pero no puedo ser lo que ese niño necesita.

–Tienes habitaciones libres. Por algo se empieza –pensó en Carter y en lo valiente y decidido que parecía, aunque por dentro estuviera aterrorizado. Habiendo muerto su madre, estaba solo en el mundo. Gideon era su única alternativa.

–Mis padres me entregaron a la universidad cuando tenía cuatro años –dijo en voz baja–. Tardé mucho tiempo en entender lo que eso significaba, pero a los siete me di cuenta de que estaba completamente sola en el mundo. No tenía a nadie. Carter es mayor, pero aun así está solo. Necesita estabilidad. Necesita un padre.

Gideon se pasó la mano por el pelo.

–Tengo pesadillas, Felicia. Me despierto empapado en sudor frío, sin saber si voy a matar a alguien o si voy a morirme de un ataque al corazón. ¿Un niño? Ni pensarlo. Si tanto te preocupa, acógelo tú.

Felicia sintió una repentina opresión en el pecho. Un hijo, pensó con anhelo. Si Carter fuera suyo, estaría encantada de hacerle un hueco en su vida.

Gideon maldijo de nuevo. Luego meneó la cabeza. Comenzó a alejarse y luego se volvió.

–Tienes razón. Sé que es responsabilidad mía. Tengo que encontrar una solución –la miró–. ¿Puedes ayudarme? ¿Puedes quedarte conmigo los primeros días para ayudarme a salir del paso?

–Claro, pero yo sé menos que tú de la paternidad. Tú creciste con un padre y una madre, en un hogar. Puedes remitirte a esos recuerdos. Yo desconozco ese tipo de relaciones.

–Tú estás mucho más cerca de ser normal que yo. Todavía tienes emociones. Sientes cosas. Y los niños necesitan eso.

–Tú también tienes emociones.

–De las buenas –repuso con amargura.

Felicia se acercó y lo rodeó con los brazos.

–Me quedaré contigo todo el tiempo que necesites. Te lo prometo –le sonrió–. Y cuando esté dormido, podemos hacer el amor.

Gideon soltó una risa ahogada.

–No eres nada aburrida, ¿lo sabías?

–Me alegra que pienses eso.

–Es genial –comentó Carter y, acercándose a la puerta corredera, la abrió. Una vez en la terraza, pudo ver aún más lejos. La casa de su padre estaba en la ladera de una montaña. No sabía a qué altura estaban, pero alrededor solo había árboles, picos de montañas y cielo–. ¿Hay águilas? –preguntó–. ¿Aquí arriba nieva en invierno?

–Hay rapaces de muchos tipos –contestó Felicia–. En cuanto a la nieve, estamos a suficiente altitud para que haya mucha –pareció divertida–. ¿Lo preguntas porque te gustan los deportes de invierno o porque así te perderás las clases?

–Por las dos cosas –dijo con una sonrisa–. Me gustaría aprender a hacer *snowboard*. Sé surfear. No lo hago muy bien, pero me gusta.

–Entonces tendrás suficiente equilibrio para hacer *snowboard*. A mí no se me dan bien la mayoría de los deportes –se inclinó hacia él–. Me caigo mucho –añadió en voz baja.

Carter se rio. Felicia era rara. Muy guapa, y le gustaba

como hablaba, con todas aquellas palabras altisonantes que casi no entendía. Era simpática.

De su padre estaba menos seguro. Gideon estaba al otro lado de la habitación, mirándoles como si le diera miedo acercarse. Por lo que había podido averiguar en Internet sobre él, había pasado por muchas cosas en el ejército. Tal vez lo hubieran herido y no se había recuperado aún. Mejor eso a que no lo quisiera por allí.

Carter había podido seguir haciendo lo que tenía que hacer, casi todos los días. Había ido a clase, había hecho sus deberes, había salido con sus amigos. Pero por las noches era distinto. Cuando oscurecía y estaba solo, echaba de menos a su mamá. Lloraba, pero eso nadie tenía que saberlo. Hacía un año que había muerto su madre, y todavía la añoraba. Quería volver a sentirse seguro.

–Bueno, ahora tu cuarto –dijo Felicia–. Está por aquí –atravesó el espacioso cuarto de estar. Había sofás y esas cosas, pero no televisión.

–¿Hay tele por cable? –preguntó, dudando de qué haría si no había ni tele ni Internet.

–Abajo hay una sala de televisión –contestó Gideon rígidamente–. Y hay wi-fi en toda la casa.

Carter se animó visiblemente.

–Qué bien.

Felicia se detuvo y lo miró.

–¿Tenemos que vigilar tu acceso a Internet? –preguntó.

–No, qué va –contestó el chico–. No entro donde no debo entrar –procuró parecer muy joven e inocente.

Felicia lo miró fijamente con sus ojos verdes.

–Tienes trece años. Biológicamente, estás sufriendo una subida hormonal que estimula tu interés sexual. Es natural que tengas curiosidad. Y aunque respeto la sed de conocimiento, sigues siendo muy impresionable. La pornografía te dará una visión poco realista de lo que sucede cuando un hombre y una mujer...

Carter hizo una mueca.

—¿Te importa que no hablemos de eso? Sé de dónde vienen los niños.

—Tendré que informarme sobre el tema.

—¿Sobre qué tema? —Carter confiaba en que no creyera necesario que hablaran de sexo.

—Sobre las normas y los límites para un chico de tu edad.

—Soy un buen chico. Todo el mundo lo dice.

—Seguro que sí. Vamos a ver tu habitación.

La siguió por el pasillo. La primera puerta a la izquierda era un cuarto de baño grande, con una encimera larga y una bañera de buen tamaño. Entraron.

—Este va a ser tu baño —dijo Felicia, y arrugó el ceño—. Creo que tendremos que comprarte toallas nuevas.

—No, están bien —contestó Carter mientras abría los cajones y la puerta del armario de debajo del lavabo.

—Son beige —Felicia miró a su alrededor—. Todo en este baño es beige.

Carter señaló el váter.

—Es blanco.

—¿Qué colores te gustan?

—El azul y el verde. Me gusta el color de tus ojos. Son muy bonitos.

Era alto y delgado, pero Felicia le sacaba aún unos cinco centímetros. Ella olía bien. Como a vainilla.

—Eres muy lista, ¿verdad? —preguntó él.

—Sí.

—¿Superlista? ¿Fuiste a la universidad y todo eso?

—Sí. Tengo varios títulos universitarios.

—¿Más de dos?

Ella torció la boca.

—Algunos más.

—Entonces ¿podrás echarme una mano con los deberes?

—Sí, en todos los temas.

El chico sonrió.

—Menos en el de hacer *snowboard*.

Ella se rio.

—No creo que eso te lo manden en el colegio —tocó ligeramente su brazo y señaló hacia la puerta.

Salieron al pasillo y entraron en una habitación de invitados. Era grande, con un ventanal que daba a la parte delantera de la casa. Había una cama de matrimonio, una cómoda y un armario empotrado.

—Beige —murmuró ella.

Carter vio que tenía razón. El suelo estaba cubierto de moqueta beige, y el edredón de la cama era del mismo color. Felicia se acercó a la ventana y luego volvió junto a la cama.

—Aquí tienes espacio para un escritorio. Vas a necesitarlo para hacer los deberes. ¿Ya no usas juguetes?

—Hace años que no.

Ella miró su mochila.

—¿Has traído más equipaje?

Carter negó con la cabeza, avergonzado pero decidido a que no se le notara.

—Me gusta viajar ligero de equipaje.

Felicia fijó sus ojos verdes en él.

—Tus tutores temporales estaban tan ocupados con la ruptura de su matrimonio que no se dieron cuenta de que necesitabas ropa nueva, y tú eras demasiado orgulloso para pedírsela.

Carter se sonrojó.

—Mira, sé cuidar de mí mismo.

—Has hecho un trabajo impresionante, Carter. Yo crecí sin mis padres, pero tenía otros adultos que velaban por mis necesidades materiales. Era muy aplicada, pero dudo que pudiera haber sido tan decidida y tan valiente como tú.

El chico sintió que le ardían los ojos y apartó la mirada. Era demasiado mayor para llorar delante de otros.

—Sí, soy un as.

—Está bien —dijo Carter después de tragar.

Felicia probó un bocado, indecisa, y asintió con la cabeza.

–Estoy de acuerdo. La lasaña ha salido bien –suspiró, aliviada–. Con frecuencia las recetas parecen ideadas para hacerte fracasar. Aunque entiendo las instrucciones y las sigo, el resultado no es siempre el que espero. Patience me aseguró que era una receta a toda prueba, pero a veces la gente exagera. O da por sentado que soy más capaz de lo que soy. Hoy se han pasado varias personas por mi despacho para llevarme guisos y así echarnos una mano mientras nos acostumbramos a nuestra nueva situación. Así que no dependemos únicamente de lo que yo cocine.

Gideon miró su plato y se preguntó cómo iba a fingir que comía. O que se comportaba con normalidad. Allí estaba, en la mesa de su comedor, con Felicia y Carter. Con Felicia podía arreglárselas, pero ¿con su hijo? Santo Dios.

Notaba la rigidez de su cuerpo. El rápido golpeteo de su corazón y cómo le dolía al respirar. Necesitaba correr hasta que ya no pudiera ir más lejos, o perderse en la noche sin más. Solo que no podía hacerlo.

Miró a Carter y enseguida apartó la mirada. Un hijo. Era incapaz de asumirlo. Si Ellie le hubiera hablado del bebé antes de su cautiverio en una prisión de los talibanes, tal vez habría afrontado la paternidad de manera distinta. Claro que tal vez habría muerto por ello. Sus compañeros habían sucumbido, víctimas de la tortura, porque la añoranza de sus seres queridos los había hecho débiles.

Se acordó de su cautiverio. Las largas noches, los días aún más largos. Cómo lo golpeaban, lo laceraban, lo conectaban a una batería hasta que gritaba pidiendo piedad. Uno por uno, sus compañeros habían sucumbido a la oscuridad que iba apoderándose de sus almas. Habían muerto llamando a sus mujeres y a sus hijos. Solo él había sobrevivido. Había podido replegarse en sí mismo, no pensar en nada, no echar de menos nada, no ser nada. A los otros les había debilitado el amor.

Carter lo miró.

—He visto el cuarto de la tele. Mola mucho.

Felicia se rio.

—Estoy de acuerdo. Tienes una caverna impresionante ahí abajo.

Gideon se encogió de hombros, sin saber qué decir.

—Eh... ¿sabes cómo funciona todo?

—Sí —el adolescente asintió con la cabeza—. He echado un vistazo a las películas. Hay muchas de acción. Algunas muy viejas, pero de todos modos probaré a verlas —miró a Felicia—. No está *Algo para recordar*.

—Esa no la he visto —reconoció ella.

—Pues deberías verla. Era la preferida de mi madre. Muy romántica. Siempre lloraba al final.

—¿De alegría? —preguntó ella.

Carter se quedó mirando su plato y asintió con un gesto.

Gideon intuyó que se sentía incómodo, sin duda porque echaba de menos a su madre. Aquel año tenía que haber sido duro para él. Era un chico con muchos recursos, y eso estaba bien. Y además era listo. No tanto como Felicia, pero Felicia era única.

Gideon se preguntó que le habría contado Ellie sobre él. Si le habría dicho algo más, aparte de que no tenía madera de padre. No le parecía mal su decisión. Estaba de acuerdo con ella. Pero ahora estaba atrapado y no sabía qué debía hacer.

Miró el reloj de la pared. Eran solo las siete, pero sabía que no podía quedarse mucho más. La casa se le caía encima. Necesitaba estar solo. Desconectar. Pero no había comido nada, y Carter estaba allí.

Fue a tomar su vaso de agua y, al ver que le temblaba la mano, bajó el brazo.

—Vete, Gideon —Felicia lo miró con intensidad—. Tienes tiempo de salir a correr antes de tener que irte a la emisora. Vete. Luego puedes ducharte en la radio.

Si pudiera correr, si pudiera respirar, pensó él, agradecido porque hubiera adivinado lo que le ocurría. Asintió con la cabeza y se levantó. Carter lo miró, pero de nuevo Gideon no supo qué decirle. Felicia salió con él de la cocina.

–Cada vez será más fácil –le dijo en voz baja.

Gideon miró sus bonitos ojos.

–Gracias –dijo–. Gracias por ayudarme. No podría hacer esto sin ti. Eres fantástica con él.

Ella sonrió.

–Me cae bien. Dale tiempo. A ti también acabará por gustarte.

–No se ha alegrado de verme –comentó Carter cuando Felicia regresó a la mesa.

Ella se preguntó si aquel era uno de esos momentos en los que era mejor mentir. No esperaba tener que tomar decisiones paternales tan de repente. Con un recién nacido, podría ir acostumbrándose a la situación hasta llegar a las conversaciones más difíciles. De repente, sin embargo, se veía en medio de una situación para la que no había sido adiestrada y para la que carecía del más mínimo instinto.

–Está intentando asimilarlo –dijo–. Tu padre ha pasado por muchas cosas. Estuvo un par de años prisionero.

Los ojos de Carter se agrandaron.

–No fastidies.

Felicia pensó en las cicatrices de Gideon.

–Todavía está intentando adaptarse a la vida normal. Por eso vive aquí. Para poder estar solo.

Carter tragó saliva.

–No debería haber venido.

–Es tu padre. Tienes que estar aquí. Pero pasará un tiempo hasta que os acostumbréis a vivir juntos.

–¿Estáis saliendo?

Felicia sonrió.

—Sí, estamos saliendo —no iba a explicarle que había hecho un trato con Gideon—. Voy a quedarme aquí una temporada. Hasta que os sintáis a gusto juntos.

Carter miró el plato intacto de Gideon.

—Puede que pase mucho tiempo.

—Tengo tiempo de sobra —tomó otro bocado y masticó—. Te he apuntado a un campamento de verano.

Carter gruñó.

—Soy demasiado mayor para ir de campamento.

—Este es de Raúl. Dijiste que te había caído bien.

Carter sonrió.

—Es muy guay.

—Entonces también te gustará el campamento. Estarás con chicos de tu edad. Hacer amigos es la manera más rápida de que te sientas seguro y a gusto en Fool's Gold. Necesitas un grupo de gente de tu edad.

—¿Otro de esos ritos de paso? —preguntó él en broma.

—Sí. Además, así tendrás el día ocupado. Tendrás menos tiempo para darle vueltas a la cabeza.

—Soy un tío. No reconozco mis sentimientos.

—¿Ya?

Carter sonrió.

—Tienes que empezar joven si quieres ligar.

Ella intentó disimular su horror.

—No habrás empezado a salir con chicas ya, ¿verdad?

—No. Tengo trece años.

—Pareces bastante maduro. Voy a tener que buscar a madres que tengan hijos de tu edad en el pueblo para hablar con ellas.

Carter pareció horrorizado.

—Será una broma, ¿no?

—No. Hablo muy en serio. No tengo experiencia en el trato con varones adolescentes. Gideon es chico, pero no estoy segura de que le guste pensar en su adolescencia.

—Eres distinta a los otros adultos con los que he hablado.

Felicia hizo un gesto afirmativo. Aceptaba que hasta los niños se dieran cuenta de que era un bicho raro. Con razón Denise Hendrix no había querido que presentara su solicitud para casarse con uno de sus hijos.
–No es la primera vez que me lo dicen.
–No pasa nada. Me gusta cómo hablas. Tú no mientes.
–¿Cómo lo sabes?
Se encogió de hombros y tomó otro trozo de lasaña.
–Lo sé, simplemente. ¿Quieres ver una peli después de cenar?
Felicia sintió una repentina calidez en el pecho. Siempre era gratificante que la aceptaran a una.
–Me encantaría.

Felicia se levantó antes de que amaneciera. No había dormido mucho y a las cuatro de la madrugada se había dado cuenta de que Gideon no iba a acostarse en la cama de su dormitorio. Se había duchado y vestido y, tras ir a ver cómo estaba Carter, había hecho café y había bajado a la sala de televisión.
Gideon estaba sentado en el sofá negro, viendo las noticias. Al entrar ella en la habitación, la saludó con una inclinación de cabeza.
–¿Has dormido algo? –preguntó Felicia.
–No.
–Voy a llevar a Carter al campamento, y luego tú y yo tenemos que ir a comprar.
–¿A comprar qué?
–Todo lo que va a necesitar Carter. Una mesa, ropa, juguetes –respiró hondo–. Dice que es demasiado mayor para juguetes, pero he buscado en Internet y hay varias opciones interesantes. Un *kit* para construir una planta solar, por ejemplo. Me gustaría tenerlo.
Gideon se volvió por fin hacia ella.
–¿Quieres construir algo con él?

–¿Por qué no? Será divertido.

Felicia no supo interpretar su mirada. Intuía que tenía miedo, pero sabía que no quería hablar de ello, ni reconocer sus sentimientos. Era consciente de que se sentía invadido, y sabía que aún arrastraba las secuelas de su cautiverio, pero no sabía hasta qué punto eran permanentes.

Carter era su hijo. ¿Podría asumirlo Gideon?

–Deberíamos ir a Sacramento –dijo él–. Habrá más donde elegir.

–Entonces ¿vas a venir conmigo?

–Claro. No es responsabilidad tuya.

–Voy a hacer una lista –le dijo ella, e hizo amago de marcharse.

Gideon la llamó.

–Gracias por quedarte –dijo con una mirada intensa.

–Me gusta Carter –también le gustaba Gideon, pero sabía que a él no le gustaría oírselo decir. Se sentiría aún más atrapado si sabía lo que sentía.

Mientras subía al piso de arriba, se preguntó cómo habría sido Gideon antes de que lo capturaran los talibanes. Dado que era un francotirador y se ganaba la vida matando gente, sin duda tenía que ser un hombre reconcentrado. Pero también debía de tener un lado más amable. Ellie había salido con él, tal vez lo había querido. En la fotografía parecía feliz y cariñosa.

Gideon tenía que haber sido más risueño, tenía que haber estado más integrado. Tenía que haber confiado más fácilmente en los demás. Felicia sabía que ni siquiera podía imaginar por lo que había pasado. La tortura no era un ejercicio intelectual. Ella había pasado por simulaciones de encarcelamiento durante su instrucción militar. La habían encerrado en habitaciones sin ventanas, la habían atado y le habían gritado. Pero siempre había sabido que no era real, y nunca había sentido verdadero temor.

Nadie le había hecho daño. Nadie la había cortado con cuchillos, ni la había golpeado. Nunca había pensado que fuera a morir. Gideon había pasado dos años en el infierno, y esa experiencia tenía que haberlo cambiado para siempre. La cuestión era cuánto quedaba en él de humanidad y si sería suficiente ahora que tenía un hijo.

Capítulo 12

A la mañana siguiente firmó los papeles para matricular a Carter en el campamento de verano. La alcaldesa Marsha se había salido de algún modo con la suya y Gideon y ella habían sido nombrados padres de acogida de emergencia. Les habían concedido la custodia compartida de Carter hasta que los análisis de ADN confirmaran lo que ya sabían. Pero durante unas semanas sería madre, aunque fuera solo temporalmente.

Dakota Andersson revisó el impreso y sonrió.

–Perdona que vaya tan despacio. La persona que suele encargarse de esto está de baja hoy, y estoy atendiendo yo al público. No se me da muy bien el papeleo –dejó el impreso y asintió con la cabeza mirando a Carter–. Ya estás matriculado. En nuestro campamento dividimos a los chicos por edades, intereses y por género, a veces. Tú vas a estar en un grupo de chicos de tu edad. Durante la primera semana te asignaremos un compañero para que te presente a todo el mundo y te ayude a integrarte.

Carter se apoyó en el mostrador.

–¿Y qué pasa el día de campamento? ¿No son todos nuevos?

–Sí, pero eso es lo más divertido. Nadie sabe dónde está nada y a veces los dos compañeros intentan ser quien lleve la voz cantante.

Felicia se dijo para sus adentros que era un mal sistema, pero decidió no mencionarlo en voz alta.

—Reese Hendrix va a ser tu compañero —añadió Dakota—. Es mi sobrino, así que tiene que portarse bien —miró a Felicia—. Es el hijo de Kent. ¿Conoces a Kent?

—No, pero sé quién es. Conocí a tu madre cuando pidió el permiso para la caseta.

Dakota gruñó.

—No fue un fin de semana divertido. Ford se puso echo una fiera cuando se enteró. Kent y Reese no estaban en el pueblo, así que Kent se lo perdió todo —volvió a mirar a Carter—. ¿Estás listo?

—Sí. He dejado mi almuerzo en el coche. Voy a buscarlo.

Felicia lo siguió hasta su coche.

—Tienes el teléfono móvil si necesitas hablar conmigo. Aquí hay cobertura, aunque sospecho que a los monitores no les hace ninguna gracia que habléis por teléfono a no ser que sea una emergencia.

Carter sonrió.

—Conozco las normas, Felicia. No es la primera vez que voy a un campamento.

—Yo nunca fui a ninguno —lo miró atentamente, su pelo greñudo y su cuerpo desproporcionado. Había alcanzado esa etapa de crecimiento en que un chico era todo brazos y piernas. Sintió de nuevo una opresión en el pecho, una sensación agradable.

—No te preocupes —le dijo él—. Estaré perfectamente.

—Eres muy valiente —hizo una pausa—. ¿Te importa que te dé un abrazo o te parecería inapropiado?

Carter la sorprendió acercándose a ella y rodeándola con sus largos brazos. Felicia lo estrechó con fuerza. Era tan delgado, pensó... Todo huesos, pero aun así fuerte. Mientras se abrazaban, comprendió que haría cualquier cosa por proteger a aquel chico.

Él se apartó.

—¿Mejor? —preguntó.

Ella asintió con un gesto y recogió el almuerzo.

—Volveré a las cinco —dijo.

Carter la saludó con la mano y fue en busca de Dakota. Felicia lo miró alejarse, emocionada. Tal vez no se le dieran muy bien los aspectos tradicionales de la maternidad, pero quería aprender. Y estar con Carter la hacía creer que de veras tenía la oportunidad de llegar a ser como todos los demás.

—Ya te lo he dicho otras veces —refunfuñó Gideon—. El beige es un color.

—No para un chico de trece años.

Felicia miró el edredón de rayas. Los distintos azules estaban mezclados con un tono burdeos muy masculino. Las fundas de los almohadones eran de color azul marino, al igual que los faldones de la cama. Ya había escogido sábanas y una manta. Lo siguiente eran las toallas.

Puso el edredón en el carro y siguió las indicaciones para llegar a la sección de baño de los grandes almacenes. Escogió un juego de toallas amarillas con cenefa azul y luego localizó un juego de accesorios de baño.

—¡Me encanta!

Gideon la siguió hasta la estantería.

—¿No es muy mayor para dinosaurios?

Felicia tomó el soporte para el cepillo de dientes, de colores brillantes. Había una papelera a juego y un recipiente para pañuelos de papel.

—Sí, pero eso no es lo que importa. Le hará sonreír. Dentro de unos meses podemos cambiarlos por algo más apropiado para su edad.

—Si tú lo dices.

No estaba segura, pero le parecía la decisión correcta. Carter comprendería que no lo consideraba un niño pequeño, pero que quería que se sintiera a gusto. Al menos eso esperaba.

Después de pagar y cargar las compras en el todoterreno de Gideon, pararon a comer antes de regresar a Fool's Gold. Se sentaron en la terraza de un pequeño restaurante. Gideon se recostó en su silla, más relajado de lo que había estado aquellos últimos dos días.

–Te lo has pasado en grande comprando –comentó.

–Es divertido. Espero que a Carter le guste lo que hemos comprado.

Habían parado en una juguetería donde había elegido un cohete que supuestamente se elevaba varias decenas de metros, un par de juegos de ciencias, entre ellos uno que consistía en construir un panel solar, y un libro titulado *Enciclopedia de la inmadurez*. Gideon escogió cosas más relacionadas con la electrónica.

–Estás llevando muy bien todo esto –le dijo.

–Para mí es más fácil. No es mi hijo. A ti esto te ha venido de repente, como caído del cielo –se detuvo para disfrutar de su uso de aquella expresión–. Son muchas cosas.

Gideon bebió un sorbo de té con hielo.

–Estoy bien.

Lo mismo le había dicho Carter esa mañana. Felicia se preguntó si alguno de los dos era sincero.

–Parece un chico estupendo. Es muy inteligente y maduro. Y tiene sentido del humor.

Gideon sonrió.

–Que sacó de su madre.

–¿Era divertida?

–Era simpática. Pero de eso hace mucho tiempo.

–¿Lamentas lo que te perdiste? –preguntó Felicia.

–¿Con Ellie o con Carter?

–Con los dos.

–No, no lo lamento. Yo no podía ser lo que quería Ellie, no estaba hecho para eso.

–¿Y qué era lo que quería?

–Lo mismo que tú –la miró–. Casarse y tener una familia. Yo era todavía muy joven y tenía ambiciones. Y tener familia solo podía ser un estorbo.

–¿Se lo dijiste a ella?

–Sí. Más de una vez. Pero no estoy seguro de que me escuchara.

–Por lo que he observado, muchas mujeres no escuchan cuando los hombres les dicen la verdad. Oyen lo que quieren oír. Es un error que no comprendo –le dedicó una sonrisa–. Uno de tantos. ¿Cómo conociste a Ellie?

Gideon torció la boca.

–Algún cretino atropelló a un perro y no paró. Yo sí. Vi que tenía una pata rota, y quizá también la cadera. Lo recogí y lo llevé a la clínica veterinaria más cercana. Ellie acababa de salir de la facultad de veterinaria. Era inteligente y guapa. Pagué la operación, pero no pude quedarme con el perro. Ella lo curó y le buscó un buen hogar. Y en algún momento la invité a salir.

Gideon habría tentado a cualquier chica, se dijo Felicia. Era fuerte y guapo, pero además era un hombre muy capaz. En aquella época habría sido más abierto, habría estado más dispuesto a enamorarse. Se preguntó si la química sexual entre Ellie y él habría sido igual de potente, pero descubrió que en realidad no quería conocer la respuesta. Si era afirmativa, le dolería. Y si no lo era, no creería a Gideon. Qué irracional. Si aceptaba un sí como verdadero, ¿por qué no un no?

–¿Por qué sonríes? –preguntó él.

–Estoy teniendo un momento femenino –dijo alegremente–. Mis pensamientos son ilógicos.

–¿Y eso es bueno?

–Es un progreso. Dentro de poco te echaré la bronca sin ningún motivo.

–Qué suerte la mía –mientras hablaba, tomó su mano sobre la mesa–. Gracias. Por todo lo que estás haciendo.

–De nada. Carter me cae muy bien. No tienes por qué temerle.

Gideon hizo amago de apartar la mano, pero ella la retuvo.

—No es él quien me da miedo —reconoció Gideon.

Felicia ya lo sabía. Tenía miedo de sí mismo. De lo que era capaz de hacer. O incapaz.

—Tienes que intentarlo —le dijo.

Él se desasió y apoyó la mano sobre su regazo. Los músculos de su cara se crisparon y sus ojos se vaciaron de toda emoción. Le había disgustado, aunque, siendo hombre, diría que esa no era la palabra correcta. Un varón podía cabrearse o enfadarse, pero no «disgustarse».

—También me estás evitando a mí —dijo—. Si no quieres que durmamos juntos, solo tienes que decirlo. Puedo dormir en el cuarto de invitados.

Un músculo vibró en su mandíbula.

—Quédate en la maldita cama. Iré a hacerte compañía.

Ella se inclinó hacia él y bajó la voz:

—Por si te sientes mejor, prometo no hacer ningún acercamiento. No quiero que me tengas miedo, sexualmente hablando.

Gideon se quedó mirándola un segundo. Luego cerró los ojos.

—Mátame ahora —murmuró.

Ella refrenó una sonrisa.

—No era mi intención intimidarte.

—No me intimidas.

—Entonces ¿por qué no duermes conmigo?

Gideon dejó escapar un ruido gutural que sonó como un gruñido.

—Si me quieres en tu cama, allí estaré.

Claro que lo quería en su cama. Lo quería desnudo, quería hacer el amor con él, pero dadas las circunstancias quizá fuera pedirle demasiado. En aquel momento, estaba dispuesta a aceptar lo que le ofreciese y a esperar a que más adelante llegara el momento oportuno.

Su situación había cambiado. Ya no estaban saliendo. A

ella no le importaba porque lo que estaban haciendo era aún mejor. Estaban fingiendo que eran una familia.

–Felicia me ha dicho que baje y... –Carter se paró en seco en medio de la sala de la televisión.

Gideon levantó la vista a tiempo para verlo sonreír al tomar una caja de cartón.

–¿Una Xbox? ¿Has comprado una Xbox?

Gideon señaló los componentes.

–Es la Kinect. La probaremos después de cenar.

–En casa de mi amigo jugaba –comentó Carter, sentándose en el suelo–. Es divertido. Puedo enseñarte.

–Bueno, porque no tengo ni idea de cómo funciona –señaló una tarjeta que había sobre la mesa baja–. Con eso puedes conectarte un tiempo a Internet, para jugar con tus amigos.

–Gracias –Gideon tomó la tarjeta y la miró. Al dejarla, respiró hondo–. ¿Te acuerdas de mi madre?

Gideon se volvió para mirar los cables, a pesar de que ya estaban conectados. Sabía que plantearía aquella pregunta en algún momento. Pero aun así no quería responder a ella.

–Claro. Nunca la he olvidado. Era fantástica.

–Me contó cómo os conocisteis. Me dijo que llevaste en brazos a un perro enorme a pesar de que estaba herido y podría haberte mordido.

Gideon se rio.

–Sí, me gritó por eso. Dijo que había sido una imprudencia.

Miró a su hijo sin pretenderlo. Carter se estaba mirando las manos.

–¿La querías?

Gideon sintió el impulso de lanzarse hacia la puerta. Se detuvo a tiempo y se quedó donde estaba. Conocía la respuesta correcta a la pregunta, y sabía cuál era la verdad.

Pero no eran la misma cosa. Felicia le diría que no se trataba de él. Que era Carter quien importaba. Para alguien que nunca había estado con niños, parecía tener un instinto maternal nato.

—La quería, sí —mintió.

Carter lo miró.

—Pero ¿tuviste que marcharte?

Asintió.

—Le advertí desde el principio que tendría que embarcarme y que no sabía cuánto tiempo estaría fuera. No me enteré de que estaba embarazada.

—Sí, ella me lo dijo. Dijo que pensó en buscarte, pero que ya había pasado lo del Once de Septiembre y que te habrían mandado a la guerra. Pasado un tiempo, dejó de hablar de ti —dio la vuelta a la tarjeta entre sus manos—. Hace unos años, cuando enfermó, me dijo tu nombre. Ya sabes, por si acaso se moría.

—Siento que tuvieras que pasar por eso.

—Yo también. Fue cáncer. Durante un tiempo pensamos que iba a recuperarse, pero luego se le reprodujo y murió —apretó los labios—. Salió con algunos hombres, pero siempre decía que no estaban a la altura —levantó la barbilla con aire desafiante—. Pero no estaba esperándote, ni nada por el estilo.

Gideon confiaba en que no. Él no se merecía tanto. Y lo que era peor aún, jamás se le había ocurrido volver. Ellie siempre había sido cosa del pasado.

Su hijo se quedó mirándolo como si esperara algo más. Gideon intentó descubrir qué era lo que se suponía que debía decir, pero no se le ocurrió nada. Pasados unos minutos, Carter se levantó y se marchó, y Gideon se quedó solo.

Ford y Angel empezaron a subir por las cuerdas. Consuelo los observaba con atención. Los dos hombres avanzaron a la par. Luego, cuando estaban llegando al final,

Angel se impulsó hacia arriba y fue el primero en tocar la campana.

Consuelo gruñó.

—¿Cómo es posible? Angel se rompió el hombro hace unos años. Eso limita su capacidad de movimiento. Debería haber ganado Ford.

—Puede que esté distraído —comentó Felicia—. O que te equivoques en lo del hombro.

Consuelo puso los ojos en blanco.

—¿En serio? ¿Equivocarme yo?

—Perdona —contestó Felicia con una sonrisa—. Olvidaba que tú nunca te equivocas.

—Puedo equivocarme, pero no en algo así —se apartó de las cuerdas que colgaban en la zona de entrenamiento al aire libre, detrás del edificio de CDS—. Por lo menos esta vez no se habían apostado quién cocinaba. Creo que no podría soportar una semana más comiendo lo que cocina Ford.

—¿Tan mal lo hace?

—La barbacoa no se le da mal, pero todo lo demás es horrible —se dirigieron a la oficina—. Esta competición se les está yendo de las manos. Si siguen así, acabarán por matarse el uno al otro. Les dije que uno de los dos tiene que mudarse. Lo echaron a cara o cruz. Ford va a buscarse otra casa.

—¿Significa eso que ganó o que perdió?

Consuelo se quedó pensando y luego se echó a reír.

—No lo sé, ni me importa. Aunque Angel cocina mejor. Las cosas que ese hombre puede hacer con la pasta...

Entraron en la oficina. Allí hacía más fresco y la luz era más suave. Consuelo la condujo a la sala de descanso y sacó dos botellas de agua de la nevera. Felicia se quedó mirándola.

—¿No te parece interesante que vivas con dos hombres tan atractivos y no hayas salido con ninguno de los dos?

—Tú tampoco.

—A Angel no lo conozco muy bien, y Ford siempre me ha considerado una hermanita.

Consuelo levantó las cejas.

—¿Quieres decir que habrías aceptado si te lo hubiera pedido?

Felicia ladeó la cabeza hacia un lado y luego hacia el otro.

—Tal vez sí, cuando nos conocimos, pero ahora no me interesa nada sexualmente.

—Tampoco es mi tipo —ella quería algo más. Algo imposible.

Un hombre normal, pensó melancólicamente. Uno que no distinguiera una Glock de un M-16 y que nunca hubiera degollado a nadie. Un hombre que viera los deportes por televisión los fines de semana y que refunfuñara por tener que sacar la basura. Un hombre que llamara a su madre todas las semanas y que se acordara de los cumpleaños, y que pensara que salir a cenar y al cine era un plan de lo más apetecible.

Era muy improbable que lo consiguiera, se dijo. Estaba segura de que esos hombres existían, pero no tenían razones para interesarse por ella. Especialmente, si sabían la verdad sobre su vida.

—¿Qué tal os va con Carter? —preguntó.

Felicia sonrió.

—Bien, aunque me asusta estar haciéndolo todo mal y Gideon se pasa el día con un pie en la puerta. Todavía está intentando hacerse a la idea.

—Nadie espera que de repente aparezca un hijo suyo. En eso las mujeres tenemos ventaja. Siempre sabemos si tenemos hijos.

—Tú tienes hermanos —comentó Felicia—. ¿Qué les gustaba hacer a su edad?

—Meterse en líos. ¿Cuántos años tiene Carter?

—Trece.

Consuelo se encogió de hombros.

–No soy la persona más indicada para hablarte de eso. A mis hermanos ya los habían detenido alguna vez a los trece años.

Habían tomado el camino fácil: se habían unido a una pandilla. Consuelo quería reprochárselo, pero sabía que no habían tenido muchas alternativas. Ella había podido evitarse muchos problemas por ser chica. Había estudiado y leído, y había ocultado su interés por escapar de aquel barrio. A los chicos del barrio les parecía rara, claro, pero como era chica la dejaban en paz. Sus hermanos, en cambio, se habían visto obligados a tomar una decisión muy tempranamente. Unirse a una banda o sufrir un acoso diario. A veces, algo peor. A veces, los chicos que no encajaban acababan muertos.

–¿Ha hecho amigos? –preguntó.

–Lleva tres días en el campamento de verano. Le han asignado un compañero. Reese Hendrix. Su abuela era la de la caseta.

–Sí, ya me acuerdo –dijo Consuelo. El padre de Reese era aquel hombre guapo de ojos amables.

Felicia bebió un sorbo de agua.

–¿Sigues pensando en dar clases de defensa propia a la gente del pueblo? ¿Y si dieras una clase para niños de su edad? Seguro que tendría mucho éxito, y así podría conocer a gente de su edad antes de que empiece el curso. Le ayudaría un montón. Sé lo duro que es no encajar.

Consuelo gruñó.

–Para ser solo dos frases, estaban cargadas de culpa.

–¿Te he hecho sentirte culpable? –preguntó Felicia, encantada–. No era mi intención.

–Peor aún. Solo estabas diciendo la verdad. Ven, vamos a echar un vistazo.

Salieron de la sala de descanso y entraron en la oficina. Había varias mesas juntas, además de una pizarra blanca con un calendario, colgada de la pared.

–Sí –dijo, acercándose a ella–. Vamos a hacerlo a la antigua usanza.

Felicia hizo una mueca mientras miraba la pizarra.

–¿Por qué no está en el ordenador? Hay programas estupendos para llevar el calendario y...

–Ahórrate el discurso –le dijo Consuelo–. Yo no me encargo de la oficina y no quiero saber nada de ella. Si no te gusta, habla con el jefe –señaló la columna con su nombre–. Los martes por la tarde estoy libre. Podemos poner ese día la clase para los niños. Haz correr la voz y avísame cuando podamos empezar. Les enseñaré cómo matarse los unos a los otros.

Felicia arrugó la nariz.

–Era una broma, ¿no? Porque no enseñarías de verdad a chicos de trece años a matarse entre ellos.

–Solo si me crispan los nervios.

Carter estaba sentado a la mesa de picnic, con el almuerzo desenvuelto delante de él. Reese Hendrix estaba sentado enfrente. Ya habían intercambiado los sándwiches y hablado de comprarse un helado cuando volvieran a Fool's Gold.

–¿Siempre has vivido aquí? –le preguntó Carter.

–Qué va. Nos mudamos aquí hace un par de años. Cuando se fue mi madre, mi padre quiso estar más cerca de su familia. Sobre todo por mí, creo. Tengo un montón de tías y un tío –sonrió–. Dos, ahora que ha vuelto Ford.

–¿Tu madre se fue?

Reese asintió con la cabeza y mordió su sándwich.

–Se marchó un día. Mi padre lo pasó fatal. Estuvo mucho tiempo sin salir con nadie, ni nada. Esperando a que ella volviera.

Carter también había crecido sin uno de sus progenitores, pero él nunca había esperado que su padre volviera.

–¿No la ves los fines de semana y esas cosas?

Reese dejó su sándwich.

–No, nunca. No se acuerda de mi cumpleaños ni nada.

Mi padre intenta convencerme de que aun así me quiere, pero yo sé que no. Se marchó y ya está.

–Lo siento.

Reese se encogió de hombros.

–Da igual. Lo he superado.

Carter pensó que seguramente su amigo estaba mintiendo, pero no iba a decírselo.

–Yo pasé mucho tiempo sin saber quién era mi padre –comentó–. Cuando mi madre se puso enferma, me dijo su nombre para que pudiera buscarlo si le pasaba algo. Había quedado con unos amigos en que viviría con ellos, pero no iban a adoptarme.

–¿Lo encontraste tú solo? –preguntó Reese–. Qué guay.

–No fue tan difícil. Tenía su nombre y sabía que había estado en el ejército, así que fue bastante fácil –sonrió de mala gana–. Me costó más encontrar Fool's Gold en el mapa.

–Sí, es un pueblo muy pequeño, pero aquí se está bien. Hay muchas cosas que hacer y podemos salir solos. Solo he visto a tu padre un par de veces, en festivales y esas cosas. Parece que mola.

–Está bien –dijo Carter–. Felicia es simpática. Le gusta cuidar de mí.

Seguramente era demasiado mayor para permitirlo, pero le gustaban sus mimos. A Felicia le preocupaba que comiera suficiente y que comiera bien. Y había ordenado su habitación y su cuarto de baño.

–Me compró una papelera y un soporte para el cepillo de dientes con dinosaurios –dijo–. Cosas de niño pequeño. Dijo que era para hacerme reír y que ya compraríamos algo mejor más adelante.

Reese sonrió.

–¿Y te hizo gracia?

–Sí.

–¿Te llevas bien con tu padre?

–No sé. Está muy ocupado –evitando estar en casa,

pensó. No estaba seguro de qué era lo que le pasaba a Gideon. Si no le gustaban los niños, o si no le gustaba él en particular. En cualquier caso, era muy incómodo.

–¿Vas a quedarte aquí? –preguntó Reese.

Carter asintió. La verdad era que no tenía otro sitio donde ir. Y esa idea lo aterrorizaba. Pero era un tío, y no iba a decírselo a nadie. Seguramente ni siquiera debía decírselo a sí mismo.

Su amigo le pasó una galleta de chocolate.

–Podría ser peor –comentó con un suspiro–. Tu padre podría ser profesor de Matemáticas. Y te aseguro que eso le amarga a uno tener que hacer los deberes.

Capítulo 13

Patience miró la hilera de vestidos blancos.

–Esto es absurdo. No debería estar aquí. Ya me he casado antes.

–Muy pocas mujeres son vírgenes cuando se casan –dijo Felicia.

Patience se quedó mirándola.

–Gracias por decírmelo, pero ¿qué tiene eso que ver?

–Creía que te preocupaba vestirte de blanco porque el blanco representa la inocencia y la virginidad. Y el hecho de que ya hayas estado casada y tengas una hija impide que la gente vaya a pensar que... –Felicia se calló.

Patience la miraba como si le hubieran salido varias cabezas, como a la Hidra mítica. Felicia reculó mentalmente, buscando otra razón por la que a Patience pudiera preocuparle comprar un vestido de novia. Estaba prometida, de modo que esperaba contraer matrimonio en un futuro próximo. Felicia dudaba de que el dinero fuera problema. Quizá Patience no tuviera un colchón económico muy mullido, pero Justice había ganado grandes sumas de dinero trabajando en su anterior empresa. Así que no podía ser por economizar.

–¿Crees que una segunda boda debe ser más discreta? –preguntó–. ¿Una celebración sin un gran vestido de novia?

Patience se relajó.

–Exacto. No sé si estoy haciendo una tontería.

–Es la primera boda de Justice –señaló Felicia–. ¿No crees que se sentirá especial si celebráis una boda por todo lo alto?

Miró a su alrededor, confiando en que alguien la rescatara. Pero no había nadie. Tranquilizar a los demás no era su fuerte. Pero Isabel se había ido corriendo a casa para hablar con el fontanero, y en ese momento no había ningún dependiente atendiendo la tienda. Felicia había prometido explicar que Isabel volvería enseguida, si entraba algún cliente.

Patience suspiró.

–Tienes razón. Justice siempre habla de una gran boda, y a mí en el fondo me apetece. Supongo que lo que pasa es que creo que no me lo merezco.

–¿Por qué? Vas a casarte con un hombre maravilloso que te quiere. Yo diría que eso hay que celebrarlo.

–Gracias. Eso es justamente lo que necesitaba oír –sacó un vestido del perchero y observó el encaje–. Este me gusta. Quizá debería probármelo –dejó el vestido y se volvió hacia Felicia–. Pero no has venido para ver cómo me pruebo vestidos, ¿verdad? Querías hablar conmigo.

–Quería hablarte de Carter.

–¿El hijo de Gideon? Todavía no lo conozco, pero Lillie dice que es monísimo y que todas las niñas están coladas por él. Lillie solo tiene diez años, así que los chicos siguen pareciéndole un poco marcianos. De lo cual me alegro, por cierto. Sé que la adolescencia está a la vuelta de la esquina –se acercó a las sillas que había junto al espejo y tomó asiento–. ¿De qué querías hablar?

–No estoy segura –reconoció Felicia–. Estoy pasando unas semanas en casa de Gideon, para ayudar a Carter a adaptarse.

Y dormía sola en la habitación de matrimonio, pensó. A pesar de su charla con Gideon, todavía no habían dormido juntos. Cuando él llegaba de la emisora, se ponía a pasearse por la casa. Felicia lo había visto cruzar el dormitorio unas cuantas veces y sabía que apenas pegaba ojo.

–Quiero asegurarme de que estoy haciendo bien las cosas –comentó.

Patience se rio.

–¿Con Carter? ¿Esa es tu pregunta? ¿Cómo hacerlo todo bien?

Felicia intentó ignorar su risa.

–Sí.

–Ay, cielo, eso no es posible. Nadie acierta todo el tiempo.

–Tú sí. Lillie es una niña muy bien adaptada. Es feliz y brillante, y tiene una socialización excelente.

–Gracias, pero el mérito no es mío. Es una niña muy buena, y he tenido a mi madre para ayudarme. A veces lo hago bien y a veces meto la pata hasta el fondo. Como todos. En tu caso, el reto es mayor.

Felicia lo sabía.

–No es hijo mío y ninguno de los dos lo conoce. Está fuera de su elemento. Desde su punto de vista, no tiene estructura de apoyo, nadie en quien pueda confiar. Hace solo un año que murió su madre y estoy segura de que la echa mucho de menos. Se siente solo y poco querido.

Patience la miró pestañeando.

–Bueno, entonces tienes claro qué es lo que falla. ¿Qué opinas de Carter?

Felicia pensó en el adolescente.

–Me gusta. Tiene muchos recursos y mucho sentido del humor. Creo que tiene un carácter excelente y que es inteligente –sonrió–. En cuanto a su relación con los demás, es mucho más normal que yo –hizo una pausa–. Nos hemos dado un abrazo, una vez. Me pareció un momento muy bonito.

–Seguro que a él también. Pero, aunque sea muy alto y se relacione bien con los demás, sigue siendo un crío que está completamente solo. Yo te diría que te pongas de su lado y que se lo hagas notar. Sé coherente. Conocer las reglas y comprenderlas lo ayudará a adaptarse. Quieres que podáis pasarlo bien juntos, pero también quieres darle su espacio. Tiene que ser abrumador.

Felicia podía hacer todas esas cosas. Era el vínculo emocional lo que la preocupaba.

—¿Qué tal lo lleva Gideon? —preguntó Patience en voz baja.

—Es muy duro para él. Está evitando a Carter —«y a mí», pensó, pero no lo dijo—. No sabía que tenía un hijo, y que Carter se presentara sin previo aviso... Es complicado. Me preocupa que Carter se sienta rechazado.

—Claro. Es lógico. No le presiones, pero intenta que hagan cosas juntos. Cosas sin importancia, pero que puedan hacer en la misma habitación.

—Puede que esta noche veamos una película —pensó en las posibilidades que había—. Una que les guste a los dos.

—O que no les guste —añadió Patience con una sonrisa—. Ofréceles algo que pueda unirles. Una razón para que los dos pongan cara de fastidio.

—Una película de animación, quizá —dijo Felicia—. Hay varias que quiero ver.

—Puede que funcione.

—Gracias. Se te da muy bien esto.

—Tengo un poco más de práctica —dijo Patience—. Nada más.

—¿Justice y tú pensáis tener hijos?

Patience se sonrojó.

—Vaya, tú siempre tan directa.

—Perdona. ¿Te ha molestado la pregunta?

—No, pero no me la esperaba. Para serte sincera, no hemos hablado mucho de ello, pero a mí me gustaría tenerlos. Nunca he querido tener una sola hija. Y Lillie ha dejado muy claro que le gustaría tener un hermano o una hermana. O las dos cosas.

—A Justice le preocupará tener demasiados rasgos de su

padre. Que sus hijos hereden algo malo. Creo que, en su caso, la influencia más poderosa ha sido la educación. Puedo pasarte algunos artículos si quieres.

–Puede que me ayuden –dijo Patience, y sonrió–. Eres siempre tan buena conmigo...

–Me gusta tu compañía. Has sido muy amable desde que llegué, y Justice te quiere.

–Seguramente debería reconocer que no me caíste muy bien cuando llegaste a Fool's Gold.

Felicia sintió que sus ojos se agrandaban.

–¿Por qué?

–Eres tan guapa –gruñó Patience–. Mírate. Y luego me enteré de que además eras listísima y que llevabas años trabajando con Justice. Pensé que entre vosotros... Bueno, ya sabes.

–¿Que habíamos intimado sexualmente?

Patience dejó escapar un gemido ahogado.

–Sí. Temía que te hubieras acostado con él, y no poder estar a tu altura.

–El éxito de las relaciones sexuales entre dos personas que se quieren es una cuestión mucho más mental que física. Aunque la técnica puede hacer que las cosas sean interesantes, el vínculo emocional es mucho más importante.

–Tus razones no me convencen –dijo Patience en tono de broma.

–Porque tus sentimientos son irracionales. Yo me vuelvo loca cuando veo una araña, así que sé a qué te refieres –se inclinó hacia delante–. Nunca nos hemos acostado. Justice y yo somos como hermanos. Nos queremos, pero no así.

Felicia se dijo que no debía mencionar que, cuatro años antes, le había suplicado a Justice que se acostara con ella. Patience no se sentiría mejor si le explicaba que solo había querido tener una experiencia sexual, no una relación de pareja. Además, Justice se había negado y no había pasado nada.

—Vaya —dijo Patience alegremente—. Si eres como su hermana, eso nos convierte en cuñadas. Mi familia se ha agrandado de pronto, y la tuya también.

Felicia se quedó mirándola mientras la verdad de sus palabras calaba en ella. Echar raíces, pensó, asombrada. Estaba pasando de verdad. Tal vez Patience incluso le pidiera que fuera una de sus damas de honor. Ella nunca había estado en una boda.

—¿Estás bien? —preguntó Patience—. ¿He dicho algo malo?

—No —contestó con una sonrisa, a pesar de que tenía ganas de llorar—. Al contrario.

—Esta noche vamos a ver una película —dijo Felicia, levantando el Blu-ray que había comprado esa tarde.

Gideon se apoyó en la encimera de la cocina.

—¿Me lo dices o me lo preguntas?

—Te lo digo.

Miró el paquete.

—Es de dibujos animados.

—Es de animación. No es lo mismo.

—Para mí sí. Si tenemos que ver una película, ¿no podemos ver una en la que haya persecuciones de coches y tiroteos?

Felicia habría pensado que ya había visto suficiente violencia para toda una vida, pero a fin de cuentas era un hombre. Ese tipo de películas solían tener un fin claro y concreto. Las historias sentimentales, en cambio, podían ser muy ambiguas, y a la mayoría de los hombres les resultaban insatisfactorias. Por eso muy pocos disfrutaban de los preliminares del coito sin la promesa de un orgasmo.

—Será divertido —le dijo—. Y eso también era una afirmación.

—¿No podemos negociar?

—No. He estado informándome sobre distintas películas

en Internet. Esta tuvo críticas excelentes y el tema que trata es muy pertinente en nuestro caso –dio un paso hacia él y lo miró a los ojos–. Por favor.

Gideon podría haberse echado a un lado y haber escapado de ella. Pero se quedó donde estaba y apoyó los brazos en la encimera.

–¿Intentas usar tus mañas femeninas para convencerme?

–Sí, eso intento –reconoció ella–. No creo que estén por encima de la media, pero confío en que pases eso por alto.

Miró las bellas facciones de su rostro. Tenía algunas cicatrices, pero solo conseguían aumentar su atractivo. Vio parte de un tatuaje a la altura de la manga de su camiseta. Conocía otras marcas y cicatrices de su cuerpo y sintió una punzada de deseo al recordarlas. La embargó una oleada de calor y de pronto deseó hacer el amor con él allí mismo, inmediatamente.

Pero tenían que pensar en Carter, y además Gideon no parecía muy interesado, de momento, en seguir indagando en su química sexual. Seguramente por todo lo que estaba pasando, pensó Felicia. Tener un hijo cambiaba por completo las cosas.

–No debes tener miedo –dijo sin pensar.

Gideon se envaró y se apartó de ella.

–Vamos a ver la película.

Lo agarró del brazo y sintió cómo se tensaban sus músculos.

–Lo siento. No debería haber dicho eso. Cuestionando tu masculinidad solo voy a conseguir que te pongas aún más a la defensiva y confíes menos en mí. Que te concentres en lo que crees que tienes que demostrar, en lugar de en la situación que nos ocupa.

Él levantó una ceja.

–¿Es así como pretendes mejorar las cosas?

–¿Demasiado análisis?

–Pues sí.

–¿Estás enfadado?

–Debería estarlo, pero voy a dejarlo pasar. Sobre todo porque estoy en deuda contigo.

Ella exhaló un suspiro de alivio.

–Entonces ¿por eso no vas a ponerte a bufar y a resoplar por lo que he dicho?

–¿A bufar y a resoplar?

Felicia sonrió.

–Es una descripción bastante precisa.

–Eres un encanto cuando te pones intelectual.

Ella se rio.

–Me pongo intelectual con mucha frecuencia.

–Sí, en efecto.

Gideon giró el brazo y, antes de que se diera cuenta de lo que ocurría, Felicia se encontró apretada contra él, con la película entre los dos.

–Tienes demasiado tiempo libre –murmuró él–. Piensas demasiado. Hace años leí un relato acerca de una sociedad en la que se suponía que todo el mundo debía ser igual. Así que un tipo muy, muy fuerte tenía que ir por ahí con una puerta atada a la espalda.

–Llevar encima una puerta no me haría menos inteligente –repuso ella, consciente de lo cerca que estaban sus cuerpos. Sintió que se derretía por dentro. No era cierto, claro, pero la sensación era agradable.

–Tú inventarías algún artilugio para ayudarte a llevar el peso de la puerta –murmuró, bajando un poco la cabeza.

–Creo que invertiría mejor el tiempo ideando un modo de derrocar a un gobierno tan absurdo.

–Y yo te ayudaría.

Gideon la besó. Felicia, que estaba esperando que la besara, se dejó llevar por aquella sensación. Los labios de Gideon acariciaron los suyos, casi mordisqueando su piel sensibilizada. Entreabrió la boca, deseosa de que profundizara el beso. Él obedeció y deslizó dentro su lengua.

Felicia rodeó su cuello con el brazo libre y se apoyó en

él. Gideon movió las manos por su espalda, arriba y abajo, despertando el deseo allí donde la tocaba.

Ella notó que la sangre se agolpaba en sus pechos, erizados de pronto. Deseó que tocara sus pezones, que los acariciara con los dedos y que a continuación los chupara y los lamiera. Al pensarlo, se le encogieron las entrañas y la intensidad del deseo sexual la hizo sentirse incómoda.

Gideon posó las manos en sus hombros y la apartó suavemente. Felicia abrió los ojos.

—¿Qué? —preguntó, aunque en realidad quería decir «¿Por qué paras?».

—La... eh, la película —su voz sonó ronca y densa. Felicia miró hacia abajo y vio que estaba completamente excitado. Podían hacer el amor allí mismo, pensó. La encimera no era demasiado alta, y Gideon podría...

Retrocedió de un salto y respiró hondo. La película cayó al suelo.

—Carter.

—Sí.

—Se me olvidaba —se había abstraído hasta tal punto en sus sensaciones que había olvidado que el niño estaba en la casa—. Soy un desastre. Tengo que ser responsable y se me olvida.

Gideon se ajustó la parte delantera de los pantalones y la miró.

—Me has besado. No es que le hayas dejado que queme la casa.

—Carter es demasiado responsable para quemar la casa —se tapó la boca con la mano.

—¿Qué pasa? —preguntó Gideon.

—Me estaba imaginando que hacíamos el amor en la encimera.

Gideon se acercó a ella.

—¿Sí?

—No podemos hacerlo, estando él aquí. Podría habernos sorprendido. Y ya tiene que enfrentarse a bastantes cosas sin tener esa imagen grabada en la retina –cerró los ojos–. No estoy preparada para ser madre.

–Claro que sí. Te ha gustado besarme. Eso no es un crimen.

–Me he olvidado de él.

–Durante diez segundos.

–No hace falta más tiempo para que ocurra un desastre.

Gideon tocó ligeramente su mejilla.

–¿No te parece que estás siendo un poco irracional?

–Sí –reconoció ella–. Me siento culpable. Estoy exagerando para distraerme de la culpa, que hace que me sienta incómoda. Sé que Carter es muy capaz de estar solo varias horas seguidas. Y aunque tener relaciones sexuales en la cocina y en pleno día estaría mal, el hecho de que nos besemos no tiene por qué afectarle negativamente.

Gideon siguió mirándola fijamente.

–¿Pero?

–Pero aun así me siento culpable.

–Bien, ya sabes cómo se siente el resto de la humanidad.

–¿Tú te sientes culpable? –preguntó con sorpresa.

–Todo el mundo se siente culpable. Por no hacer lo suficiente, o por hacer demasiado. Qué demonios, me siento culpable por no pasar más tiempo con Carter.

–Entonces ¿por qué no pasas más tiempo con él?

Cuando se limitó a mirarla en lugar de responder, Felicia comprendió por fin. Por miedo. Por lo que le habían robado y lo que quedaba de él. Por la clase de hombre en que se había convertido. Por todas las cosas que se creía incapaz de hacer y por las que no quería hacer. El miedo alimentaba la culpa, y la culpa le empujaba a mantenerse apartado del chico.

–También me siento culpable por ti –reconoció.

Aquello la sorprendió.

–¿Por qué?

—Porque estás haciendo muchas cosas. Te agradezco de veras que te hayas hecho cargo de casi todo.
—Quiero hacerlo. Me gusta Carter.
—Tú también le gustas a él.
Aquellas palabras la hicieron sentirse bien.
—Deberíamos ver la película —dijo.
Gideon meneó la cabeza.
—Vedla vosotros. Yo me uno luego.
Lo que significaba que iba a marcharse.
—¿Por qué? Hace un momento nos estábamos riendo. Nos hemos besado. Ha sido agradable.
Algo brilló en sus ojos oscuros. Felicia ignoraba qué emociones estaba experimentando, pero no debían de ser muy gratas.
—Voy a estar en la terraza —le dijo, y salió.
Felicia bajó a la sala de la televisión. Carter estaba leyendo una de las revistas de coches de Gideon. Miró la caja de la película que ella llevaba en la mano.
—¿Qué vamos a ver? —preguntó.
Se lo enseñó.
—Una de dibujos —refunfuñó el chico.
—Es una película de animación. Es distinto.
—¿No podemos ver una con persecuciones de coches y esas cosas?
Casi lo mismo que le había dicho Gideon.
—Esta es mejor.
Carter masculló algo en voz baja, pero encendió el televisor y el lector de Blu-ray y metió el disco. Después se sentó con Felicia en el sofá mientras empezaba *Gru, mi villano favorito*.
Felicia no estaba segura de que fuera a gustarle mucho una película de animación. A veces, las películas infantiles eran demasiado simplistas para su gusto. Pero la historia de un hombre que descubre inopinadamente lo que significa amar y fundar una familia la conmovió más de lo que esperaba.

Más o menos a mitad de la película, la paró para ir a buscar los bizcochos de chocolate que había hecho poco antes. Carter la siguió a la cocina.

–¿Gideon se ha ido? –preguntó.

–Está fuera. Necesita estar solo. Entrará antes de que empiece su turno en la emisora –hizo una pausa y deseó decirle que Gideon no le estaba evitando a propósito, pero en realidad así era. No le gustaba mentir, y además le parecía absurdo. Carter adivinaría la verdad con toda facilidad.

Puso los bizcochos en un plato.

–¿Quieres un vaso de leche? –preguntó.

–Yo me lo preparo.

Mientras Carter se servía la leche, ella puso hielo en un vaso y lo llenó de té. Luego volvieron a la sala de televisión. Se sentaron en el sofá. Carter agarró el mando a distancia, pero en lugar de volver a poner la película, se volvió hacia ella.

–¿Por qué no tienes hijos? –preguntó.

La pregunta la sorprendió.

–Nunca he tenido pareja seria –reconoció–. Sé que técnicamente no es necesario estar casada para tener un hijo, pero confiaba en poder seguir ese camino.

–¿Confiabas?

–Sigo queriendo enamorarme y casarme. Y, en todo caso, quiero tener hijos. Quiero una familia.

–Serás una buena madre –afirmó Carter.

Ella no estaba tan segura.

–No sé mucho de criar a un hijo. No tengo la ventaja de haber aprendido de mis padres.

Carter tomó un trozo de bizcocho.

–Tienes instinto. Me recuerdas un poco a mi madre. Ella me decía cómo eran las cosas. No me mentía porque fuera un niño. Éramos un equipo, ¿sabes? Tú serías así.

Felicia tragó saliva. Tenía un nudo en la garganta.

–Gracias por el cumplido. Es muy bonito.

El chico se encogió de hombros.

—Sé que me presenté de repente, y que no fue fácil para vosotros. Pero has estado ahí todo el tiempo. Y eso no lo habría hecho todo el mundo —volvió a empuñar el mando a distancia—. La película está muy bien. Me gusta Gru y la roca de los *minions*. Ojalá pudiéramos construir robots.

—No son robots —repuso ella—. Son seres vivos. Y dejando aparte sus implicaciones morales, la propiedad de seres vivos destinados a la servidumbre debilita de manera radical a una sociedad.

Los ojos de Carter brillaron.

—Quieres decir que está mal.

—Extremadamente mal —se fijó en cómo se movía la comisura de su boca—. Te estás riendo de mí.

—Me lo pones fácil.

Ella suspiró.

—Espera y verás. Algún día seré como todo el mundo.

Carter puso la película y se recostó en el sofá.

—Espero que no.

Una hora después, Gru y sus tres nuevas hijas habían encontrado juntos la felicidad. Carter guardó el disco en la caja y apagó el televisor.

—No ha estado tan mal —reconoció—. Pero la próxima vez elijo yo.

—Trato hecho —Felicia se levantó—. ¿Vas a subir a tu habitación?

Carter hizo un gesto afirmativo y se acercó a ella. La estrechó con fuerza entre sus largos y flacos brazos. Felicia también lo abrazó, emocionada. Cuando Carter retrocedió, ella comprendió que corría peligro de ponerse a llorar aunque ignoraba por qué razón.

Los pies de Gideon golpeaban el suelo con un ritmo constante. Corría a buen paso, y sabía que por la mañana su cuerpo acusaría el esfuerzo. Entrenaba regularmente, pero siempre en el gimnasio, corriendo unos cuantos kilómetros en la cinta mecánica y luego levantando pesas. No estaba preparado para correr cuesta arriba por la ladera de la montaña.

—¡Vamos, señoras! —gritó Angel, y se adelantó a toda velocidad.

—¿Vives con ese tío? —preguntó Gideon, y respiró hondo.

—No por mucho más tiempo —reconoció Ford—. Estamos empezando a cansarnos de competir. Trabajamos bien juntos, pero compartir casa es demasiado. La semana pasada le gané echando un pulso y se enfadó. Consuelo nos pilló cuando estábamos intentando solventar nuestras diferencias, y pensé que iba a castrarnos a los dos. Estoy buscando casa para vivir solo.

—¿Angel y Consuelo van a seguir compartiendo la casa?

—Claro. Se lleva bien con los dos, cuando no estamos juntos.

Gideon logró sonreír.

—Si no puedes ser la solución, sé el problema.

—Exacto.

El camino cambió. De pronto se volvió casi recto. Gideon respiró hondo y echó a correr por la empinada senda. Cuando llegó arriba le faltaba el aire y chorreaba sudor, pero disfrutó al ver el panorama de las montañas, que se extendían hasta donde abarcaba la vista.

Salvo por la respiración agitada de sus compañeros, reinaba el silencio. Hasta el halcón que volaba en círculos allá arriba guardaba silencio mientras buscaba una presa. Angel se tendió en el suelo rocoso. Debido a una apuesta en la que no había participado Gideon, iba cargado con una mochila. La abrió y les pasó unas botellas de agua fría. Gideon se bebió casi la mitad de la suya de un solo trago. Luego se dejó caer en la cima plana de la montaña.

Allá arriba la temperatura era mucho más fresca. En

Fool's Gold hacía calor, pero a él no le molestaba el calor. Mudarse al pueblo había resultado la decisión correcta. Pero, sin Felicia allí para echarle una mano con Carter, no sabía cómo se las habría arreglado.

Se bebió el resto del agua y luego se tendió boca arriba. No tenía sentido mentirse a sí mismo, se dijo. Felicia no le estaba echando una mano: lo estaba haciendo todo sola.

Angel se sentó y lo miró.

—¿Qué pasa? —preguntó—. Cualquiera diría que están a punto de pegarte un tiro.

Gideon cerró los ojos.

—Cállate.

—No soy yo quien está poniendo esa cara.

Gideon meneó la cabeza.

—Es por el chico.

Angel debió de preguntar algo en voz baja, porque Ford susurró:

—Su hijo. El que se presentó de repente.

—¿De verdad no sabías nada de él? —preguntó Angel—. Pensaba que era mentira.

—No, no sabía nada de él —no había tenido ni idea.

—Si tenía que suceder, mejor aquí —comentó Ford—. El pueblo es bastante seguro, no puede perderse. Y está haciendo amigos.

—¿Qué pasa? ¿Es que hay una columna de ecos de sociedad en el pueblo? —preguntó Angel.

—Me lo ha dicho mi sobrino Reese. Conoció a Carter en el campamento y salen juntos. Reese es un buen chico. Kent, su padre, es profe de Matemáticas.

Angel sonrió.

—¿En serio? ¿Tu hermano?

Se oyó un ruido de forcejeo, seguido por un gruñido. Luego se hizo el silencio. Gideon no se molestó en abrir los ojos.

—¿Lo estás llevando bien? —preguntó Ford.

Gideon dedujo que era él quien había ganado la pelea.

—No, qué va.

—Tiene que ser duro para los dos —comentó Ford—. Me acuerdo de cuando murió mi padre. Hacía un año que había dejado el instituto. Mis hermanas todavía estaban en el colegio y Kent estaba fuera, estudiando en la universidad. Ethan tuvo que hacerse cargo de todo. Mi madre estaba destrozada. Fue una época dura. Nada tenía sentido.

Gideon abrió los ojos y miró a su amigo.

—Lo siento.

—Fue hace mucho tiempo.

Angel se incorporó.

—Yo era un crío cuando murió mi madre. Tan pequeño que no me acuerdo de gran cosa. Pero mi padre estaba hecho polvo. Recuerdo lo triste que estaba. Vivíamos en un pueblo pequeño, un poco como Fool's Gold. La gente nos ayudó a salir adelante.

Gideon no sabía qué se suponía que debía hacer con aquella información. Todo el mundo sufría. La vida era dura. Pero nada de eso lo ayudaba a tratar con Carter.

—¿Qué vas a hacer respecto a Carter? —preguntó Angel.

—No tengo ni idea. Pero no hay nada que hacer. Es mi hijo. Tendré que apañármelas.

De una manera o de otra.

Quería convencerse de que sería más fácil a medida que pasara el tiempo, pero no estaba seguro de poder creérselo.

Capítulo 14

Cuando Felicia se despertó, no se oía ningún ruido. Estaba sola en la enorme cama de la habitación de Gideon. Se dio la vuelta y vio que eran casi las tres de la madrugada. Gideon ya debía de haber vuelto de la emisora, pero de nuevo había decidido dormir en otra parte.

El día anterior había salido a correr con Angel y Ford. Ella había confiado en que salir con sus amigos le sirviera de ayuda, pero después se había mostrado distante. Quería que las cosas mejoraran entre él y Carter, pero no sabía qué hacer para facilitar su relación.

Encendió una lámpara, fue al baño y después decidió ir en su busca. Gideon necesitaba dormir. Se lavó los dientes, se cepilló el pelo y se puso una bata corta encima del camisón de verano, que le llegaba a la altura del muslo. Estando Carter allí, no le parecía buena idea ir por la casa medio desnuda.

Cruzó el cuarto de estar y salió a la terraza. Gideon estaba acostado en una de las tumbonas. Felicia comprendió que había advertido su presencia, pero no se molestó en mirarla. Tenía la vista fija en las estrellas.

–¿Alguna vez has estado en el hemisferio sur? –preguntó de pronto sin apartar la mirada del firmamento–. Allí todo es distinto –la miró–. Si quieres puedes darme una charla sobre la distinta ubicación de las constelaciones. Y también me interesan tus ideas sobre la expansión del universo.

Felicia lo miró a los ojos. En la oscuridad de la noche, no logró adivinar qué estaba pensando, pero sintió su dolor. Irradiaba de él, advirtiéndola de que era un animal herido y de que debía mantenerse alejada de él si quería estar a salvo. Pero no quería estar a salvo. Con Gideon, no. Quería ayudarlo, y quería estar cerca de él. Estaba evitando a Carter y, al evitar a su hijo, la estaba evitando también a ella.

Lo tomó de la mano y tiró de él. Era tan grande y fuerte que no logró que se moviera. Por suerte, él cooperó y se puso en pie.

–¿Qué quieres? –preguntó, mirándola a los ojos.

Podría haber dicho muchas cosas, pero de pronto ninguna de ellas importaba. Siguió agarrando su mano y tiró de él, llevándolo al dormitorio.

Una vez allí, cerró la puerta, echó el pestillo y dejó caer su bata al suelo. El camisón la siguió rápidamente. Se quitó las bragas y esperó.

Gideon levantó una ceja.

–Qué directa –comentó con voz baja y aterciopelada.

–No se me dan muy bien los juegos –repuso ella.

–Se te dan muy bien. Ganas en todos.

Ella sonrió.

–En los juegos normales, sí. No en los de seducción.

Gideon no correspondió a su sonrisa. Posó la mano sobre su mejilla y luego deslizó los dedos entre su pelo. Después bajó la mano por su espalda. Cuando llegó a lo alto de su cadera, la deslizó por su vientre y hacia arriba, por el centro de sus costillas.

Felicia sintió que una oleada de calor abrasaba su piel al paso de su mano, pero se obligó a permanecer completamente inmóvil. Gideon posó la mano sobre uno de sus pechos, se inclinó y la besó.

La mezcla de aquel beso y de las caricias de sus dedos

la excitaron hasta tal punto que dejó de pensar. Una circunstancia extraña, pero deliciosa. Los sentidos tomaron el mando. La caricia insistente de su lengua al frotarse contra la suya, el leve susurro de su piel cuando apretó suavemente su pezón duro y comenzó a frotarlo. El frenesí se apoderó de ella en el espacio de un segundo, y le rodeó el cuello con los brazos.

Al apretarse contra él, ansiando sentir todo su cuerpo, Gideon comenzó a explorarla. Pasó las manos arriba y abajo por su espalda y apretó sus nalgas. Felicia se arqueó, apretando su vientre contra su miembro erecto. Él se apartó un poco y besó su mandíbula. Al llegar a la delicada piel de debajo de su oreja, la lamió y ella dejó escapar un gemido. Felicia agarró su camisa con firmeza y tiró de ella con la fuerza justa para rasgar la tela y hacer saltar los botones.

Gideon se irguió y miró su camisa arruinada.

—Podías habérmelo pedido —dijo con una sonrisa sensual—. Me la habría quitado.

—Te lo estoy pidiendo ahora. Y no solo la camisa.

—Qué exigente.

—Creo que me sentiría cómoda tomando el mando si eso te excita.

—Puede que después.

Se quitó rápidamente los vaqueros y los calzoncillos. La camisa cayó al suelo y quedó desnudo.

Felicia empuñó de inmediato su pene. Ansiaba tocarlo. La prueba tangible de su deseo la excitaba casi tanto como el contacto físico.

Gideon masculló algo en voz baja. Luego la empujó hacia la cama.

—No puedes hacer eso —gruñó.

—¿Qué?

—Mirarme así.

—Estaba mirando tu pene.

—Es lo mismo.

Apartó la colcha y la urgió a tumbarse. Tras abrir el cajón de la mesilla de noche, dejó un par de preservativos junto a la lámpara y se tumbó a su lado. En cuanto estuvo en posición horizontal la atrajo hacia sí, la apretó con fuerza y la besó en la boca. Felicia disfrutó sintiendo que su lengua rodeaba la suya y que su cuerpo fuerte se apretaba contra el suyo.

La anatomía era tan interesante, pensó. Su pecho estaba esculpido de un modo completamente distinto al de ella. En líneas generales eran parecidos, pero las diferencias daban lugar a multitud de posibilidades eróticas. Le encantaba sentir que sus pechos se aplastaban contra el torso de Gideon. El cosquilleo de su vello. Las piernas de ambos deslizándose entre sí.

Gideon levantó una rodilla y la apretó contra su vulva. Ella ladeó instintivamente las caderas para que el contacto fuera más directo. Comenzó a moverse adelante y atrás, pero no le bastó con eso.

Acarició la espalda musculosa de Gideon. Estaba frenética. Desesperada. El ansia se apoderó de ella, y su mente se cerró por fin. Solo quedó el deseo.

–Gideon –dijo mirándolo a los ojos–, ¿puedes, por favor, chuparme el clítoris?

Él esbozó una lenta y sensual sonrisa.

–Con mucho gusto –murmuró, y empezó a ponerse de rodillas.

La hizo tumbarse de espaldas y besó su clavícula. Desde allí fue bajando por su pecho. Felicia cerró los ojos. La lamió entre los pechos antes de detenerse. Ella esperó, sin saber qué iba a pasar a continuación, pero segura de que iba a gustarle. Gideon no la decepcionó. Lamió uno de sus pechos y luego el otro. Mientras le recorría aún una oleada de placer, posó la boca sobre su pezón izquierdo y lo chupó. Al mismo tiempo que chupaba su punta dura, lo acarició con la lengua.

Felicia se descubrió agarrándose a las sábanas. Respiraba agitadamente. Había pasado a gran velocidad por todos los estadios de la excitación sexual y se hallaba de pronto al borde del orgasmo. Tenía los músculos tensos y la vulva hinchada. Antes de que pudiera decírselo, Gideon abandonó sus pechos y prosiguió viaje hacia su vientre. Bajó y bajó hasta alcanzar su mismo centro.

Felicia separó las piernas y esperó. Un cálido soplo de aliento fue su único aviso antes de que comenzara a acariciar levemente su clítoris con la lengua.

Dejó escapar un gruñido. Abrió más las piernas, dobló las rodillas y clavó los talones en la cama. Sus terminaciones nerviosas ardían. Estaba indefensa, a punto de suplicar. Gideon volvió a lamerla y luego rodeó con la lengua el centro hinchado de su sexo. Lentamente al principio, tan despacio que Felicia pudo recobrar la respiración con cada pasada. Luego más aprisa. Su cuerpo se convirtió en sinfonía, cada uno de sus músculos en un instrumento afinado para lograr un placer exquisito. Gideon siguió jugando con ella, haciéndola jadear mientras la aproximaba al clímax.

De pronto se detuvo.

–Gideon –jadeó ella.

Volvió a posar la boca sobre su sexo, pero esta vez chupó su clítoris metiéndoselo en la boca al tiempo que la penetraba con dos dedos. Felicia se corrió dejando escapar un grito. Los temblores se apoderaron de ella, y solo pudo dejarse llevar por el placer hasta que no quedó nada más. Solo entonces se incorporó Gideon.

–Siempre tengo grandes planes –comentó mientras tomaba un preservativo. Le temblaron las manos cuando rasgó el envoltorio y se lo puso–. Pienso que voy a tomármelo con calma para que dure más. Pero ¿cómo voy a hacerlo si te corres así?

Felicia dedujo que no esperaba respuesta a su pregunta, y fue una suerte, porque antes de que se le ocurriera una ya la había penetrado. La llenó por completo, solo para retirarse y volver a llenarla. Su ritmo era casi frenético, su respiración agitada. La miró a los ojos mientras la penetraba cada vez con más fuerza y más aprisa. Una y otra vez, hasta que se corrió.

Más tarde, cuando estaban bajo la sábana, la atrajo hacia sí. La rodeó con los brazos como había hecho antes y se aferró a ella como si no quisiera dejarla marchar nunca. Ojalá, pensó Felicia.

–Felicia...

–¿Sí?

–Seguramente no debería decírtelo, pero si alguna vez te parece que no tengo ganas de hacer el amor, lo único que tienes que hacer es pedirme que te chupe. Bastará con eso.

Ella se apoyó en un codo.

–No entiendo.

–Es lo más sexy del mundo.

–Pero solo es pedirte lo que quiero.

–Sí, y me vuelve loco.

Los hombres eran muy raros, pensó ella, acomodándose entre sus brazos.

–¿Y si te pido que me frotes la espalda?

–No es tan interesante –se rio–. Aunque si me pides que te dé una azotaina, quizá funcione.

Ella sonrió.

–¿Sobre todo si te digo que he sido muy, muy mala?

–Uf, sí.

El logotipo de CDS, una diana con las iniciales de la empresa dibujadas con agujeros de bala, bastaba para que uno se lo pensara dos veces antes de entrar en el edificio. Carter tuvo la sensación de que allí no se andaban con tonterías. No estaba nervioso exactamente, pero... prefería tener cuidado.

Reese observó la puerta cerrada.

–Van en serio, ¿eh?

—Felicia conoce a Justice, el director. No va a ser quien nos dé clase ni nada, pero le cae bien.

Se miraron. Carter se encogió de hombros y echó mano del picaporte.

Dentro los techos eran muy altos y el suelo de cemento. Un hombre alto, con los hombros muy anchos, unos ojos grises que daban miedo y una cicatriz que le cruzaba la garganta esperaba en el vestíbulo.

—Nombre —bramó.

Carter procuró no dar un respingo.

—Reese Hendrix.

—Carter... eh... —vaciló, sin saber qué apellido habría usado Felicia.

El desconocido lo miró con enfado.

—¿No sabes cómo te llamas? Entonces no podemos ayudarte.

Carter tragó saliva.

—Acabo de llegar al pueblo. Mi padre es Gideon Boylan. No sé si Felicia me ha apuntado a la clase.

El hombre sonrió.

—Conque tú eres Carter, ¿eh? Te tengo aquí apuntado. Me alegro de conocerte —le tendió una mano gigantesca—. De conoceros a los dos.

—Igualmente —contestó Carter con una vocecilla, estrechándole la mano. Reese hizo lo mismo.

—Soy Angel. Si tenéis alguna duda, venid a verme. Vais a entrenar en la sala principal. Es por aquí.

Los condujo por varios pasillos cortos. Entraron en un gimnasio amplio y diáfano, con sacos de boxeo a lo largo de la pared, cuerdas colgando del techo y una zona grande en medio cubierta con colchonetas.

Angel miró su reloj.

—Tenéis unos diez minutos si queréis calentar.

Reese asintió con la cabeza y Angel se marchó. Carter se inclinó hacia su amigo.

—¿Tú sabes calentar?

—No, pero no iba a decírselo a él. ¿Has visto su cicatriz?
—¿La del cuello? Sí. ¿Crees que intentaron matarlo?
—No sé.

Se sentaron al borde de las colchonetas.

—¿Cuántos chicos más vendrán a clase? —preguntó Reese.

Carter no conocía a suficientes chicos de su edad para calcularlo. Pero también podía haber chicas en la clase. No sabía qué opinaba al respecto, pero creía que no se sentiría cómodo luchando con una chica.

—Felicia va a venir a recogernos cuando acabemos —dijo para cambiar de tema—. Está liada organizando la feria del libro de este fin de semana, pero me dijo que tenía tiempo para llevarnos a comer.

—¿Sigues llevándote bien con ella? —preguntó Reese.

—Sí, es guay. Con mi padre es peor. Siempre me evita.

—¿No están casados?

—No, son... —se encogió de hombros—. No sé qué son. A ella le gusta mi padre y estoy seguro de que a él le gusta ella. Pero cualquiera sabe. Mi madre casi nunca salía con hombres, así que no sé muy bien cómo se comportan las parejas cuando están enamoradas.

—Pues a mí no me mires —le dijo Reese—. Mi madre se fue hace años. Pero puedo preguntárselo a mi padre si quieres. Puede que se acuerde.

—No, no quiero que se lo diga a nadie. Ya sabes cuánto hablan los mayores.

Reese suspiró.

—Hablan sin parar. Mi abuela es genial, pero no para de hablar. De lo que hacen mis tías, de quién está embarazada, de qué primos míos van a cumplir años... Pero todavía son unos bebés, así que no mola salir con ellos.

Carter se quedó pensando.

—Quizá pueda buscar información en Internet o algo así. Hay un montón de artículos raros y...

De pronto se quedó sin habla y se puso de pie. Tenía

ante sí a la mujer más guapa y sexy que había visto nunca. No era muy alta: era quizás siete centímetros más baja que él. Tenía el pelo largo, oscuro y ondulado. Su cara era toda ojos y labios, pero lo que de verdad atrajo la atención de Carter fue su cuerpo.

No supo qué mirar primero, si sus tetas o su trasero. Llevaba una camiseta de gimnasia muy ajustada y unas mallas que le llegaban justo por debajo de la rodilla. Carter sintió que su cuerpo se incendiaba y temió ser incapaz de controlarse. Reese masculló algo en voz baja. Carter miró a su amigo y vio que estaba tan pasmado como él.

La mujer puso las manos en las caderas y sacudió la cabeza.

—Soy demasiado mayor —les dijo tajantemente—. Ni lo penséis.

—Podrías esperarme —dijo Carter sin poder refrenarse—. Dentro de dos años cumplo dieciocho.

Reese soltó un bufido.

—Dentro de cinco querrás decir.

—Cállate.

—Tienes trece. No va a creerse que tienes dieciséis. Está buena, pero no es imbécil.

Carter le dio un codazo en el estómago y se acercó a la diosa.

—Hola, soy Carter —confiaba en que le estrechara la mano igual que Angel, pero ella se limitó a sonreír.

—Consuelo. Voy a ser vuestra profesora.

—¿En serio?

—Sí —le puso la mano en el hombro—. No os preocupéis. Dentro de una hora me odiaréis.

—Imposible.

Le costaba respirar. Estar tan cerca de ella era una tortura. La deseaba. No sabía exactamente qué quería de ella, pero necesitaba hacerla suya, decirle al mundo que le pertenecía.

—Dame la mano —ordenó ella.

Carter extendió la mano y se preparó para la dulzura de su contacto. Consuelo agarró su mano. Su piel era fresca, sus dedos...

De pronto todo comenzó a dar vueltas y Carter sintió que giraba sobre sí mismo y que caía violentamente de espaldas.

—Cómo mola —susurró Reese—. ¿Puedes enseñarme a hacer eso?

—Vais a aprender los dos a hacerlo, además de otras cosas —respondió Consuelo mientras ayudaba a Carter a levantarse.

—Me has tirado al suelo —dijo él, atónito y dolorido.

—Sí.

Su habilidad la hacía aún más asombrosa, pensó el chico.

Consuelo suspiró.

—Vas a ponerte cabezota, ¿a que sí?

Si se refería a si la amaría para siempre, la respuesta era sí.

Gideon estaba en medio de la calle, frente a Brew-haha, preguntándose cómo demonios iba a pasar el día. La feria anual del libro había convertido gran parte del pueblo en una gigantesca librería con casetas, lecturas y firmas de ejemplares por todas partes. Como Felicia estaba a cargo de los festivales, trabajaba desde el amanecer hasta las ocho o las nueve de la noche. Era sábado, lo que significaba que no había campamento, ni clases, ni forma de mantener ocupado a Carter. Y lo que era peor: al día siguiente era domingo. Tenía dos días por delante con su hijo y ni idea de qué hacer para matar el tiempo.

—¿Quieres dar una vuelta? —preguntó.

—Claro.

—¿Lees mucho?

—Un poco.

Gideon pasó frente a una caseta en la que se exhibían libros sobre cómo hacer muebles con ramitas. Junto a ella, una señora hacía una demostración de diversas técnicas de confección de colchas. El día se extendía ante él en incontables minutos imposibles de rellenar.

–También había feria cuando llegué –comentó Carter–. ¿Hay muchas en el pueblo?

–En verano hay una cada dos semanas. Un poco menos el resto del año, pero sí, una al mes como mínimo. El turismo es la principal fuente de ingresos. Y los festivales atraen a los turistas.

Carter miró a su alrededor y frunció el ceño.

–No lo entiendo. ¿Esto lo dirige Felicia?

–Ella organiza los eventos –señaló el listado de firma de ejemplares y las flechas que señalaban los distintos itinerarios–. Decide dónde van todas las casetas y se asegura de que haya aseos suficientes. Todos los anuncios tienen que pasar por sus manos, igual que los permisos. El festival del Cuatro de Julio fue el primero que organizó. Acababa de estrenarse en el trabajo.

Los ojos de Carter se agrandaron.

–Se le da muy bien –dijo–. No puedo creer que sea la jefa de toda esta gente.

–Ha hecho algunos cambios –sonrió, a pesar de la inquietud que le producía estar con su hijo–. La vez anterior hubo cierta resistencia, pero al final consiguió convencer a todo el mundo de que tenía razón. Ahora están encantados con la nueva organización. ¿Quieres una limonada?

–Claro.

Se acercaron a la caseta y Gideon pidió dos limonadas. La gente se movía a su alrededor. Familias, parejas. Había carritos de bebés, niños que apenas empezaban a caminar y adolescentes. Antes nunca había prestado mucha atención a la edad de los niños. Tampoco participaba mucho en los festivales. Prefería quedarse en segundo plano. Como cuando la Navidad anterior había hecho de locutor en el

Baile del Rey de Invierno. Eso era más lo suyo. Pero siempre le habían gustado los niños, al menos desde lejos. Todos se merecían la oportunidad de ser especiales. Pero esa era una idea surgida de nociones generales. Nunca había pensado que tuviera que tratar con un hijo propio.

–¿Cuánto tiempo hace que vives en el pueblo? –preguntó Carter.

–Cerca de un año.

–¿Y antes dónde vivías?

–Aquí y allá.

Carter bebió de su pajita.

–No quieres hablar de ello.

No, no quería. Pero lo que él quería tampoco era una opción.

–Cuando dejé el ejército, tuve que recuperarme. Y me llevó un tiempo.

Se preparó para más preguntas, pero Carter se encogió de hombros.

–Es lógico. ¿Y Felicia? ¿Cuánto tiempo lleva viviendo en Fool's Gold?

–Un par de meses. Vino con CDS. No para trabajar con ellos, sino más bien para poner en marcha la empresa. Pero estaba buscando un trabajo distinto y cuando le ofrecieron hacerse cargo de los festivales se llevó una alegría.

Lo cual era casi cierto. También se había puesto muy nerviosa. Tenía un sentido del deber muy arraigado y quería integrarse. Era una mujer con principios.

–¿Y antes de eso? –inquirió su hijo.

–También estuvo en el ejército. Trabajaba en logística, en una unidad de las Fuerzas Especiales. Se encargaba de que su unidad y los suministros necesarios llegaran donde debían y volvieran a salir.

–¿Dejan que las chicas hagan eso?

Gideon se rio.

–Te sugiero que eso no se lo preguntes directamente a Felicia.

Carter sonrió.

—Tienes razón. Es muy lista, pero también amable, ¿sabes? Se preocupa por la gente.

—Tiene un gran corazón —y un cuerpo increíble, aunque eso no iba a decírselo a un chico de trece años.

—Siempre tiene respuesta para todo —repuso Carter, y bebió un poco más de limonada—. Creo que mi madre le habría caído bien.

—Seguro que sí.

—¿Conoces a Consuelo Ly?

—La he visto un par de veces. ¿Por qué?

—Es la profesora de la clase a la que voy en CDS —sonrió—. Está buenísima.

Mierda, pensó Gideon. ¿Iba tener que vérselas con sus hormonas, además de todo lo demás?

—Es un poco mayor para ti, ¿no?

Carter suspiró.

—Sí. Le pedí que me esperara, pero creo que no lo va a hacer. No sé si tiene novio.

—Sabes que podría darte una paliza, ¿verdad?

Su hijo sonrió.

—Lo sé. Ya me ha tumbado de espaldas con una llave. Me dolió, pero fue guay. ¿Sabes?, de mayor voy a tener a todas las chicas que quiera, cueste lo que cueste.

—No siempre es tan sencillo.

—¿Porque tú no siempre les gustas a ellas? —preguntó Carter.

—Claro. O porque no es el momento adecuado. O porque están con otro.

La sonrisa del adolescente se volvió engreída.

—Si una chica no me quiere, es que le pasa algo.

—Estás muy seguro de ti mismo —dijo Gideon riendo—, eso hay que reconocerlo —miró a su alrededor—. ¿Quieres comprar algún libro?

—No, no leo libros. De papel, no. Los leo en el portátil. Felicia me compró un par anoche.

Genial. De modo que, si no le interesaban los libros, ¿qué iban a hacer? Consultó su reloj y sofocó un gruñido. Apenas era mediodía. ¿Cómo iba a llenar un día entero?

—¿Alguna sugerencia para esta tarde? —preguntó.

Carter se acabó su limonada y asintió.

—Claro. Podemos comer algo y luego puedes enseñarme la emisora de radio.

—¿Te interesa la emisora?

—Nunca he visto una. Quiero ver dónde trabajas.

Nunca había pensado en ello.

—Muy bien —dijo—. Vamos a comer.

Después de comprar pizza en un puesto, fueron a la emisora en el coche de Gideon. Como era fin de semana, el personal de oficina tenía libre.

—Hoy no hay mucha gente —comentó Gideon—. Los fines de semana controlamos la emisora por ordenador.

Carter lo acompañó a la puerta. Gideon la abrió y entraron.

—¿Quieres decir que no hay nadie?

—Hay una persona que se asegura de que el ordenador funciona. Suelo contratar a universitarios que aprovechan el tiempo para estudiar. Ver un ordenador en funcionamiento no es muy interesante.

Lo llevó a la cabina de control. Un chico rubio levantó la vista y sonrió. Se levantó cuando entraron.

—Jess, este es, eh, mi hijo Carter. Carter, este es Jess.

—Encantado de conocerte —dijo Carter educadamente.

—Lo mismo digo.

—Le estoy enseñando la emisora.

Jess asintió.

—Hoy en día no hay mucho que ver. La mayoría de las emisoras de radio se controlan por ordenador. No hace falta gente. Solo yo, que me aseguro de que no se venga todo abajo —volvió a sonreír—. Aunque no tengo ni idea de cómo arreglarlo. Solo estoy aquí para avisar al técnico si se estropea algo.

Carter miró el equipo.

—Entonces ¿es el ordenador el que pone las canciones?

—Y no solo las canciones. También los anuncios. El pronóstico del tiempo y las noticias locales también pueden controlarse por ordenador. Ayer grabé un montón de anuncios sobre la feria del libro y van a estar sonando todo el día —carraspeó y bajó la voz—. Liz Sutton, autora superventas del *New York Times*, estará firmando hoy a las tres en la caseta de la librería Morgan —se encogió de hombros—. Cosas así.

Carter miró a Gideon.

—¿Tú también haces grabaciones?

Jess se rio.

—Es un as. Casi todos los anunciantes de esta zona quieren que les haga él los anuncios. A las chicas les vuelve loca su voz —hizo una pausa—. Seguramente no debería haber dicho eso, jefe.

Gideon quitó importancia al comentario con un ademán.

—No importa porque estás exagerando. La mitad de la gente de la emisora hace anuncios.

—Pero yo creía que todo iba por ordenador —dijo Carter.

—Compramos bloques de contenidos para emitirlos —le explicó Gideon.

Se acercó al ordenador y le mostró la información que aparecía en el monitor. Mostraba en qué momento del programa estaban, qué estaba sonando y qué iba a continuación.

—Podemos insertar nuestros anuncios en los contenidos que hemos comprado. Y también podemos introducir noticias locales. El sistema al completo utiliza el reloj atómico, así que la medición del tiempo es perfecta. Nadie nota qué hemos hecho nosotros y qué es comprado.

Carter arrugó el ceño.

—¿Eso es bueno o no?
—A veces no estoy seguro. Es imposible que una emisora pequeña como esta sobreviva solo con emisiones en directo. La producción es muy cara.
—¿Y por las noches eres tú o es una grabación?
Jess sonrió.
—Es Gideon. El jefe hace sus programas a la antigua. Deberías enseñárselo a Carter.
—Claro.
Entraron en la sala del fondo, la que no usaba nadie más porque el equipo era muy antiguo. Carter se sentó en la silla de Gideon.
—Fíjate en todo esto —dijo.
Se refería a un montón de discos compactos. Algunos eran compilaciones. Otros, álbumes completos. Todo estaba numerado y ordenado con exactitud.
Gideon acercó otra silla.
—Tengo una base de datos que utilizo para tenerlo todo controlado. Hago un listado de temas por adelantado, pero no siempre. A veces pongo lo que me apetece en ese momento. Y hay gente que llama pidiendo canciones.
Carter tomó los auriculares y volvió a dejarlos sobre la mesa.
—¿Qué es esto? —preguntó, señalando.
Gideon sonrió.
—Un tocadiscos.
—¿Tienes discos de vinilo?
—No sé por qué te sorprendes tanto. Sí, tengo discos de vinilo —señaló la pared que había tras ellos.
Carter se giró en la silla.
—¡Hala! Fíjate.
Gideon siguió su mirada. La colección de discos llenaba una estantería construida especialmente para ese fin que cubría casi la pared entera. Debía de tener unos mil, algunos de cuando era niño y otros comprados en los últimos años en subastas y saldos.

—Es la primera vez que veo un disco de vinilo —comentó Carter mientras se acercaba a la pared—. Los había visto en la tele y eso, pero nunca de verdad —miró hacia atrás—. ¿Puedo tocar uno?

—Claro. Pero sujétalo por los bordes o por el medio.

—Como un DVD —Carter sacó una carátula y extrajo con cuidado el disco. Lo sujetó con admiración—. Entonces ¿cuántos años tiene este? ¿Cien o así?

Gideon suspiró.

—Es de los sesenta —al ver su expresión desconcertada, añadió-: De la década de 1960. De hace unos cincuenta años.

—Cincuenta son casi cien.

—Voy a hacer como si no te hubiera oído —le tendió la mano—. Voy a ponértelo.

Carter miró el título.

—¿*The Beatles Second Album*? ¿Se llama así?

—En realidad fue el tercer álbum que sacaron aquí. Son una banda británica.

Carter le pasó el disco. Gideon lo puso en el plato y colocó cuidadosamente la aguja para que escucharan su pista favorita, el clásico *She loves you*.

—¿Por qué te gusta esta música? —preguntó Carter cuando empezaron a sonar los primeros compases.

—Porque entiendo la letra —respondió Gideon riendo—. Me gusta el mensaje de la música de los sesenta. La vida era más sencilla entonces.

Su hijo meneó la cabeza.

—¿*Yeah, yeah, yeah*? ¿Eso es un mensaje?

—Lo era en su momento.

Carter se acomodó en su silla y escuchó la música. Cuando acabó la canción, pidió que se la pusiera otra vez. Gideon observó a aquel adolescente que era hijo suyo. Por primera vez desde su llegada, lo vio como una persona y no como un problema. Como un chico con sueños y esperanzas.

Acabó la canción y apagó el tocadiscos.

–Vas a tener que decirme qué debo hacer –dijo mientras volvía a guardar el disco en su funda.

Los ojos de Carter brillaron de emoción.

–¿Respecto a mí, quieres decir?

Gideon asintió con un gesto.

–No tengo precisamente madera de padre.

–Lo estás haciendo bien –se apresuró a contestar el chico–. Y yo no me meto en líos.

–Me alegra saberlo. ¿Quieres que hablemos de algo? ¿Estás haciendo amigos? ¿De algo relacionado con las chicas?

Carter sonrió.

–Sé lo del sexo, si te refieres a eso. Además, es un poco pronto para eso. Vuelve a preguntármelo dentro de un par de años.

Mejor un poco más adelante, pensó Gideon.

–Si necesitas algo o quieres hacerme alguna pregunta, puedes hacerlo. No voy a mentirte.

–Me alegro. Yo también procuraré no mentir.

–Veo que no me lo prometes.

Carter sonrió.

–¿Qué quieres que diga? Soy un chico. Esas cosas pasan –levantó las cejas–. Podríamos hablar sobre el carné de conducir, ¿sabes?

–Tienes trece años.

–Nunca es demasiado pronto para empezar.

–Es ilegal.

–Vale, pero, para que lo sepas, tendrás que comprarme un coche cuando cumpla dieciséis. Así que a lo mejor tienes que empezar a ahorrar ya.

Con un poco de suerte, para entonces ya se habría acostumbrado a aquello de ser padre, pensó Gideon.

Capítulo 15

Sentada a la larga mesa, Felicia se sentía fuera de lugar. Estaba acostumbrada a reuniones en las que se dirimía el traslado de equipos de seis hombres a territorio enemigo con dos toneladas de equipación y cómo sacarlos de allí con menos de tres horas de aviso. Conocía ese terreno. Una reunión del gobierno municipal, en cambio, le daba un poco de miedo.

Estaban la alcaldesa, claro, y Charity Golden, la encargada de planificación del Ayuntamiento. Había otras personas a las que había visto en diversos actos. Estaba casi segura de que las dos señoras mayores que se sentaban junto a la pared eran Eddie Carberry y su amiga Gladis.

–Se ha revisado el orden del día –comentó la alcaldesa Marsha levantándose con varias páginas en la mano. Se puso despacio las gafas y miró la primera hoja. Al levantar la cabeza había una ligera tensión en su mandíbula. Casi como si estuviera rechinando los dientes–. Alguien ha hecho cambios –dijo con severidad–. ¿Has sido tú, Gladis?

Una de las ancianas sonrió.

–Sí. Tenemos que debatir un par de cosas.

–Nada de eso –repuso la alcaldesa.

Eddie se levantó. Vestía un chándal de color fucsia que le sentaba muy bien. Tenía el cabello corto y blanco y parecía una abuela alegre y bulliciosa. Posiblemente lo era, pensó Felicia.

—El año pasado recaudamos mucho dinero con el calendario —afirmó—. Tenemos que volver a hacer algo parecido. Podríamos hacernos famosos por nuestro calendario picante.

Felicia se inclinó hacia Charity.

—¿Hicisteis un calendario picante?

—Clay Stryker antes era modelo de trasero. Trajo a varios amigos suyos para que posaran y hacer un calendario para recaudar dinero para el servicio de bomberos. Fue un exitazo.

—Esto es un pueblo —dijo lentamente la alcaldesa Marsha—, no una discoteca, ni un bar. No van a conocernos por ningún calendario, como no esté orientado hacia asuntos cívicos.

—Yo digo que lo hagamos de traseros —anunció Gladys—. De traseros de hombres desnudos. Tú, la nueva.

Felicia comprendió que se refería a ella.

—¿Sí, señora?

—Esos hombres que se encargaron de tu mudanza. Son los guardaespaldas, ¿verdad?

—Sí.

—Pues utilízalos. ¿No tienen un trasero bonito? Se lo has visto, ¿no?

—No contestes —ordenó la alcaldesa—. A ninguna de las dos preguntas.

—Me gustaría saberlo —añadió Eddie—. Me gustaría juzgarlo por mí misma. ¿Por qué va a divertirse ella sola?

—Lo siento mucho —susurró Charity con una sonrisa—, pero ahora tengo que saberlo. ¿Les has visto el trasero?

—Sí —contestó Felicia puntillosamente—. Pero solo porque lo exigían las circunstancias.

Charity parpadeó.

—Suena interesante.

—No era esa mi intención. A veces tenían que ducharse

y estábamos en medio de una conversación, así que entraba en el vestuario. No era nada romántico ni sexual, si es por eso por lo que tienes curiosidad.

Charity se abanicó.

—Uf, madre mía. Tenías un trabajo de lo más interesante.

—Están murmurando —se quejó Eddie—. Le está contando secretos, y soy yo quien merece saberlo. Ha sido idea mía.

—Y mía —añadió Gladys.

—Suya también.

La alcaldesa Marsha gruñó suavemente.

—Parad de una vez, os lo suplico. No va a haber ningún calendario. Dejad de preguntar por él y de hablar de él.

Eddie y Gladys se sentaron. Ya no sonreían, y aunque Felicia no lograba explicárselo, de pronto parecían más menudas. La alcaldesa las miró unos segundos. Luego suspiró.

—Está bien —dijo—. Iba a dejarlo para más tarde, pero voy a contároslo ahora. Va a instalarse una empresa nueva en Fool's Gold.

Gladys y Eddie se animaron.

—¿De hombres guapos?

—Sí, varios. Tres exjugadores de fútbol americano que tienen una empresa de publicidad llamada Score. Son conocidos de Raúl Moreno. Vinieron a visitarlo y les gustó el pueblo.

—Estupendo, jugadores de fútbol —comentó Eddie—. Quizá podamos verles el trasero.

—Si se lo pedimos amablemente —añadió Gladys.

—Una de las socias es una mujer —agregó la alcaldesa—. ¿También a ella queréis verle el trasero?

—Seguramente no —repuso Eddie.

Felicia se volvió hacia Charity.

—¿Son siempre así?

—Casi siempre. Ya te acostumbrarás.

La alcaldesa repartió el orden del día.

—Vamos a hacer caso omiso de los temas añadidos —afirmó.

Debatieron durante quince minutos acerca de un aparcamiento para la escuela para adultos municipal, hablaron de un informe de Alice Barns, la jefa de policía, acerca de cómo estaba afectando la temporada veraniega a la delincuencia, y después revisaron en líneas generales el presupuesto del año en curso.

Por fin llegaron al asunto de los festivales.

—Veo que ha subido la afluencia de público —comentó la alcaldesa, sonriendo a Felicia—. Las colas han sido muy largas en la feria del libro.

Felicia se levantó y se preparó para exponer su informe. Habló de los cambios que había introducido y de las quejas que había recibido. Mencionó brevemente el aumento de ingresos y explicó que el año siguiente podían admitir más puestos si el gobierno municipal lo aprobaba.

—Tengo entendido que quienes se quejaron al principio del festival del Cuatro de Julio estaban encantados cuando acabó el fin de semana —dijo la alcaldesa.

—No hagas caso a esos quejicas —terció Eddie—. Está claro que sabes lo que haces. Sigue así.

Gladys asintió con un gesto.

—Tiene razón.

—Gracias —repuso Felicia, agradecida por su apoyo.

—Aunque no me gusta darles pábulo —añadió Marsha—, estoy de acuerdo con ellas. Estamos todos muy satisfechos con los cambios que estás haciendo. Sigue por ese camino, querida. Este pueblo tiene suerte de contar contigo.

Felicia asintió con la cabeza. Notaba tal opresión en la garganta que no pudo hablar.

Gideon consultó de nuevo su reloj y se preguntó si se habría equivocado. Había visto una exposición de bicicletas de montaña en la tienda de deportes del pueblo y se le había ocurrido que podían salir los tres en bici. De ese modo llenarían los fines de semana, y además podrían salir los días de diario, cuando Carter volviera del campamento de verano.

Pero desde el instante en que había descargado las bicicletas del coche había empezado a dudar. Tal vez Carter fuera demasiado mayor, o le pareciera aburrido. ¿Y si Felicia no sabía montar en bici? No le gustaba preocuparse, y menos aún ignorar si había hecho lo correcto.

Antes de que pudiera recoger las bicis, Felicia y Carter aparecieron por la cuesta, montados en el coche, y pararon en el camino de entrada. Se quedó junto al garaje, con las bicis delante de él. Carter salió del coche y corrió hacia él.

–¿Las has comprado?

Gideon dijo que sí con la cabeza.

–Qué guay. He visto unas parecidas en una revista, pero pensaba que nunca tendría una –se acercó a una bici y la miró atentamente–. ¿Podemos probarlas ahora mismo? –preguntó con avidez.

–Claro.

–¿Has traído cascos? –preguntó Felicia.

–Aguafiestas.

Felicia se acercó a él y puso los brazos en jarras.

–Si quieres puedo darte las estadísticas de muertes y daños cerebrales causados por accidentes de bicicleta.

–¿Por grupo de edad? –preguntó él.

–Si quieres.

Si no hubiera estado montando ya en su bicicleta, Gideon la habría besado.

–Tengo cascos –contestó.

–Carter... –comenzó a decir ella.

–Lo sé, lo sé –refunfuñó el adolescente y, bajándose de su bici, se acercó a ella–. Primero el casco –tomó el suyo y se lo puso. Luego esperó a que ella se lo ajustara–. Puedo hacerlo yo solo.

—Lo sé, pero prefiero hacerlo yo.

Carter miró a Gideon y puso los ojos en blanco.

—Mujeres.

Gideon se rio.

Cuando tuvieron los cascos puestos, comenzaron a subir por la montaña. Carter, que iba delante, tomó un camino privado que había junto a la casa, pedaleando a toda prisa.

—Tenemos que ir muy arriba —gritó por encima del hombro.

—Hay un mirador a unos tres kilómetros de aquí —le dijo Gideon.

—Mientras no salgamos a la carretera —comentó Felicia, a la que no le costaba mantener el ritmo. Llevaba unos chinos y una blusa blanca sin mangas, pero aquella ropa, que se había puesto para ir a trabajar, no parecía estorbarla.

—Nada de carreteras —convino Gideon.

—Ya lo he oído —gritó Carter—. Tengo edad suficiente para saber lo que no hay que hacer.

—Nada de carreteras —repitió Felicia.

—¿Hay algún camino para bajar al pueblo?

—Encontraremos uno —contestó Gideon.

El sol estaba muy alto, pero los árboles daban sombra. En Fool's Gold la temperatura rondaría los treinta grados, pero allá arriba había algunos grados menos.

—¿Cuándo aprendiste a montar en bici? —preguntó Gideon.

—Me enseñó un ayudante de laboratorio —Felicia pedaleaba rítmicamente a su lado, con la cara un poco colorada—. Pensó que debía aprender. Después convenció al profesor que estaba a cargo de mí para que me apuntara a clases de natación.

—Parece que era un buen tipo.

—Sí. Creo que le apenaba que pasara tanto tiempo sola en el laboratorio, pero para entonces era lo único que conocía.

Para entonces. O sea, que antes había conocido otra cosa. Era tan inteligente que Gideon no se había parado a pensar en cómo tenía que haberse sentido una niña de cuatro años abandonada por sus padres.

—Imagino que al principio alguien cuidaba de ti —comentó.

—La universidad contrató a una niñera para que me cuidara. En el campus había casas para los profesores. Al principio me asignaron una de las pequeñas, y siempre había alguien que me preparaba la comida y se quedaba conmigo por las noches. Después, cuando tenía unos doce años, me mudé a uno de los apartamentos que había en la facultad de ciencias aplicadas para los ayudantes de laboratorio.

—¿Viviste sola desde los doce años?

—Casi siempre, sí. A esa edad ya había publicado varios artículos y había escrito un libro en colaboración con otros autores, así que tenía ingresos para comprar comida. El resto lo ahorraba. Como tenía un medio de vida me fue más fácil demostrarle al juez que estaba preparada para emanciparme.

A pesar de sus meses de tortura, Gideon sabía que el dolor se manifestaba de muy diversas formas.

—Te has valido muy bien sola.

—Aproveché las cartas que tenía —dijo con una sonrisa—. Me gusta pensar que mis estudios han ayudado a otras personas, así que, cuando me pesa lo que ocurrió, intento pensar en eso.

—¿Y sirve de algo?

—A veces.

Carter desapareció por un recodo del camino. Felicia comenzó a pedalear más aprisa.

—No te preocupes. El camino termina en el mirador. No puede ir más lejos.

—Puede lanzarse por el precipicio.

—Cuánto te preocupas —le dijo él—. No me imaginaba que fueras así.

–El hecho de que sepa hacer cálculo de probabilidades no significa que no vaya a preocuparme.
–Claro que sí.

A Felicia le preocupaba que Gideon estuviera siendo crítico con ella, pero por su modo de mirarla tenía la impresión de que no. Le parecía más bien que su voz tenía cierto tono de broma.

Rodearon la falda de una montaña y se hallaron sobre una amplia meseta. Los árboles y las rocas formaban una muralla natural en tres de sus lados, mientras que el cuarto ofrecía un impresionante panorama de todo el valle. Felicia vio el pueblo y, más allá, los viñedos.

Carter había apoyado su bicicleta contra una roca. Había dejado su casco en el suelo y estaba de pie, de espaldas a ellos.

–¿Qué te parece? –preguntó Gideon al pararse junto a Felicia.

Antes de que pudiera decirle que estaba impresionada, notó que los hombros de Carter parecían temblar.

–¡Dejadme en paz! –gritó sin volverse–. Dejadme en paz.

Su reacción era hostil, casi furiosa, pensó Felicia al fijarse en su lenguaje corporal. Advirtió la rigidez de sus piernas y la tensión de sus brazos. Pensó por un momento que se había caído y que estaba herido, pero enseguida comprendió que estaba molesto por razones que nada tenían que ver con el dolor físico.

–¿Qué demonios...? –masculló Gideon, echando a andar hacia él.

–Para –lo agarró del brazo–. Necesita estar solo unos minutos.

Gideon se quitó el casco y la miró con enojo.
–¿Por qué?
Ella lo llevó hacia el otro lado de la meseta.
–Está llorando.

—¿Qué? ¿Cómo lo sabes?

—No estoy segura. Solo es una suposición.

—¿Una suposición? Pero ¿qué le pasa? —preguntó Gideon—. ¿Y por qué ahora? Lleva aquí un par de semanas. Va todo bien. Creía que nos lo habíamos pasado bien en la emisora. ¿Me he equivocado?

—No. Le gustó pasar tiempo contigo. Puede que ese sea el problema —sintió que se estaba adentrando en un campo de minas sin un mapa—. Está pasando por muchas cosas —agregó—. La muerte de su madre, la casa de acogida, encontrarte a ti... No sabía si querrías tener algo que ver con él. Sencillamente, se presentó aquí. Fue muy valiente, pero tuvo que ser aterrador para él. ¿Y si lo rechazabas? ¿Y si todavía lo rechazas?

—Yo no lo habría echado a la calle ni nada parecido. Tiene que estar conmigo —se removió, incómodo—. Sé que no soy el mejor padre del mundo, pero estoy intentando sentirme más a gusto con él.

—Yo lo sé, pero él no. Concédele un momento. Dentro de un rato estará perfectamente.

—Esto no me gusta.

—¿Que llore? Eso no es más que un prejuicio. Si fuera una chica de trece años serías más comprensivo. Socialmente, no nos gusta que los niños lloren, pero ellos también necesitan esa descarga emocional. Es sano llorar.

Gideon torció la boca.

—Me refería a que no me gusta que seas tan perspicaz. Ya eres demasiado lista. Si entiendes tan bien a la gente como entiendes la Física o las Matemáticas, ¿cómo vamos a batirnos en igualdad de condiciones?

Felicia sonrió, un poco orgullosa de sí misma.

—Físicamente siempre podrás vencerme.

—Ni que fuera a pegar a una chica.

Felicia sacó del horno la bandeja de los bizcochos. El

olor a chocolate se extendió rápidamente por toda la casa, lo cual era de por sí agradable. Pero lo que de veras le agradaba era la satisfacción que obtenía de hacer pasteles. Desde un punto de vista lógico, no tenía sentido. La creación de un bizcocho de chocolate a partir de distintos ingredientes era resultado de una reacción química en condiciones de calor y tiempo determinados. No tenía nada de mágico. Había hecho experimentos de laboratorio mucho más complicados. Y con resultados mucho más trascendentales. Pero aun así prefería hacer bizcochos, pensó alegremente, aunque no supiera decir por qué.

También la satisfacía saber manejarse con soltura en la amplia y diáfana cocina. Al principio se había sentido intimidada por los armarios y los cajones, sin saber dónde iba cada cosa o para qué servían la mitad de los utensilios. Gideon le había dicho que había contratado a una decoradora para que amueblara la casa. Había comprado la cama del dormitorio principal y el sofá del cuarto de la tele y todo lo demás se lo había dejado a la decoradora, con instrucciones de que se limitara a cosas sencillas y masculinas.

La decoradora había seguido sus instrucciones al pie de la letra, salvo en la cocina. Los platos eran sencillos, cuadrados y blancos, y los electrodomésticos de acero inoxidable, pero aparte de eso había comprado todos los cacharros de cocina habidos y por haber. Felicia seguía sin saber para qué servían algunos de ellos. Le daba un poco de miedo el robot de cocina, pero la idea de probar los utensilios para amasar que venían con la batidora le resultaba cada vez más atrayente. Se imaginaba ya el olor reconfortante del pan horneado en casa en una tarde fría de invierno.

Mientras dejaba la bandeja de los bizcochos en la encimera, se preguntó si todavía viviría allí cuando empezara a nevar. Gideon y ella no habían hablado de su futuro. Por mutuo acuerdo, estaban saliendo y nada más. Él le estaba enseñando cómo comportarse con un hombre para que encontrara a alguien normal de quien enamorarse. Después había aparecido Carter y las cosas habían cambiado. Ahora no estaban saliendo, en realidad, pero vivían juntos. Tenía la impresión de que quizá ya había recibido instrucción suficiente.

Pero no estaba segura de querer marcharse. Le gustaba aquella casa amplia con vistas a las montañas. Y más aún le gustaba estar con Gideon. Incluso cuando se retraía y se pasaba horas enteras dando vueltas por la casa, de madrugada, se sentía más unida a él que a cualquier otra persona en toda su vida. Le gustaba saber que estaba cerca.

Desde que habían vuelto a hacer el amor, dormían juntos... las pocas horas que dormía Gideon. Saber que iban a compartir la cama la hacía sentirse segura, ella, que casi nunca se sentía insegura. Suponía que era porque la comprendía mejor que la mayoría de la gente y aun así parecía gustarle. Con él podía actuar tal y como era sabiendo que no la juzgaría. Confiaba en él.

Oyó pasos y al volverse vio a Carter entrar en el salón, camino de la cocina. El chico había estado muy callado durante la cena. Felicia había sabido instintivamente que debía dejarlo tranquilo. Carter hablaría cuando estuviera preparado. Ella confiaba en estar haciendo lo correcto al permitir que fuera él quien decidiera cuándo hacerlo.

En realidad, tratándose de Carter nunca sabía si estaba haciendo lo correcto. Se descubría preocupada por él en los momentos más insospechados, lo cual le parecía ilógico. Estaba claro que era un chico muy capaz. Y sin embargo no podía sacudirse esa sensación.

Carter se apoyó contra la encimera. Tenía la cara pálida y los ojos ligeramente enrojecidos. Felicia se preguntó si había estado llorando otra vez. Se le encogió el corazón al pensarlo.

Él señaló la bandeja.

–Qué bien huelen.

–El olor a chocolate horneado se difunde muy agradablemente.

Carter esbozó una sonrisa.

—Ya estás otra vez hablando raro.

Ella suspiró.

—Sí, soy demasiado formal hablando, pero me estoy esforzando.

—No deberías cambiar. Eres sincera. Y me has apoyado mucho.

Felicia decidió no preguntarle en qué lo había apoyado exactamente.

—Has pasado por muchas cosas. Admiro cómo te has enfrentado a una situación tan difícil. Yo estaba sola a tu edad y sé que es duro. Ahora estás aquí y espero que seas feliz. Quiero que seamos amigos.

Carter hizo un gesto afirmativo y apartó la mirada.

—Siento lo que ocurrió antes, en la montaña.

—No tienes que disculparte.

—Os grité a Gideon y a ti, y no habíais hecho nada malo.

—¿Fue porque estabas teniendo un... un mal momento? —preguntó ella.

Se encogió de hombros.

—Supongo que sí. Echo de menos a mi mamá.

Felicia buscó rápidamente posibles soluciones al problema. Dejó a un lado la lógica y optó por lo que le parecía más acertado desde un punto de vista emocional.

—¿Te preocupa que el hecho de que estés a gusto con tu padre y te guste vivir aquí sea una especie de deslealtad hacia su recuerdo?

—También estoy a gusto contigo —tragó saliva—. Mi padre es bastante distante. Este fin de semana estuvo mejor. Hablamos y eso, y me gustó. Pero el pegamento eres tú.

—Ay, Carter —se acercó a él y lo rodeó con los brazos.

El chico la abrazó con tanta fuerza que le hizo daño, pero Felicia no se quejó, no le pidió que la soltara. Y cuando oyó que empezaba a sollozar, se prometió a sí misma que nunca se separaría de él. En sentido figurado, desde luego.

Pasados unos minutos, Carter se irguió y se apartó de ella. Se limpió la cara con el dorso de la mano.

—La echo de menos —reconoció con voz rasposa—. Todos los días.

—Eso no va a cambiarlo nada. Lo que sientes por tu madre ocupa un lugar especial en tu corazón. Siempre será tu madre. Si pudieras elegir, estoy seguro de que preferirías estar en casa con ella a vivir aquí —hizo una pausa—. Pero pase lo que pase, Carter, siempre puedes contar conmigo.

—¿Gideon y tú vais a casaros?

Una pregunta inesperada.

—No. Gideon no quiere ese tipo de compromisos.

—¿No lo quieres?

Otra pregunta inesperada.

—No estoy segura. Nunca he estado enamorada. Estamos saliendo. Y me gusta mucho.

Carter la sorprendió dedicándole una sonrisa.

—Lo que yo decía: eres muy sincera. Pero ¿qué le pasa? Eres guapísima, lista, divertida y cariñosa.

—Gracias por esos cumplidos tan bonitos. En cuanto a tu padre, lo pasó muy mal hace unos años. Ya te dije que estuvo prisionero, pero no fue solo eso. También lo torturaron.

La sonrisa de Carter se borró.

—Eso no lo sabía.

—Vivió en unas condiciones terribles. Cuando por fin lo rescataron, necesitó tiempo para recuperarse. Uno no se repone fácilmente de una experiencia así. Siempre le quedará algo dentro, de todo aquello —puso la mano sobre el hombro del chico—. Tu padre quiere que seas feliz. Todavía se está haciendo a la idea, pero ha comprado esas bicicletas tan chulas. Es un progreso. Tienes que darte tiempo a ti mismo para acostumbrarte, y creo que él se merece lo mismo.

Carter se quedó mirándola un segundo.

–Vale. Entiendo lo que dices. Pero que conste que, si mi padre no se casa contigo, es que es idiota.

–¿Qué opinas? –preguntó Noelle.

–Has hecho un trabajo muy minucioso –contestó Felicia, admirada por su esfuerzo de planificación.

Noelle había hecho varios diseños para su tienda. Había fabricado modelos de cartón de distintas estanterías y armarios, marcado cada uno con lo que contendría. Unos redondeles de cartón representaban los árboles de Navidad que colocaría por la tienda. Al ponerlos en el suelo y moverlos de un lado para otro, podía barajar distintas alternativas.

Isabel se paseó por la tienda y sacudió la cabeza.

–Esto se te da de maravilla, en serio. Es impresionante. Tienes distintas opciones entre las que elegir y tiempo para tomar una decisión. Eres una comerciante nata.

–Gracias –dijo Noelle, riendo–. Me he decidido por tres diseños principales. Esperaba que pudierais ayudarme a elegir uno. Las obras empiezan el lunes y voy a tener que decirle al constructor dónde van los estantes.

El local de la tienda era casi cuadrado. Los grandes ventanales delanteros dejaban entrar la luz y dejaban sitio de sobra para exponer los artículos. El techo era más alto de lo normal.

–¿Qué diseño te gusta más a ti? –preguntó Felicia–. Vamos a colocar ese y luego empezaremos desde la entrada e iremos recorriendo la tienda.

–Buena idea. Ya lo he hecho, pero en estos momentos soy incapaz de ver nada nuevo. Los estantes allí, un armario en esa pared, frente al escaparate, y el mostrador con la caja aquí.

Tardaron un par de minutos en ponerlo todo en su lugar. Se acercaron a la puerta abierta y se pararon.

–¿Vas a poner un montón de cestas para la compra? –preguntó Felicia

–Sí, ahí –Noelle señaló con el dedo. Se había recogido el pelo en una coleta y llevaba una camiseta rosa y unos pantalones piratas blancos. Era muy delgada y había algo en su forma de moverse que hacía sospechar a Felicia que había sufrido algún tipo de trauma físico recientemente. Un accidente de coche no, pensó. Eso producía lesiones y magulladuras de otra especie.

Lo sabía por experiencia. A los dieciocho años la había atropellado un coche y había acabado con varios huesos rotos y la cara hecha papilla. El cirujano plástico había hecho milagros y había corregido todas sus imperfecciones faciales. Entonces era joven y sana y se había curado enseguida. De eso parecía hacer una eternidad.

–Aquí tienes –dijo Isabel, fingiendo que le pasaba algo–. Tu cesta.

Felicia dobló el codo como si se hubiera colgado el asa del brazo.

–¿Por dónde empezamos?

–Los árboles están en la parte de atrás. La mayoría de los adornos estarán colgados de ellos, aunque también pondré cajas en las estanterías. Quiero que los clientes entren en la tienda, no que se apelotonen en la entrada –sonrió–. Porque doy por sentado que entrará más de una persona al mismo tiempo.

–Claro que sí –le aseguró Felicia–. Puede que la gente del pueblo espere hasta las fiestas para comprar, pero los turistas, que saben que no van a volver, querrán comprar tus artículos mientras están aquí.

Isabel y ella fingieron que compraban. Recorrieron la tienda. Felicia intentó imaginarse qué aspecto tendría.

–Tu idea de poner juntos los libros infantiles y la colección de osos de peluche es muy ingeniosa –comentó–. ¿Cómo van a resistirse los padres a comprarlos?

–Y así los niños se mantendrán alejados de las cosas que puedan romperse.

Isabel miró en derredor.

–Si te sirve de algo, a mí este es el diseño que más me gusta.

–A mí también –Noelle sonrió–. Vamos a descansar un momento para despejarnos. Tengo refrescos. ¿Queréis uno?

–Claro.

Noelle entró en la trastienda y volvió a aparecer con tres latas de refrescos. Se sentaron en el suelo y las abrieron.

–Ahora estoy un poco más animada que antes –reconoció Noelle después de beber un trago–. Había empezado a pensar que mi idea de abrir una tienda de cosas navideñas era una idiotez. Pero luego me puse a preparar las cosas, y os juro que cada vez que dejo la puerta abierta entra alguien para ver qué me traigo entre manos.

–Este pueblo se toma mucho interés por sus vecinos –le recordó Felicia.

Noelle esbozó una sonrisa.

–Lo cual no siempre es bueno. Es un sitio horrible si una quiere escabullirse –miró a Isabel–. Aunque tú lo estás haciendo de maravilla.

–Yo no me estoy escabullendo. Solo soy sigilosa.

–Como si fuera distinto –comentó Noelle en tono de broma.

Felicia hizo amago de decirle que, en efecto, lo era, pero se detuvo. No era momento de ponerse a definir palabras.

–Yo nunca he sido especialmente sigilosa, ni me he escabullido –dijo–. Me gusta la sensación de unidad que se respira aquí, el afecto de la gente.

–A mí también. En Los Ángeles es muy distinto –Noelle miró a Isabel–. Y en Nueva York.

–¿No te arrepientes de haberte mudado? –preguntó Felicia.

–No. Fue un impulso, pero soy feliz aquí. Tener amigas ayuda –Noelle le clavó un dedo en el brazo–. Va a costarte mucho marcharte.

–Espero que no –arrugó la nariz–. Pero ha sido una suerte poder escapar de mis problemas. Y de los recuerdos.

–¿Todavía no echas de menos a los hombres? –preguntó Noelle.

–No, todavía no.

Felicia sonrió a Noelle.

–¿Tú estás saliendo con alguien?

Noelle suspiró.

–¿Saliendo? No. Rompí con mi pareja poco antes de mudarme aquí y lo pasé muy mal. Llevábamos tres años juntos. Yo posponía siempre la boda por trabajo y esas cosas, y fue una suerte –se detuvo como si fuera a decir algo más y cambiara de idea.

Más secretos, pensó Felicia, consciente de que no tenía sentido hacer conjeturas.

–Tú sigues viviendo con Gideon –comentó Noelle.

–Sí. Carter es maravilloso. Es muy divertido. Le está costando adaptarse, pero lo sobrelleva muy bien.

–Hablas como una madre.

Felicia se sonrojó de placer.

–Intento apoyarlo y cuidar de él. Pero ahora tengo más claro que nunca que quiero tener hijos.

–¿Con Gideon? –preguntó Isabel.

–Ha dejado muy claro que no quiere una relación a largo plazo –siempre lo había sabido, pero de pronto la entristeció recordarlo–. Sé que lo ha pasado muy mal, pero está mejor de lo que cree. Todos tenemos problemas y defectos. Creo que piensa que es menos humano que los demás, pero no es cierto. Aunque de todos modos no creo que pueda convencerlo. Tiene que aprender a creer en sí mismo, y no estoy segura de que esté dispuesto a correr ese riesgo.

Noelle se quedó mirándola.

–Es impresionante lo bien que lo conoces. Si yo hubiera conocido tan bien a mi novio, no me habría quedado con él tanto tiempo.

—Puede que me equivoque —repuso Felicia.
—No creo —le dijo Isabel—. Yo también estoy impresionada.
Noelle sonrió.
—Cuando te conocí pensé que eras una especie de intelectual que no sabía reconocer una emoción ni aunque le diera un mordisco en el trasero. Pero me equivoqué, y siento mucho haber pensado eso de ti. Eres muy amable y cariñosa, y te entiendes muy bien con la gente —gruñó—. Ay, Dios. Eres perfecta. Ahora voy a tener que odiarte.
Felicia se rio.
—No soy perfecta y en realidad no me entiendo bien con los demás. Ojalá. Ahora me relaciono un poco mejor, pero sigo sintiéndome muy torpe cuando me encuentro en una situación con la que no estoy familiarizada, y no sé qué decir.
Noelle levantó su lata de refresco.
—Podemos ser imperfectas juntas.
En ese momento entró en la tienda una mujer morena de ojos azules. Llevaba un traje negro y zapatos elegantes de tacón alto, tan bonitos que Felicia se preguntó si alguna vez aprendería a caminar con unos zapatos como aquellos.
—Hola —dijo la desconocida—. Soy... —hizo una pausa y miró a su alrededor—. Por lo visto me he perdido y estoy en el sitio equivocado —arrugó el ceño—. Eso es una redundancia, ¿no? Si me he perdido, no puedo estar en el sitio correcto. Necesito café, y dormir, y posiblemente un modo de asesinar a mis socios —les lanzó una sonrisa cansina—. Perdonad. Estoy agotada y hablo sin ton ni son. Soy Taryn Crawford, de Score.
—¿Qué es Score? —preguntó Isabel.
—Una empresa nueva que va a establecerse en el pueblo. Suponiendo que no mate a mis socios en un futuro inmediato —Taryn se encogió ligeramente de hombros—. Que conste que lo de matarlos es una broma. Más o menos. No sabría cómo hacerlo. Jack es amigo de Raúl Moreno, que

al parecer vive aquí. Vino de visita, le encantó el pueblo, habló con los otros socios, les convenció de que teníamos que cambiar de sitio, y aquí estoy.

Felicia se acordó de su reciente reunión en el ayuntamiento.

—Trabajas con los jugadores de fútbol americano.

—No me lo recuerdes —refunfuñó Taryn—. Es como intentar pastorear a un montón de gatos. Se suponía que tenía que reunirme con alguien de la inmobiliaria para ver locales. No tengo tiempo de ponerme a buscar, pero tampoco puedo confiar en que lo hagan los chicos. Acabaríamos en el rincón de algún bar. Hay días que... —respiró hondo—. ¿Sabéis lo que más me fastidia? Que con los clientes son geniales.

—¿Por eso no los has matado aún? —preguntó Noelle.

—Exacto. Por eso y porque iría a la cárcel. Y eso no me gustaría —miró a su alrededor—. Este local es fantástico. Tiene muchísima luz. ¿Qué va a ser?

—Una tienda de artículos navideños —le dijo Noelle—. El Desván de la Navidad.

—Qué bonito —Taryn levantó la vista—. Deberías ponerle unas vigas para que parezca de verdad un desván. Los techos son bastante altos. No sería muy caro, solo unas cuantas vigas para darle ambiente. Una tienda navideña... —hizo una pausa de un segundo—. ¿Y qué tal un trenecito? Podría dar vueltas por la tienda, haciendo ese *tutú* que a los niños les encanta. Puede que a ti el ruido te saque de quicio, pero si se quiere vender hay que sacrificarse. Bueno, ¿dónde me he equivocado? Estaba buscando el cruce de la calle Frank con la Quinta.

Isabel señaló hacia la puerta.

—Esa es la calle Frank. Gira a la izquierda. Está a una manzana y media.

—Gracias. Seguro que nos veremos por aquí —Taryn se marchó.

—Me encanta —dijo Noelle, admirada—. Es brillante.

Puedo hacer que mi tienda parezca un desván. No puedo creer que no se me haya ocurrido. Es lo más lógico. ¿Habéis visto sus zapatos?

–Eran preciosos –contestó Isabel–. En eso estamos de acuerdo.

–Eso es porque tú también tienes debilidad por los zapatos. Pero yo me partiría un tobillo si intentara ponérmelos –dijo Noelle–. Aunque quizá merezca la pena.

–A mí también me ha caído bien –reconoció Felicia. Le había parecido muy directa en su forma de hablar. Y muy segura de sí misma.

–Es muy guapa –añadió Noelle–. Me pregunto si a Denise Hendrix le gustará para Kent.

–O para Ford –añadió Felicia, y se echó a reír–. Lo peor es que Ford sí que sabría cómo matar a sus socios.

–Oye, Ford no –dijo Isabel–. No vamos a buscarle novia a Ford.

Noelle levantó las cejas.

–Dijiste que no te interesaba.

–Y no me interesa. Estoy segura –agarró con fuerza su lata de refresco–. O casi.

Capítulo 16

Reese le tendió un cuenco de palomitas a Carter. Llovía y estaban en casa de Reese, viendo una película. Desde hacía un par de días, Carter se sentía un poco mejor. Tal vez estuviera bien que fuera feliz allí, en Fool's Gold. Sabía que su madre no habría querido que la olvidara, pero tampoco habría querido que estuviera siempre triste. Y Felicia le habría gustado un montón.

—¿Piensas mucho en tu madre? —preguntó.

Reese paró la película.

—Ya no. Pero cuando se marchó sí. No quería que mi padre se diera cuenta. Durante un tiempo me dio miedo que él también se marchara. Pero no paraba de decirme que siempre estaría ahí, conmigo. Mudarnos aquí ayudó. Estar cerca de la familia —se encogió de hombros—. Sé que parece una tontería, pero es fundamental.

—Sí, te entiendo. Si no estuviera Felicia, con mi padre sería horrible. Creo que le caigo bien, y lo pasamos bien juntos, pero no es lo mismo. Con él no puedo hablar como con Felicia —no le contó lo de los abrazos porque habría parecido un bebé. Pero era muy importante para él que lo abrazara. Le hacía sentirse mucho mejor.

Felicia había dejado muy claro que le interesaba su vida, y siempre le escuchaba. Era mucho más lógica que su madre. No creía que pudiera asustarse por nada.

—Está aprendiendo a hacer dulces –dijo–. Es muy divertido. Es tan precisa en todo... Lo mide todo exactamente. Mi madre se limitaba a echar las cosas en un cuenco y siempre le salían genial. Con Felicia hay que seguir la receta –tomó otro puñado de palomitas.

—Mi abuela está empeñada en que mi padre y mi tío Ford se casen –comentó Reese–. El mes pasado puso una caseta en un festival. Recogió un montón de solicitudes y quiere que mi padre empiece a llamar a las mujeres que ha seleccionado.

Carter se quedó mirándolo.

—¿En serio? ¿Y tu padre no se ha enfadado?

—Sí, pero no quiere decir nada. Le dije a mi abuela que yo podía echar un vistazo a las candidatas por anticipado, pero no le pareció buena idea.

—¿Crees que tu padre va a empezar a salir con mujeres? –preguntó Carter.

—Dice que sí. Ya va siendo hora. Mi madre no va a volver, y me apetece tener madrastra.

Carter sonrió.

—Te apetece que alguien te haga la comida y te lave la ropa.

Reese se rio.

—Claro, ¿por qué no? Además, querrá demostrarme lo importante que soy, y me comprará un montón de regalos.

Carter siguió riéndose, aunque sabía que lo que él necesitaba era distinto. Quería que Gideon y Felicia siguieran juntos, que pudieran ser una familia. Que no pudieran separarse en cualquier momento.

—Necesito un plan para conseguir que Gideon se case con Felicia –anunció.

Reese meneó la cabeza.

—No vas a conseguirlo, chaval. Son adultos. Nosotros tenemos trece años. ¿Qué sabemos de esas cosas? Tu madre estuvo soltera toda la vida, y mi madre dejó a mi padre. No tenemos un ejemplo en el que fijarnos para seguir los pasos –tendió una mano–. No digas que vas a buscarlo en Internet. No es tan sencillo.

–Entonces ¿cómo se hace? La gente se conoce, empieza a salir y se enamora.

–Gideon y Felicia ya viven juntos. No tienen que salir.

Carter comprendió que tenía razón, pero estaba seguro de que la mayoría de las parejas vivían juntas porque se querían, o algo así. Felicia se había ido a vivir con Gideon por él.

–Deberían salir alguna noche –dijo, y se preguntó cómo podía conseguirlo–. Puedo decirle a Gideon que Felicia se merece salir por ahí una noche después de todo lo que ha hecho.

–¿Crees que se lo tragará?

–Puede ser. Puedo quedarme a dormir en tu casa esa noche y así estarán solos y será más romántico.

–¿Crees que lo hacen? –preguntó Reese.

Carter le dio un puñetazo en el brazo.

–No podemos hablar de eso. Sería como hablar de tu padre y de alguna chica.

Reese se estremeció.

–Vale, tienes razón. No quiero pensar en eso. La gente mayor no debería hacer esas cosas.

Carter entendía el repelús de su amigo, pero, por lo que a él concernía, Gideon y Felicia debían ponerse manos a la obra. Y también debían estar juntos en otros sentidos. El matrimonio, que él supiera, era una especie de equipo. Tenía que ponerlos en el mismo bando. Así quizá se enamorarían y se casarían. Y cuando eso ocurriera, él tendría un hogar estable y ya no tendría que preocuparse.

–Qué bonito es esto –comentó Felicia cuando entró con Gideon en el Angelo's.

El restaurante italiano estaba lleno un viernes por la noche, pero la encargada les sonrió y les confirmó que tenía anotada su reserva.

—¿Dentro o fuera? —preguntó Gideon, poniendo una mano sobre la espalda de Felicia.

—Fuera —contestó ella.

Les llevaron a una mesa en el patio. Había mucha gente alrededor, pero las plantas colocadas estratégicamente procuraban una ilusión de intimidad.

Se sentaron el uno frente al otro. La encargada les dio las cartas y se marchó. Gideon se inclinó hacia ella.

—Estás guapísima. ¿Te lo he dicho ya?

—No, pero gracias por el cumplido. Tú también estás muy guapo.

Él se rio.

—Gracias. Carter me ha ayudado a elegir la ropa.

Lo que explicaba por qué llevaba una camisa negra y pantalones del mismo color, pensó Felicia. Gideon no solía ponerse tan elegante, ni llevar ropa oscura.

—Me hizo probarme un montón de camisas. Cuando algo se le mete en la cabeza, no para hasta conseguirlo.

Hablaba relajadamente, como si la idea de tener un hijo ya no le inquietara tanto. Todos se estaban adaptando, pensó Felicia alegremente. Estaban encontrando su camino.

—¿Qué tal la vuelta en bici esta tarde? —preguntó.

—Bien. El campamento le está gustando y ha hecho un montón de amigos. Parece que se lleva muy bien con Reese Hendrix.

—Me alegro. A Ford a veces lo saca de quicio su familia, pero por lo que me ha dicho son todos muy cariñosos y atentos. Seguro que acogen a Carter y hacen que se sienta como en casa.

El semblante de Gideon se crispó y luego se relajó.

—¿Qué pasa? —preguntó ella.

—Estaba pensando en mi hermano —reconoció él.

Felicia no sabía mucho de su familia.

—Tu gemelo.

—Sí. Es médico. Un buen tipo. Siempre cumple las normas.

—¿Y eso no te gusta? —preguntó ella.
—Sí, me gustan las normas.
—Siempre y cuando puedas ignorarlas.
—En el ejército solía saltármelas —esbozó una sonrisa que a Felicia le pareció muy sexy.
—¿Sois mellizos o gemelos? —preguntó.
—Mellizos.
—Entonces ¿no tenéis más vínculo que ser de la misma edad y haber compartido el vientre materno?
Él hizo una mueca.
—No me recuerdes que compartimos el vientre materno, ¿quieres? Me da escalofríos.
Ella se rio.
—En tiempos fuiste poco más que un cigoto, amigo mío.
—Por suerte la memoria no me llega tan lejos.
—Lástima. Sería fascinante. Me gusta hablar con gemelos idénticos. Hay estudios que sugieren un vínculo casi paranormal entre ellos. Si existe, creo que procede del hecho de compartir el mismo ADN —hizo una pausa—. Estábamos hablando de tu relación con tu familia.
—Lo del ADN es mucho más interesante.
—Embustero. Intentas distraerme.
—Y casi lo he conseguido —se encogió de hombros—. Me llevo bien con mi familia.
—¿Hasta qué punto? Nunca les ves ni les llamas.
—¿Cómo sabes que no les llamo?
—No te he oído hablar con nadie por teléfono desde que vivo en tu casa.
—Puede que llame desde el trabajo.
—A esa hora es de noche en todo el territorio continental de Estados Unidos.
—A veces que seas tan lista es un verdadero incordio.
Felicia sonrió.
—No es la primera vez que me lo dicen.
Su camarero, un chico con pantalones negros y camisa blanca, se detuvo junto a la mesa. Les explicó cuáles eran

los platos especiales y preguntó qué querían beber. Gideon mencionó el nombre de un vino.

Después de que se marchara el camarero, Felicia apoyó los codos sobre la mesa y la barbilla en las manos.

–Estábamos hablando de tu familia –dijo.

–Imaginaba que no ibas a olvidarlo. Está bien. No los veo mucho.

–Ni hablas con ellos.

–Sí, sí. No hablo con ellos.

–Entonces ¿no saben lo de Carter?

Gideon respiró hondo.

–No sé qué decir. Mi madre querrá conocerlo. Y eso complica las cosas.

–Deben de estar muy orgullosos de ti, del tiempo que pasaste en el ejército.

–Se alegran de que no esté muerto –reconoció, y suspiró–. Está bien, claro que están orgullosos. Son buena gente. Mi padre era militar de carrera. Nos mudábamos mucho. Yo sabía que quería ser como él. Gabriel quería ser médico. Consiguió que el ejército lo mandara a la facultad de medicina. Un truco un poco feo, en mi opinión.

–¿Sigue en el ejército?

–Sí, que yo sepa.

El camarero les llevó el pan. Gideon ofreció a Felicia una rebanada. Ella la aceptó y la puso en su plato auxiliar.

–Creo que haces bien esperando para contarles a tus padres lo de Carter –dijo.

–¿En serio?

–Carter todavía está adaptándose, igual que tú. Si estuvieras más unido a tus padres, su presencia sería bienvenida. Pero no lo estás, así que serían más bien un factor de estrés. Dentro de un par de meses, cuando Carter y tú tengáis una relación más estrecha, será más fácil.

Se preguntó si todavía viviría en casa de Gideon cuando llegaran sus padres. Quería seguir viviendo con él. Le gustaba su nueva vida. ¿Sería así el matrimonio? Compartir tareas, hacer cosas juntos. Ella cocinaba, pero Carter y Gideon recogían después. Veían películas juntos, montaban en bici, se preocupaban por Carter. Parecía todo tan normal...

¿Era amor?, se preguntó. Sentía algo muy fuerte por Gideon. Y no se trataba únicamente de algo sexual. Le gustaba y sentía respeto por él. Lo echaba de menos cuando no estaba cerca. Podía imaginarse viviendo con él indefinidamente. Pero ¿era amor? Ignoraba qué se sentía estando enamorada.

–¿Has estado enamorado alguna vez? –preguntó de pronto.

Gideon se quedó helado mientras untaba de mantequilla una rebanada de pan.

–¿Cómo dices?

–¿Estabas enamorado de Ellie?

–No. Era una chica encantadora, pero yo era muy joven. No la quería –sacudió la cabeza–. Carter me preguntó lo mismo y le mentí.

–Las mentiras no siempre son destructivas. A veces se dicen por bondad. Se sentirá mejor creyendo que querías a su madre. No hay razón para que sepa que no es cierto.

Quiso preguntarle otra vez si había estado enamorado, pero intuyó que era un tema espinoso para él. Tal vez tuviera que hablar con una de sus amigas acerca del amor. Isabel había estado casada. Ella sabría qué se sentía.

–¿Sabes algo de la nueva empresa de publicidad que va a instalarse en el pueblo? –preguntó–. Los dueños son exjugadores de fútbol.

–Algo he oído –repuso él–. Los trajo Raúl Moreno.

–Una de las socias es una mujer, Taryn Crawford. La conocí el otro día. Es muy directa. Me cayó muy bien. Una mujer sola entre machos alfa. Me identifico completamente con ella.

–Seguro que las señoras mayores van a querer que les hagan un striptease –comentó Gideon con una sonrisa–. A Eddie y Gladys les gustan los cachas.

—¿A ti te han pedido que les enseñes el trasero?

—No, y no pienso ofrecerme voluntario. Son unas salvajes.

—Imagínate cómo eran hace cuarenta años.

Regresó el camarero con el vino. Pidieron la cena y el camarero se marchó. Una mujer morena de cuarenta y tantos años se acercó a la mesa y sonrió a Gideon.

—Soy Bella Gionni –dijo–, la dueña de La Casa de Bella. Has ido alguna vez a cortarte el pelo.

—Me alegro de volver a verte –repuso él.

—Odio cotillear, pero me he enterado de lo de tu hijo. Si necesitas algo de los vecinos, estamos aquí para ayudar. Solo tienes que avisarnos.

Gideon pareció un ciervo deslumbrado por los faros de un coche. Felicia no estaba segura de cómo echarle una mano.

—El pueblo es tan acogedor... –comentó, y le tendió la mano–. Hola, soy Felicia Swift.

—Encantada de conocerte –Bella fijó la mirada en su pelo–. Tienes un color de pelo precioso. ¿Es natural?

—Sí, tengo suerte.

Bella volvió a mirar a Gideon.

—Comprendo que estás teniendo que enfrentarte a muchas cosas. Quizá quieras hablar con Ethan Hendrix. ¿Sabes quién es?

—El dueño de la empresa de molinos que hay a las afueras del pueblo –miró a Felicia–. Molinos eólicos. Se usan para producir electricidad.

—Lo sé y... –contestó, y entonces se dio cuenta de que Gideon intentaba cambiar de tema–. Eh, sí. Molinos de viento. ¿Qué sabes de ellos?

Bella la miró como si fuera la tonta del pueblo.

—Como te decía, Ethan pasó por algo parecido. Es una historia complicada, pero cuando descubrió que era padre, Tyler tenía ya once o doce años. Casi le rompió el corazón.

—¿Tener un hijo? –preguntó Felicia.

—No, cielo. Todo lo que se había perdido —puso una mano en el hombro de Gideon—. Sé que tú también estás pasando por eso. Esos primeros años... El parto, los primeros pasos, la primera palabra... —se le llenaron los ojos de lágrimas—. El primer día de colegio... Todo perdido. Y no puedes recuperarlo.

Gideon pareció a punto de salir corriendo.

—La madre de Carter parece haber hecho un trabajo excelente con su hijo —comentó Felicia.

—Un niño necesita a su padre —repuso Bella, mirándola con enfado, y se volvió hacia Gideon—. Solo digo que Ethan ha pasado por eso y que puede ayudarte a sobrellevarlo —sonrió una vez más y se marchó.

Felicia tomó su copa de vino y luego la dejó en la mesa.

—Siento el fuerte impulso de disculparme, pero no sé muy bien por qué.

—Me he perdido cosas —dijo él como si estuviera aturdido—. Los años de infancia de Carter.

Trece años, pensó ella, pero decidió que comentarlo no aportaría nada a la conversación.

—¿Tienes la sensación de que te han robado algo? ¿Estás enfadado con Ellie?

—No —la miró—. Hasta ahora no lo había pensado. Que ha sido más pequeño y que ha ido creciendo. Pero no necesito conocer esa parte de su vida. No quiero conocerla.

—¿Crees que Carter va a darte menos miedo si piensas que vino al mundo completamente formado?

Gideon masculló un juramento.

—Pensaba que se suponía que eras muy torpe relacionándote con los demás.

—Ya lo soy menos —contestó con orgullo—. Pero estás evitando la pregunta.

—No sé qué contestarte. Puede que sea en parte eso. Carter no está tan mal. Estamos empezando a entendernos —miró a su alrededor—. Maldito sea este pueblo. ¿Por qué no me dejan en paz?

Tal vez las palabras de Bella hubieran disparado sus sentimientos, pero Felicia sospechaba que Gideon se sentía agobiado desde hacía tiempo. Era un hombre que disfrutaba de la soledad. Vivía lejos de la gente. Meditaba, practicaba taichí y corría kilómetros y kilómetros. Siempre solo. Trabajaba de noche por elección, cuando la mayoría de la gente estaba durmiendo. No quería comprometerse con nadie, y sin embargo las responsabilidades se le habían venido encima.

–Podemos irnos –le dijo–. No tenemos que quedarnos y comernos la cena.

–Hoy es tu día de salir.

«Tu día», pensó ella con tristeza. «No nuestro día».

–Ya saldremos en otra ocasión –contestó, e hizo una seña al camarero–. Vámonos a casa. Puedes llevarme e irte luego a la emisora. Prepararte para el programa.

Quería que dijera que no. Quería que dijera que estar con ella lo relajaba. Que, aunque le apeteciera salir del restaurante, estar con ella no era como estar con el resto de la gente.

–Gracias –dijo Gideon al tiempo que sacaba una tarjeta de crédito de su cartera–. Prometo pararme del todo al llegar a casa y no pedirte que saltes del coche en marcha.

–Podría hacerlo si quisiera.

–Con esos zapatos no –alargó el brazo y le apretó la mano–. Gracias.

Felicia asintió con un gesto porque temía que se notara su desilusión si hablaba. Al salir del restaurante, pensó en la larga noche que la esperaba sin Gideon y se dio cuenta de que querer a los demás exigía sacrificios. Abrir el corazón equivalía a dejar entrar toda clase de emociones, no solo las buenas.

–Si no te concentras voy a golpearte –dijo Consuelo, mirando con enfado a Ford.

—Perdona —agarró con fuerza el saco de boxeo—. Es por mi madre —reconoció.
—¿Doy la impresión de que me importe?
—¿Te has enterado de lo de la caseta?
—Todo el mundo se ha enterado de lo de la caseta, y todos nos estamos riendo de ti. Ahora ¿puedes concentrarte en el entrenamiento?

Se suponía que tenían que pelear, pero como Ford parecía demasiado distraído para librar uno o dos asaltos, Consuelo había propuesto que pasaran a los sacos.

—Tú no lo entiendes, Consuelo. Ha recogido solicitudes de un montón de mujeres y las ha clasificado por atributos. Me ha estado mandando la información por correo electrónico y no para de preguntarme si las he llamado ya.

Ford tenía unos treinta y tres años, medía más de un metro ochenta y era todo músculo. Aunque jamás lo reconocería en público, Consuelo estaba casi segura de que podía con ella. Así que resultaba un tanto extraño verlo temblar ante la idea de que su madre quisiera emparejarlo.

—Dile que no —contestó.
—¿A mi madre?
—¿No estamos hablando de ella?
—No puedo. No lo entendería. Se ha tomado muchas molestias.
—Estuvo dos días en una caseta. Se lo pasó en grande. No es que estuviera en una prisión iraní haciendo huelga de hambre.
—Es mi madre.

Consuelo empezaba a tener dolor de cabeza.

—Eso ya ha quedado claro. Si vuelves a decir que es tu madre, te doy una patada en las pelotas. ¿Está claro?

Ford se acercó un poco más al saco como si buscara protegerse.

—¿Qué es lo que quieres? —preguntó Consuelo, intentando armarse de paciencia.
—Que me deje tranquilo. Cometí el error de decirle que

estaba buscando casa, y quiere que vuelva a vivir con ella. Ya pasé unos días allí. No funcionaría.

—¿Y no puedes decírselo?

—No quiero herir sus sentimientos —entreabrió los ojos—. Y antes de que te enfades, reconoce que tú tampoco querrías herir los sentimientos de tu madre.

—No, no querría —suponiendo que todavía viviera, querría hacer todo lo que estuviera en su mano para que su madre fuera feliz y estuviera orgullosa de ella.

—Así que tienes dos problemas —dijo—. El de la casa y el de las mujeres. Vayamos por partes. ¿Dónde vas a vivir? En casa no puedes quedarte.

Ford y Angel iban a matarse, cosa que no le importaba especialmente, pero luego le tocaría a ella limpiar el desaguisado, y no le apetecía nada.

—He visto un apartamento que me gusta. Dentro de un par de días sabré si me lo alquilan. Está encima de un garaje, es muy íntimo.

—Suena bien. Entonces, no le digas a tu madre dónde vas a vivir.

Puso cara de pena.

—Esto es Fool's Gold. Aquí no hay secretos. Aunque no se lo diga yo, se lo dirá alguien.

Consuelo comenzó a desabrocharse los guantes. Estaba claro que esa mañana no iba a entrenar con Ford. Cuando él acabara de lamentarse, saldría a correr. Un buen rato. Luego se metería en la gran bañera de su cuarto de baño. Y después se tomaría un vino.

—No es lo mismo mentir que retener información.

—No, no del todo —contestó Ford.

—Entonces vas a tener que asumir que tu madre sepa siempre dónde estás. Este pueblo es muy pequeño. No tienes la distancia de tu parte.

—No debería haber vuelto a Fool's Gold.

Consuelo lo miró con enfado.

—No, no deberías haberte comprometido a entrenar conmigo para luego ponerte a lloriquear como una niñita sobre tus problemas.

—Te estoy contando algo muy personal.

—Eres un llorón.

—Y tú no eres muy femenina.

—No puede decirse lo mismo de ti —respiró hondo—. Está bien, esto no marcha. Vas a buscarte un apartamento y vas a tener que asumir que tu madre se pase por allí de vez en cuando. ¿Ves otra solución?

—No.

—Genial. Problema resuelto. Y aunque no esté resuelto, no hace falta que sigamos hablando de él. Pasemos al siguiente: las mujeres que se han ofrecido candidatas para casarse contigo. ¿Sabes?, si hubiéramos grabado esta conversación, solo tendrías que colgarla en You Tube para que salieran corriendo en dirección contraria.

—¿Por qué he pensado que podías echarme una mano? —preguntó él.

—No tengo ni idea —dejó caer los guantes a la colchoneta y flexionó las manos—. ¿Has hablado con alguna?

—¿Con las candidatas? No. ¿Por qué iba a hacerlo?

—No sé. Porque necesitas echar un polvo y están dispuestas. No pueden estar todas tan mal.

—No quiero casarme —contestó entre terco y quejumbroso.

—Muy bien. Voy a morder el anzuelo. ¿Por qué no?

—Porque no.

—Vale. Al menos es por un buen motivo —pensó que, si se acercaba un poco, podría asestarle una buena patada en la entrepierna. Así lo de tener hijos quedaría descartado. Pero, a pesar de su irritante sinceridad y de la debilidad que sentía por su madre, le caía bien Ford—. Sal con ellas.

—¿Qué?

—Sal con ellas. ¿Qué daño puede hacerte?

—Mucho.

—Eso no lo sabes. Tu madre te conoce muy bien. Te aguantó durante años.

–Era un niño. He cambiado.

Consuelo estaba a punto de contestarle con un sarcasmo cuando se dio cuenta de que era cierto. Ford había sido un SEAL. Había viajado por todo el mundo, viendo y haciendo cosas que muy pocas personas podían entender. Eso siempre cambiaba a un hombre... o a una mujer.

–Pues distráela –propuso–. También está buscándole novia a Kent. Dile que necesitas más tiempo para adaptarte a la vida civil, que te resultaría difícil salir con mujeres. Seguro que lo entiende. Dile que vaya practicando con Kent.

El semblante de Ford se relajó. Rodeó el saco de boxeo y se acercó a ella. Consuelo comenzó a retroceder, pero de pronto la rodeó con sus brazos y comenzó a dar vueltas con ella.

–¡Es perfecto! –gritó, apretándola con fuerza–. Voy a hacer que se concentre en Kent –la dejó en el suelo y la soltó–. Puede entrenarse con él.

Consuelo respiró hondo para asegurarse de que no le había magullado ninguna costilla y se dijo que no le importaba que el hermano de Ford empezara a salir con otras mujeres. A fin de cuentas, no lo conocía.

–Cuánto amor fraternal.

–Lorraine lo dejó hace años. Tiene un hijo. Necesita casarse.

–Estoy segura de que valorará tu consejo profesional –carraspeó y dijo procurando hablar con naturalidad–: ¿Sabes por qué se marchó ella?

Ford se encogió de hombros.

–Era una zorra –levantó las manos–. Palabras de mi madre. No es que esté criticando a las mujeres, no me hagas daño.

–No voy a hacértelo.

Él bajó los brazos.

–Kent estaba loco por ella, tuvieron a Reese... Él es un tipo muy estable. Un profesor de Matemáticas. Que yo sepa, nunca la engañó. Cuando hablamos, justo después del divorcio, estaba hecho polvo. Me sentí fatal.

–¿Crees que quiere volver a tener pareja?

Qué pregunta tan tonta, pensó con enfado. De todos modos, no estaban hechos el uno para el otro. Aunque Kent la encontrara atractiva, solo la querría para acostarse con ella. Los hombres normales querían casarse con mujeres normales. Kent era un padre soltero e inteligente de ojos amables. Quisiera o no, no estaría soltero mucho más tiempo.

–A mi madre le dijo que sí. O por lo menos no se ha negado, que es casi lo mismo –comenzó a acercarse a ella, pero Consuelo sacudió la cabeza–. ¿No quieres que te abrace? –preguntó él.

–No, pero entiendo que estés agradecido. Has conseguido ganar un poco de tiempo. Pero en cuanto Kent esté felizmente emparejado, tu madre empezará a buscarte novia otra vez.

–Ya se me ocurrirá algo.

–Genial. Problema resuelto –se dirigió hacia la puerta del gimnasio.

–Espera –Ford echó a andar a su lado–. ¿Adónde vas?

–A correr.

–¿Quieres que te acompañe?

Levantó los ojos al cielo. A pesar de su dureza y su chulería, habría jurado que los hombres con los que trabajaba eran como perritos. Molestos y siempre en medio, pero adorables a fin de cuentas.

–Vale, pero tienes que seguir mi ritmo.

Él le guiñó un ojo.

–Vas a morder el polvo.

–Tú sueñas.

Capítulo 17

Las mañanas eran la parte favorita del día para Gideon. Le gustaba el silencio cuando estaba solo en casa y la frescura del aire antes de que el sol se alzara por completo sobre las montañas. Estaba de pie en la parte más ancha de la terraza, con los codos flexionados, moviendo los brazos para completar los movimientos. Se concentró en su respiración y sintió fluir la energía por su cuerpo.

Aquel ejercicio de ritmo lento, una especie de meditación en movimiento, lo mantenía bien anclado en el suelo. Cuando lo practicaba sistemáticamente, las noches eran menos largas y sus sueños menos violentos. Había estado distraído por la llegada de Carter y el traslado de Felicia a su casa, y había pagado el precio. Inhaló mientras contaba lentamente hasta diez y se recordó que no debía descuidar el taichí. Aquella sencilla práctica hacía posible que siguiera funcionando.

Giró sobre un pie y tensó los músculos al cambiar de postura. Con mucho cuidado se...

—¡Yuju! ¿Gideon? ¿Estás en casa?

Bajó el pie derecho y al volverse vio a través de la casa que dos mujeres miraban por el ventanal delantero. Eddie y Gladys, pensó con fastidio. Lo habían seguido hasta casa.

Sacudió la cabeza y entró por la puerta corredera de la

terraza. Estaba cruzando el cuarto de estar cuando se acordó de que solo llevaba puestos unos pantalones de chándal. Unos pantalones de chándal de cintura muy baja.

—Maldita sea —masculló, y entró en la cocina, donde había dejado su camiseta. Se la puso y se acercó a la puerta.

—¿Qué pasa? —bramó al abrirla.

Eddie y Gladys se quedaron mirándolo. Eddie esbozó una sonrisa.

—¿Estabas en la ducha? —preguntó, ilusionada.

—No. Estaba haciendo ejercicio.

—¿Desnudo?

—No.

Un escalofrío de miedo sustituyó al fastidio. Eran señoras mayores. No irían a hacerle daño, ¿verdad?

Gladys apartó a su amiga.

—Queremos hablar contigo. No tardaremos mucho.

La buena educación se impuso al sentido común. Gideon retrocedió y las dejó pasar.

—¿En qué puedo ayudaros? —preguntó cuando entraron en el cuarto de estar.

Gladys fue la primera en volverse hacia él.

—¿Qué? Ah, que por qué hemos venido —sonrió—. Queremos que patrocines nuestro equipo de bolos. Ya hemos elegido las camisetas. Los colores y todo. Enséñasela.

Eddie se dejó caer en el sofá y sacó una fotografía de su enorme bolso. Gideon se acercó y la tomó. Luego se apartó de su alcance.

—Están bien —dijo lentamente mientras observaba las camisetas de bolos de color fucsia. Eran horrendas.

—Entiendes que nos gusten tanto —dijo Gladys.

—Pues no, la verdad.

Eddie no le hizo caso.

—Nuestros nombres irán bordados en la parte delantera, y el logotipo de la emisora de radio en la espalda. Nosotras te hacemos publicidad y tú pagas las camisetas. A la bolera va muchísima gente. Verán el nombre de la emisora y les darán ganas de escucharla –hizo una pausa como si creyera que Gideon necesitaba tiempo para procesar la información.

Él se había visto en situaciones más complicadas que aquella y sabía que era necesario tener un plan de acción. Pero su entrenamiento militar no lo había preparado para enfrentarse a dos ancianas empeñadas en salirse con la suya.

–Ya tengo una audiencia bastante numerosa –dijo.

Gladys le puso la mano en el pecho y pareció ponerse pálida.

–¿Nos estás diciendo que no?

A Eddie le tembló el mentón.

–Tengo que sentarme –dijo, y meneó la cabeza–. Ah, ya estoy sentada. Es que tiemblo tanto... –miró a Gideon y bajó la voz–. Es por mi enfermedad.

Gladys se sentó a su lado y le apretó la mano.

–Tesoro, ya sabes que te disgustas cuando hablas de eso.

Su amiga hizo un gesto afirmativo.

–Lo sé. Pero es que pensaba de veras que con las camisetas nuevas tendríamos posibilidades de ganar. Una última vez antes de... –tragó saliva–. Ya sabes.

Antes de morir, pensó Gideon con amargura. Se refería a la muerte. No pudo sacudirse la sensación de que lo estaban manipulando, pero tampoco estaba dispuesto a arriesgarse.

–Está bien –dijo ásperamente–. Compraré las dichosas camisetas. Encargadlas y mandadme la factura.

Eddie sonrió de oreja a oreja.

–¿No quieres dar el visto bueno al diseño?

–No –contestó, y entonces se acordó de con quién estaba tratando–. Sí. Quiero ver qué vais a poner en las camisetas antes de pagarlas.

–No hay problema.

Eddie se levantó con sorprendente agilidad para alguien

que tenía un pie en la tumba. Gladys también se incorporó de un salto.

–Muchísimas gracias –dijo mientras se dirigía a la puerta–. Te estamos muy agradecidas.

Salieron. Cuando estaban en medio del camino de entrada, se volvieron la una hacia la otra y chocaron las manos. Sus manos de octogenarias resonaron con fuerza en medio del silencio de la mañana.

Le habían engatusado. Le habían tomado el pelo dos ancianas, y no podía hacer nada al respecto. Pero mientras se alejaban en su coche pensó que se había deshecho de ellas fácilmente. Fue a entrar en casa y entonces vio que una furgoneta de correos paraba en el camino de entada. Se bajó de ella una joven con coleta.

–¿El señor Boylan?

–Sí.

–Traigo una carta certificada. Tiene que firmar.

–Claro.

Garabateó su nombre y tomó la fina carta.

–Que tenga un buen día –dijo la cartera al volver a montarse en la furgoneta.

Él asintió con un gesto.

El remite era de un laboratorio médico de las afueras de Sacramento. Dentro estaba la información sobre Carter.

Entró en casa y se quedó junto a la puerta. Por un segundo pensó en no abrir el sobre. De buena gana habría pasado una larga temporada sin saberlo. Pero ya lo sabía. Se lo decían las tripas, y quizá también el corazón. Había montones de pistas y de evidencias materiales. El informe solo confirmaría lo que ya sabía.

Rasgó el sobre y sacó la hoja de papel. Después de leer los resultados, entró en su despacho, guardó la carta en un cajón y volvió a salir a la terraza.

El sábado por la tarde, Felicia entró en la cocina sin saber qué quería hacer para la cena. Tenía un montón de ingredientes, pero ignoraba cómo combinarlos. Tal vez pudiera buscar algo en Internet.

Pero su búsqueda de inspiración se cortó en seco cuando vio varios platos sucios en la encimera, junto con un paquete de pan abierto y un tarro de mantequilla de cacahuete. El cuchillo sobresalía del tarro y la mitad de las rebanadas del paquete de pan estaban desperdigadas por la encimera. Dos habían caído al fregadero.

Gideon había salido a hacer unos recados, así que el responsable solo podía ser Carter. Aunque no era perfecto (casi todas las mañanas dejaba tirada su ropa sucia sobre la cama en vez de meterla en el cesto que le había dado Felicia), por lo general era bastante ordenado y considerado. No era la primera vez que se preparaba la merienda y nunca había dejado la cocina tan sucia.

Una sensación de inquietud embargó a Felicia. Algo pasaba y no sabía qué. Ni siquiera habría podido decir por qué estaba tan segura de que había algún problema.

Echó a andar por el pasillo, hacia la habitación de Carter. La puerta estaba entornada. Llamó al entrar. El chico estaba sentado delante de su portátil, recostado en la silla. Tenía los pies sobre la mesa y estaba jugando a un videojuego en el que había que disparar a alienígenas de piel morada.

—Carter —comenzó a decir.

—Un segundito —se torció en el asiento para hacer unos cuantos disparos más.

Felicia notó que su estilo al disparar era muy ineficaz. Malgastaba mucha energía y erraba la mitad de los disparos.

—Carter —repitió—, necesito hablar contigo.

Exhaló un suspiro, paró el juego y se volvió para mirarla. Sus pies golpearon el suelo con un ruido sordo.

—¿Qué?

Felicia no había advertido hasta entonces cuánto información podía contener una sola palabra. Y toda ella mala. Sintió por un segundo que era una intrusa, que debía disculparse y salir de allí. Aquel malestar, la sensación de no encajar, estuvieron a punto de hacerla retroceder. Entonces se acordó de la cocina.

—Te has hecho un sándwich hace un rato.

—¿Y qué? Tenía hambre. ¿Qué pasa? ¿Es que no puedo comer? ¿Quieres matarme de hambre?

Felicia repasó dos veces aquellas palabras y no encontró relación alguna entre sus palabras y las de él.

—Estoy diciendo que has dejado la cocina sin recoger.

—Ah, eso —se volvió hacia el ordenador y volvió a empuñar el mando.

—Carter...

—¿Qué? —no se molestó en volverse.

Felicia comenzó a irritarse.

—Carter, te estoy hablando.

—Ya me he dado cuenta. Somos las dos únicas personas que hay en la habitación. A no ser, claro, que quieras mantener una conversación con la cama —se rio.

—No tengo motivos para hablar con la cama —repuso Felicia, y entonces se dio cuenta de que había vuelto a despistarla. Una artimaña excelente, se dijo con cierta admiración. De modo que aquello era tratar con un adolescente. Carter se había mostrado siempre tan amable y educado que había dado por sentado que jamás se pondría difícil. Un error por su parte. Quizá solo había estado habituándose a su nuevo entorno y ahora que se sentía más cómodo podía comportarse como un chico normal de su edad.

—Por favor, deja el mando y mírame.

Carter exhaló otro profundo suspiro, pero obedeció. Levantó las cejas.

—¿Qué?

—Has dejado la cocina hecha un asco.

—¿No hemos tenido ya esta conversación?

—No estaba zanjada. Tienes que ir a recogerlo todo.

—Claro —se volvió de nuevo hacia el ordenador.
—Ahora. Tienes que ir ahora.
Se giró hacia ella tan bruscamente que Felicia casi temió que saliera disparado de la silla.
—¡No me digas lo que tengo que hacer! —gritó—. ¡Tú no eres mi madre! —se levantó y se acercó a ella.
No había nada de amenazador en sus movimientos, y sin embargo Felicia intuyó que esa era su intención.
—No tengo que hacer lo que me digas —añadió agresivamente—. ¡No eres mi madre!
Felicia dio un paso atrás, no porque tuviera miedo, sino porque se sintió como si la hubiera abofeteado. Se habían llevado bien desde el primer día. Se daban un abrazo todas las noches, antes de que Carter se fuera a la cama. Salían juntos por ahí. Se preocupaba por él.
¿Había sido todo una farsa? ¿Un modo de ganarse su confianza? Pero, si así era, ¿qué pensaba ganar fingiendo afecto por ella?
—Repetir un dato que ya conocemos los dos no va a aumentar su importancia —dijo con calma—. La naturaleza de nuestra relación tiene muy poco que ver con cómo te comportas en esta casa. Somos una unidad familiar, aunque sea un tanto heterogénea. Cada uno de nosotros tiene responsabilidades para con los demás. Hay normas y cosas a tener en cuenta. Una de ellas es que no se deja la cocina desordenada. Vas a ir a recogerla inmediatamente.
La miró con enfado, los ojos oscuros brillantes de emoción. Felicia no sabía qué iba a hacer, pero pasados unos segundos pasó a su lado. Lo oyó entrar en la cocina y un instante después escuchó el golpe de los armarios y de la puerta de la nevera al cerrarse.
Ignoraba a qué había venido aquel arrebato de furia, aquella actitud. Sintió una opresión en el pecho y de pronto comprendió que estaba a punto de llorar. Comprendió instintivamente que no podía permitir que Carter lo viera o se diera cuenta.

Recorrió rápidamente el pasillo. Su dormitorio estaba al otro lado de la casa. Se dejó caer en la cama y procuró aquietar su respiración. Pero era demasiado tarde para detener las lágrimas. Inundaron sus ojos y se derramaron por sus mejillas. El dolor que sentía en el corazón la embargó por completo. Se sintió traicionada y dolida y muy, muy pequeña. Como si ya no pudiera defenderse.

Y aunque no acertara a decir por qué, comprendió que Carter estaba en el origen de aquel sentimiento.

Gideon supo que algo iba mal en cuanto entró en casa. El ambiente había cambiado. Si hubiera estado en el otro lado del mundo, habría sacado su pistola y se habría preparado para una emboscada. Allí, sin embargo, solo podía moverse con sigilo y prepararse para lo que fuera a pasar.

Cruzó la cocina, pero allí todo parecía en orden. Unas cuantas migas en la encimera, pero nada fuera de lo normal. Se detuvo sin saber qué hacer. Se encaminó al cuarto de Carter y luego cambió de idea y entró en el suyo.

Felicia estaba sentada en la cama. Al principio no entendió su postura. Tenía los hombros hundidos, ella que siempre se mantenía erguida. Luego levantó los ojos y vio que estaba llorando.

Se descubrió tirando de ella y abrazándola con fuerza. Felicia se aferró a él, acongojada. Gideon le acarició el pelo y la espalda.

—¿Qué ha pasado? —preguntó—. ¿Te encuentras mal?

—No —logró decir con voz ahogada—, estoy bien. O debería estarlo —sorbió por la nariz y dio un paso atrás—. Es Carter. Nos hemos peleado —se alejó—. Eso ha sido: una pelea. Es la primera vez que me peleo con alguien. Es horrible. ¿Cómo es posible que la gente lo haga constantemente? ¿No les afecta? Se ha preparado un sándwich y lo ha dejado todo por el medio. El pan, la mantequilla de cacahuete. No suele hacerlo, así que me ha extrañado. He ido

a verlo para pedirle que fuera a recogerlo y... –hizo una pausa y le tembló el mentón.
—¿Y?
—Me ha gritado. Me ha dicho que no soy su madre y que no puedo decirle lo que tiene que hacer. Me ha mirado de un modo... –se echó de nuevo a llorar–. Creía que nos llevábamos bien. Que le gustaba.

Gideon volvió a abrazarla.
—Claro que le gustas.
—Tú no lo has visto. Estoy intentando convencerme de que tiene trece años y son las hormonas, o puede que me esté poniendo a prueba para ver si me pongo de su parte pase lo que pase. Espero que sea una de esas cosas, pero no creía que fuera a dolerme tanto.

Gideon siguió abrazándola, consciente de que no podía decir nada para tranquilizarla. Pero podía intentar entender mejor lo ocurrido.
—Voy a hablar con él.

Felicia asintió.
—Supongo que uno de los dos tiene que hacerlo, y creo que yo no puedo ahora mismo.

Gideon estaba a mitad del pasillo cuando vio la puerta de entrada a la casa por el rabillo del ojo. Sería muy fácil marcharse. Escapar. Echar a correr monte arriba o meterse en el coche y desaparecer. Dejar atrás toda aquella zozobra. Una solución sencilla que no resolvería un problema real. Porque la carta que había recibido dos días antes afirmaba que, por más que intentara alejarse o esquivar su responsabilidad, Carter seguiría siendo hijo suyo.

Entró en su despacho y sacó el sobre del cajón. Cuando llegó al cuarto de Carter, lo encontró tumbado en la cama, mirando el techo.
—Vete –le dijo al entrar.
—Ni lo sueñes, chaval –acercó la silla del escritorio a la cama y se sentó.

Él había sido adolescente, aunque no lograra recordar

aquella etapa de su vida. Durante su cautiverio había hecho todo lo posible por olvidarse de todo el mundo y de cuanto había conocido.

Pero ahora, al mirar a su hijo, ignoraba como conectar con él. No tenía anécdotas divertidas que contarle sobre su pasado. Lo había olvidado todo sin pensar que, si sobrevivía, tal vez tuviera que pagar por ello.

–¿Vas a seguir comportándote como un idiota o has acabado ya? –preguntó tranquilamente.

Carter se sentó y lo miró fijamente.

–¿De qué me hablas?

–No finjas que no lo sabes. Felicia es la más lista de esta casa, pero los demás no somos tontos. ¿Qué es lo que pretendes? ¿Es que herir a alguien que se preocupa por ti te hace sentir más hombre?

Carter dio un respingo.

–¿Está enfadada?

–Está llorando.

El último vestigio de arrogancia se desvaneció, dejando atrás a un niño asustado y avergonzado.

–Lo siento.

–No me lo digas a mí.

Carter bajó la cabeza.

–Me he portado mal con ella –carraspeó–. No sé por qué lo he hecho. Me cae muy bien Felicia, en serio. Es guay, ¿sabes? Siempre tan amable y tan interesante.

Gideon buscó las palabras adecuadas para explicar lo que estaba ocurriendo. El problema era que entendía tan poco a Carter como a las ancianas que habían invadido su hogar un par de días antes. Lo único que sabía con certeza era que Felicia estaba dolida y que quería que se sintiera mejor. Y que su hijo estaba confuso y él tenía que ayudarlo.

Carter asintió con un gesto.

–Ya lo entiendo. La estoy poniendo a prueba, ¿verdad? Para asegurarme de que va a estar ahí. Es tan paciente y comprensiva... Quiero que esto funcione. Quiero que os caséis y eso, pero ¿y si no es así? ¿Y si se marcha?

Gideon se levantó y estuvo a punto de marcharse antes de darse cuenta de lo que hacía. Por suerte, Carter estaba tan concentrado intentando no echarse a llorar que no se dio cuenta.

−¿Casarnos? −preguntó con voz rasposa.

Él no podía casarse. No podía. Imposible. Carter lo miró.

−Claro. A ti te gusta ella, y a ella se le pone una cara muy graciosa cuando está contigo. Así yo tendría un hogar estable. Pero si no os casáis, al final ella se marchará. Porque, hombre, está como un tren. Si no te das prisa, te la quitará otro.

−¿Te has peleado con Felicia porque crees que va a empezar a salir con otro?

Carter esbozó una sonrisa.

−No. Porque no quiero que se marche.

−Yo tampoco quiero.

Su sonrisa se hizo más amplia.

−Genial.

−No, genial no. En absoluto. Lo que pase o deje de pasar con Felicia no cambia lo que has hecho. Y tampoco cambia esto −se sacó el sobre del bolsillo de atrás y lo dejó sobre la cama−. Los resultados de las pruebas de ADN. Vas a tener que aguantarte conmigo, chaval.

Carter se quedó mirando el papel, pero no lo tocó.

−¿Eres mi padre?

−Ajá. Lo cual no es una sorpresa para nadie. Voy a hablar con un abogado para saber qué pasos hay que dar para hacerlo oficial. Habrá que hacer algún trámite legal. Puedes conservar tu apellido. Es el que has tenido siempre y además es un vínculo con tu madre.

Carter acercó la rodilla al pecho y tocó el sobre.

−Eso último te lo ha dicho Felicia, ¿a que sí?

−Sí. Dijo que era importante para ti conservar tu identidad. O que al menos tenías que ser tú quien lo decidiera.

Tenía más cosas que decir, pero Carter ya había echado a correr por el pasillo. Gideon lo siguió más despacio. Los encontró en medio del dormitorio. Carter se estaba disculpando, retorciéndose las manos. Felicia lo dejó acabar y luego se encogió de hombros.

–Tenemos que establecer una serie de normas y sus consecuencias.

–En eso puedo ayudarte yo –dijo el chico, muy serio–. Siento haberte molestado –se enjugó las lágrimas–. De verdad.

–Lo sé.

Carter sorbió por la nariz.

–Gideon es mi padre.

–¿Y te sorprende? –preguntó ella.

–No, pero está bien saberlo con seguridad.

–Sí, una confirmación puede ser muy tranquilizadora.

Carter comenzó a reírse. Gideon esperaba que la abrazara, pero el chico dio media vuelta y le tendió un brazo. Tiró de Felicia y se abrazaron los tres un buen rato.

Gideon comprendió de pronto lo que había querido decir Dickens acerca de los mejores momentos y de los peores. De pronto se echó a reír.

–¿De qué te ríes? –preguntó Carter.

–Felicia –la miró–, eres una influencia peligrosa.

Ella sonrió.

–Intento utilizar mis poderes únicamente para hacer el bien.

Capítulo 18

–No os lo vais a creer –dijo Isabel, tomando un nacho.

Felicia mojó un nacho en el guacamole y esperó la noticia.

Comer con sus amigas era siempre divertido e interesante, pensó. Gastaban muchas bromas y tenía la sensación de que había verdadero cariño y comprensión entre ellas. Hacía apenas unos meses era una extraña en el pueblo, pero ahora había echado raíces. Tenía un trabajo que le encantaba, amigas con las que salir, un hombre guapísimo en la cama y un vínculo cada vez más fuerte con un adolescente. No sabía qué le sorprendía más de todo aquello. Nunca había esperado ser tan feliz, pero lo era.

Patience sonrió a Isabel.

–Seguro que no, así que cuéntanoslo de una vez.

Isabel meneó su nacho.

–He recibido un e-mail de mis padres, que están muy cerca de Hong Kong, por cierto, y han alquilado el apartamento de encima del garaje. Así como así. Me dicen que el inquilino se mudará a fines de esta semana y que si por favor podía llamar a una empresa de limpieza y ventilar el apartamento.

–¿Quién es el inquilino? –preguntó Noelle.

–No tengo ni idea.

–Podría ser un asesino en serie –dijo Charlie alegremente. Estaba morena y relajada después de que exótica luna de miel.

–Gracias –contestó Isabel con una mueca–. No puedo creer que no me hayan pedido que hable con él. O que por lo menos nos conozcamos.

–Si te mata mientras duermes, se sentirán muy culpables –comentó Noelle–. Lo digo para que te sientas mejor, aunque no me haya salido exactamente como esperaba.

–No sé por qué, pero te entiendo –repuso Isabel, y mordió su nacho.

–Entiendo tu punto de vista –le dijo Patience–. El apartamento está tan cerca de la casa que vas a ver mucho a tu nuevo inquilino.

–No, si solo sale por las noches –señaló Charlie.

–Que alguien le dé una patada –repuso Isabel.

–Yo soy la que está más cerca y la más capacitada para eso –dijo Felicia con una sonrisa–, pero no quiero hacerle daño a Charlie.

–Gracias –su amiga sonrió–. Porque, de todas las que estáis aquí, creo que eres la única que podría conmigo –miró a Consuelo–. Bueno, aparte de ti. Aunque seas bajita.

Consuelo le guiñó un ojo.

–La gente me subestima constantemente por ser bajita. La verdad es que eso le quita interés al asunto, pero siempre disfruto llevando ventaja.

Jo apareció con una gran bandeja.

–Hora de comer, chicas. Apartad las cosas.

Se repartieron las ensaladas, las hamburguesas y los tacos. Felicia tomó su ensalada de pollo con salsa barbacoa y se preguntó qué pensaría Carter de aquel sitio. Pensó que le haría gracia que el televisor emitiera constantemente programas de telerrealidad y que el local estuviera pintado de colores favorecedores para el cutis femenino. Llevaba un par de días en casa, resfriado. Se había quedado con él, y les había gustado pasar tiempo juntos.

Desde su gran pelea, unos días antes, todo parecía mucho más calmado. Carter y ella habían puesto por escrito una serie de normas con sus consecuencias si se incumplían. Él había sido extremadamente justo al sugerir castigos, y había ofrecido cosas que valoraba muchísimo.

Por razones que no alcanzaba a explicar, aquel incidente les había unido aún más. Lógicamente, a ella debía preocuparle que volviera a hacerle daño, pero no le preocupaba. Gideon, en cambio, parecía más receloso cuando estaba con ellos. Felicia sospechaba que aún no había asimilado los resultados de las pruebas de ADN. Le costaba establecer relaciones, y ya nunca podría desentenderse de Carter.

–Si de verdad te preocupa tu nuevo inquilino –dijo Charlie al tomar su hamburguesa–, pídele a la policía que compruebe si tiene antecedentes. Suponiendo que sea un tío, claro.

–Las mujeres también pueden ser asesinas –comentó Consuelo.

Noelle le sonrió.

–Lo dices muy alegremente.

–No me gusta discriminar –agarró una patata frita y se volvió hacia Felicia–. A Carter le va de maravilla en clase. Tiene talento.

–Seguramente lo ha sacado de su padre. La clase le está encantando. Y está coladito por ti.

–Ya se le pasará.

–¿Vas a dar clases de defensa personal? –preguntó Patience–. Me encantaría ir.

–Podría hacerlo –dijo Consuelo–. Si creéis que habría gente interesada.

–Esto es Fool's Gold –Isabel puso los ojos en blanco–. Aquí nunca pasa nada peligroso.

–Eso no es cierto –Patience agitó su tenedor–. A Lillie la secuestraron.

Asintieron todas.

–Fue espantoso –comentó Charlie.

—¿Y os acordáis de aquel tipo, después de que abriera Brew-haha? —preguntó Patience.

Consuelo pareció confusa.

—¿Qué tipo?

—Fue genial —le dijo Patience—. Entró un tío con su mujer. Era horrible. Un maltratador. Felicia se acercó a él y le dio su merecido.

Felicia sacudió la cabeza.

—Me limité a inmovilizarlo hasta que llegó la policía, nada más.

—Fue impresionante —dijo Isabel.

Felicia se sintió al mismo tiempo satisfecha e incómoda por el cumplido.

—Me acuerdo de ella —añadió Charlie—. Se llamaba Helen. Abandonó a su marido, se mudó a otro sitio y está empezando de cero. Menos mal.

Tal vez fuera el pueblo, se dijo Felicia, mirando por la ventana. Daba ánimos a la gente para cambiar. Había...

Su cerebro se paró de pronto. Fuera había una mujer paseando a su perro. Lo cual no era raro. La gente sacaba a pasear a sus perros constantemente. Pero... pero...

Empujó la silla y se levantó de un salto.

—¡Se me había olvidado!

La miraron todas.

—¿Qué pasa? —preguntó Consuelo—. ¿Estás bien?

—No. No puedo creerlo. Se me ha olvidado. Hoy es martes.

—¿Se ha dado algún golpe en la cabeza? —preguntó Isabel.

El horror tenía un sabor metálico, pensó Felicia, apenas sin respirar mientras la verdad inundaba su cabeza como una marea. ¿Cómo podía haberlo olvidado?

—Estuve trabajando en ello toda la semana pasada. Lo sabía. Y luego me peleé con Carter y se me olvidó —se quedó mirándolas—. El viernes empiezan las Jornadas Caninas del festival de verano.

–Ah, eso –dijo Charlie, y volvió a tomar su hamburguesa–. Claro. Es el mismo fin de semana todos los años.

–Pero no estoy preparada –chilló Felicia–. ¿Veis alguna decoración? ¿Indicaciones para llegar a las zonas de aparcamiento? ¿Habéis oído algún anuncio en la radio? Se me ha olvidado. Es mi trabajo y se me ha olvidado.

Se metió la mano en el bolsillo, sacó un billete de veinte dólares y salió corriendo del bar. A llegar a la acera se detuvo sin saber qué hacer.

Las calles deberían estar adornadas, pensó frenéticamente. El personal de mantenimiento del Ayuntamiento no podía hacerse cargo de colocarlos porque tenía otras cosas que hacer, pero le habían dado presupuesto para que contratara a estudiantes de instituto y universidad que se harían cargo de colgar los banderines en las farolas. Tenía una lista de tres páginas con todas las cosas que tenía que hacer. Pero en lugar de dedicarse a eso en su despacho, había estado en casa con Carter. Había estado tan concentrada en él que se había olvidado del festival.

Las dudas la atenazaron como las manos peludas de un monstruo. No podía moverse, no podía pensar. «Socorro». Necesitaba ayuda.

Sacó el teléfono del bolso y marcó el número de Gideon.

–Hola –dijo él al contestar.

–Me he olvidado del festival –dijo en voz baja–. Me he olvidado. No sé cómo ha sido. Nunca se me olvida nada. Es dentro de tres días y no estoy preparada.

–¿Qué festival?

–Las Jornadas Caninas del Festival de Verano. Las calles no están decoradas, ni están instaladas las papeleras para los excrementos. Me he quedado en casa con Carter en lugar de ir a trabajar. He salido a comer con mis amigas. ¡Se me ha olvidado! A mí nunca se me olvida nada. Tengo una memoria perfecta –agarró el teléfono con las dos manos. Estaba tan nerviosa que apenas podía respirar.

–Cálmate –dijo Gideon–. ¿Qué necesitas?

—No lo sé. De todo. El festival va a irse a pique.

—No puede irse a pique porque aún no ha empezado. Piensa qué necesitas y vuelve a llamarme. Iré a la emisora y haré que se corra la voz. Tenemos tres días. En tiempo de Fool's Gold, eso es como un mes. Lo conseguiremos.

—Espero que tengas razón —susurró antes de colgar.

Su despacho, pensó. Tenía que ir a su despacho. Se volvió para dirigirse hacia allí y se encontró a todas sus amigas en la acera.

—Estabais comiendo —dijo confusa al verlas allí.

Charlie agitó su hamburguesa.

—Se puede pedir la comida para llevar. Jo refunfuña, pero lo hace.

Patience tocó el brazo de Felicia.

—Tienes problemas. Queremos ayudarte.

Isabel sonrió.

—Hemos oído lo que has dicho por teléfono. Vamos a ir contigo al despacho y nos repartiremos las cosas por hacer. Gideon puede pedir ayuda por la radio. Seguro que se ofrecen un montón de voluntarios.

—Eso me ha dicho —murmuró, perpleja todavía—. Pero no podéis ayudarme. Todas tenéis cosas que hacer.

Noelle meneó la cabeza.

—Nada que no pueda esperar. Nos necesitas. Ya nos devolverás el favor más adelante. No pasa nada.

—Vamos a llamar a Dellina —propuso Isabel—. Todas vimos lo que hizo en la boda de Charlie. Esa chica tiene mucho talento.

—Gracias —dijo Felicia fervientemente—. Estoy tan atónita que no sé por dónde empezar.

—Reconocer que se tiene un problema es siempre el primer paso —comentó Patience, rodeándola con el brazo—. Bueno, vamos a tu despacho. Hay que poner en marcha un festival.

A las seis, Felicia recorrió los pasillos del ayuntamiento. Había telefoneado con antelación y tenía cita con la alcaldesa. Ya había imprimido y firmado su carta de dimisión, aunque no se atrevía a pensar en ella. Cada vez que lo hacía, le dolía el estómago y le entraban ganas de vomitar.

Le gustaba Fool's Gold más que cualquier sitio donde hubiera vivido, y había dejado en la estacada al pueblo. Había hecho mal su trabajo, y solo llevaba dos meses en el puesto. A decir verdad, no sabía qué era más sorprendente: que se hubiera olvidado del festival o que se sintiera tan angustiada. Ignoraba que fuera capaz de sentir tantos remordimientos, tanta mala conciencia.

La puerta de la alcaldesa estaba abierta. No había nadie fuera, así que llamó al marco y entró.

Marsha estaba sentada ante su gran escritorio. Detrás de ella había una bandera de Estados Unidos, otra del estado y otra del municipio. Los grandes ventanales enmarcaban una vista del pueblo. La alcaldesa levantó los ojos y sonrió.

—Ya estás aquí, Felicia. Siéntate.

Se acercó a una silla y se sentó. Puso la carpetilla sobre la mesa y la empujó hacia la alcaldesa.

—Mi carta de renuncia. Siento no habértela traído antes.

La alcaldesa tomó la carpeta, se giró, se inclinó y puso en marcha una máquina. Felicia oyó una especie de zumbido seguido por un crujido de papel.

—Yo creo que no —dijo la alcaldesa al incorporarse—. No vas a librarte de nosotros tan fácilmente.

Felicia negó con la cabeza.

—No hace falta que seas amable conmigo. Lo he hecho fatal. Se me ha olvidado el festival. Estaba tan centrada en mi vida personal que se me ha olvidado. No tengo ninguna excusa, ha sido un descuido. Merezco que me despidas.

—Lo dudo. Además, lo más importante es lo que merece este pueblo. En mi opinión se merece lo mejor y eso, querida mía, eres tú.

Por segunda vez en menos de una semana, Felicia se descubrió intentando contener el llanto.

—No entiendo —dijo mientras pestañeaba rápidamente—. Me he equivocado.
—Eres humana.
—No estaba pensando en el trabajo.
—Estupendo.
—¿Qué?
—Has trabajado demasiado a lo largo de tu vida. Publicaste tu primer artículo científico cuando tenías once años. Te criaste en una universidad y trabajabas en el laboratorio siete días a la semana. ¿Alguna vez te tomaste un día libre? ¿Tuviste vacaciones?

Felicia se quedó pensando.
—Una vez un profesor me llevó a ver el monte Rushmore con su familia.
—Qué encantador. Pero una niña necesita algo más. Y nosotros te necesitamos, Felicia. Necesitamos tu inteligencia y tus capacidades organizativas, pero también necesitamos tu corazón. Te he visto con Carter. He oído cuánto te aprecia. Estás construyendo una familia, y tienes que sentirte muy orgullosa de ello.

Felicia se retorció las manos.
—Por favor, no seas tan amable conmigo. He hecho algo terrible.

La alcaldesa sonrió.
—Lo siento, pero no voy a castigarte. Hace muchos años que aprendí que las palabras ásperas no pueden borrarse y que tienen consecuencias. Desde entonces sopeso siempre lo que voy a decir. Tienes que aprender a aceptar tus defectos y a perdonarte. Un hombre sabio al que conozco me ha dicho lo mismo, y sospecho que tiene razón —sonrió—. Un hombre guapo y además sensato. ¿Adónde iremos a parar?

Felicia ignoraba de qué estaba hablando.
—El festival... —comenzó a decir.
La alcaldesa la interrumpió meneando la cabeza:
—Ven aquí.

Felicia se levantó y se acercó a la ventana. Vieron la calle Cuarta hasta la calle Frank. Allá donde mirara había gente colgando banderines y colocando macetas con flores. Un camión se detuvo en la calle y dos hombres comenzaron a descargar bebederos para perros.

–Dentro de dos días estarán montadas las casetas y empezarán a llegar los feriantes. El desfile de disfraces canino comenzará a tiempo, lo mismo que las exhibiciones y las conferencias. El festival está prácticamente organizado. Solo se te han olvidado algunos adornos para los escaparates.

–Pero es mi trabajo y lo he hecho mal.

–Entiendo. ¿Qué has aprendido de esta experiencia?

–Que no soy infalible. Que me puedo distraer, cosa que no sabía. He aprendido que tengo que revisar mi agenda antes de tomarme un día libre y que... –hizo una pausa, consciente de que la alcaldesa la miraba expectante. Como si ninguna de sus respuestas fuera correcta.

Pensó en cómo se había sentido al darse cuenta de lo que había hecho. Enferma. Pero Gideon había estado allí para ayudarla, igual que sus amigas.

–He aprendido que no pasa nada por pedir ayuda –murmuró.

Marsha le puso una mano en el hombro.

–Exacto. Eres de los nuestros, niña. Y aquí cuidamos de los nuestros –miró su reloj–. Es tarde. Deberías irte a casa con tu familia.

El martes por la tarde comparó su gráfico con la estructura que estaban construyendo en el parque. El festival canino incluía un corral de exhibiciones. Allí se haría el concurso local al mejor perro y distintas exhibiciones caninas. Un ranchero de Stockton iba a llevar a sus perros de pastoreo, y un club de *agility* local haría una exhibición con sus perros. Montana Hendrix-Bradley daría una conferencia sobre perros de ayuda a discapacitados.

—¡Ahí estás!
Felicia se volvió y vio a Pia acercarse a ella con una sonrisa. Había empezado a notársele el embarazo.
—La cagaste —dijo al darle un abrazo—. No sabes cuánto me alegro.
Felicia se quedó quieta, sin saber qué decir. Pia siguió sonriendo.
—Menos mal. No paraba de oír lo fantástica que eres y lo mucho que han mejorado los festivales desde que te has hecho cargo de ellos. Empezaba a acomplejarme. Y ahora descubro que eres humana, así que puedo dejar de odiarte —le dio el brazo—. Bueno, enséñame lo que estás haciendo para que pueda quedarme patidifusa.
Felicia se llevó una mano a la cara.
—Vas a tener que darme un momento para que me centre. Todavía me da vueltas la cabeza.
—Bah. Lo estás haciendo de maravilla —echaron a andar hacia el parque—. Este es uno de mis festivales preferidos. Sabes que no solo se trata de perros, ¿verdad?
—¿Qué quieres decir?
—La gente trae toda clase de mascotas. Y las disfrazan. No habrás vivido de verdad hasta que veas a una pareja de gatos vestidos de boda.
—¿Por qué la gente les hace eso a las mascotas a las que supuestamente quiere? —sacudió la cabeza—. Es igual. Culturalmente, sentimos el impulso de darle a todo apariencia antropomorfa, desde los coches a los animales. Nunca he sabido si es porque creemos que somos la mejor especie o porque nos gusta tanto comunicarnos que queremos fingir que todas las criaturas que nos rodean saben hablar. Me pregunto si habrá estudios sobre el tema. Sería una cuestión de estudio muy interesante —se dio cuenta de que se habían parado y Pia estaba mirándola.
—Qué rara eres —comentó—. Pero aun así me caes bien. Reconozco que me resistía a dejar mis festivales en manos de otra persona, pero tú eres la elección perfecta.

—Solo lo dices porque la he pifiado.
Pia se rio.
—En parte sí. Cuando me di cuenta de que ya no podía seguir haciendo ese trabajo, fui a hablar con Marsha. Hicimos cada una un listado con cinco personas que creíamos que podían hacerlo bien. Tú figurabas en el primer puesto de ambas listas.
—Pero si no me conocías.
—Había oído hablar de ti. Pregunté por ahí —echó a andar otra vez—. Bueno, enséñame dónde va a ser la exhibición de iguanas.
Felicia pestañeó.
—¿Va a haber una exhibición de iguanas?
Pia sonrió.
—Era una broma. Es tan fácil que piques... Pero da la casualidad de que sé que el puesto de los gofres está ya montado. Vamos a comernos uno.

Gideon y Carter iban paseando por el centro del pueblo. Las aceras estaban atestadas de gente. Estaba a punto de empezar el desfile canino. Carter miró a la gente que se agolpaba a su alrededor, acompañada por sus mascotas.
—Pensaba que era un festival canino —dijo—. Esa señora de ahí lleva un conejo.
—Es una cosa del pueblo.
—Nunca había visto un sitio como este —comentó Carter—. Es raro, pero agradable. Felicia me ha dicho que en el próximo festival a un tío le arrancan el corazón.
—Seguro que lo decía en sentido figurado.
—¿Quieres decir que no habrá sangre?
—Lo siento, pero ni siquiera usan un cuchillo de verdad.
—Qué rollo —Carter le sonrió—. Sería una amenaza estupenda para usarla todo el año.
—¿Saca la basura o te apunto para que te arranquen el corazón de cuajo?

–Exacto.
–No sabía que fueras tan sanguinario.
Seguían riéndose cuando se les acercó Eddie. Llevaba un chándal de color verde manzana. Se acercó a toda prisa con expresión decidida.
–La semana que viene nos dan nuestras camisetas de bolos –anunció–. He visto una muestra y van a ser estupendas. Son de color fucsia.
Gideon la miró con sorpresa.
–¿No se suponía que tenía que darles el visto bueno?
Ella meneó la mano.
–Son muy bonitas. Te van a encantar –sonrió astutamente–. Me he tomado la libertad de pedir un par de más. Una para ti y otra para Carter.
–Qué guay –dijo Carter–. Gracias.
–De nada –miró a Gideon–. Es un jovencito muy simpático. Deberías comprarle un perro.
Y sin más se marchó.
Carter miró a su padre.
–¿Un perro?
–No.
–Pero un niño necesita un perro.
–¿Lo teníais planeado?
–No. Es la primera vez que veo a esa señora en toda mi vida.
–Vas a tener que conformarte con una camiseta de bolos. Son de color rosa, por cierto.
–Ha dicho que eran fucsia.
–¿Sabes qué color es el fucsia?
–No.
–Es rosa.
–Respecto a lo del perro... –comenzó a decir Carter.
Por suerte doblaron una esquina y Gideon vio a Ford delante de ellos. Saludó con la mano a su amigo, que se acercó a ellos.
–¿Has visto a mi madre? –preguntó, mirando hacia atrás.

–No. Carter, este es Ford Hendrix. Ford, mi hijo Carter.
–Hola –dijo Ford tendiéndole la mano–. Encantado de conocerte –miró a su alrededor–. Está aquí.
–¿Quién?
–Mi madre. Quiere buscarme novia.
Gideon se acordó de la caseta de la feria del Cuatro de Julio.
–Ya. Estaba aceptando solicitudes. ¿Qué tal va ese asunto?
Ford lo miró con enfado.
–Si no hubiera un jovencito presente, te diría exactamente lo que opino al respecto.
–No me importa que digas palabrotas –le dijo Carter–. Las he oído todas. ¿Por qué no quieres casarte?
–Es una larga historia.
–¿Estás enamorado de alguien? Porque, si no, Felicia es alucinante. Está como un tren y además sabe cocinar y es muy organizada.
Gideon lo miró con cara de pocos amigos.
–¿Qué dices?
Carter se encogió de hombros.
–Felicia quiere tener una familia. Me lo ha dicho ella. Y si tú no quieres casarte con ella, papá, tienes que quitarte de en medio y dejar que otros lo intenten. Es un bombón. No para mí, porque es como mi madrastra, pero Reese opina que está buenísima.
Ford dio unas palmaditas a Gideon en el hombro.
–Bueno, hermano. Veo que tienes problemas más graves que los míos. Qué alivio. Buena suerte –comenzó a alejarse y luego se dio la vuelta–. Deberías comprarle un perro.
Carter sonrió de oreja a oreja.
Gideon deseó de pronto darle una paliza a su amigo y castigar a Carter durante un año.
–Felicia puede buscarse novio ella sola.
–No va a salir con otro mientras esté contigo. Aunque

también puede ser que estés enamorado de ella. Pero a mí no tienes que decírmelo, claro –añadió–. Solo soy un niño.

Gideon comenzó a decir que no estaba enamorado de Felicia, que nunca iba a estar enamorado de nadie. Que no podía. Amar equivalía a debilitarse. Pero eso Carter no lo entendería.

–Hacéis muy buena pareja –comentó su hijo–. Si te preocupa que me enfade porque con mi madre no te casaste, no te preocupes, que no me enfadaré. Te lo prometo.

–Me alegra saberlo.

El domingo por la tarde, Carter y Reese estaban tumbados en la hierba, en el jardín delantero de la casa de Reese.

–No estoy haciendo progresos –reconoció Carter, mirando el cielo azul–. Gideon sigue sin hacer nada.

–¿Seguro que no ha dicho que la quería? –preguntó su amigo.

–Sí, seguro. Prácticamente se lo pregunté y no me contestó.

–Puede que no quiera hablar de sus sentimientos. Mi padre nunca lo hace.

–No creo que sea tan sencillo. No le hizo ninguna gracia que le dijera a Ford que intentara emparejarse con ella, pero tampoco dijo que no.

Reese se incorporó.

–Bueno, tengo una idea más, pero es arriesgada. Y podríamos meternos los dos en un buen lío.

–Estoy dispuesto a arriesgarme con tal de que estén juntos. Cuéntame esa idea.

Felicia no recordaba haber estado nunca tan cansada, salvo quizá después del último festival. Se había pasado los tres días anteriores sin parar de correr de acá para allá, desde las seis de la mañana hasta medianoche. Eran casi las diez del domingo por la tarde y apenas conseguía mantener los ojos abiertos.

—Gracias por venir a recogerme –dijo, intentando no bostezar.

—Sé lo largos que son los días –repuso Gideon mientras subían en coche por la montaña–. Por la mañana iremos a buscar tu coche.

Ella se apoyó contra la puerta y cerró los ojos.

—No me preocupa el coche. Nadie va a robarlo.

—¿Ya has sucumbido al encanto pueblerino?

—Ajá.

Sintió que empezaba a adormecerse. El sonido del coche era sedante, y estar con Gideon siempre la hacía sentirse segura. Dormir, pensó soñolienta. Necesitaba dormir.

—Conoces a Ford Hendrix, ¿verdad?

—¿Qué? –abrió los ojos–. Claro. Desde hace mucho tiempo. Es amigo de Justice. Era un SEAL, pero no se lo reprochamos.

—¿Nunca has salido con él?

—No. Ford entra dentro de la categoría de hermanos. No tanto como Justice, pero casi. Su madre está intentando buscarle esposa. Creo que no le entusiasma mucho la idea.

—Entonces, si quisiera salir contigo, ¿no te interesaría?

Aquello la sorprendió.

—No. Qué pregunta tan extraña. Ford y yo somos amigos –el único hombre con el que se imaginaba era Gideon. La sola idea de intentar intimar con otro la hacía sentirse incómoda.

Sentía apego por él, como si fueran pareja, pensó. No estaba segura de que fuera lo mismo que el amor, pero era un paso en el buen camino. Otro signo de normalidad, se dijo alegremente. Ojalá pudiera saber lo que sentía por ella.

—¿Crees que deberíamos comprarle un perro a Carter? Hoy me lo han dicho un par de personas.

—Hay muchas razones para tener un perro en la familia.

Enseñan responsabilidad y demuestran lealtad. ¿Carter quiere uno?
—Ha dicho que sí.
—¿Y tú?
—No estoy seguro.
Llegaron a casa. Felicia salió del coche y echó a andar hacia la puerta. La noche era oscura y apacible. Oyó a lo lejos el ulular de un búho.
—No hay luz en casa —comentó mientras Gideon abría la puerta—. ¿A qué hora iba a traer Kent a Carter?
—Sobre las nueve. Eso me dijo Carter. Puede que ya se haya acostado.
—Sería la primera vez. Siempre nos espera levantado.
Pero no estaba en el cuarto de estar. Felicia se espabiló de golpe. Un miedo irracional se había apoderado de ella.
—¿Carter? —gritó, corriendo a su cuarto.
—No está en la sala de la tele —gritó Gideon desde abajo.
Tampoco estaba en su habitación, pero había dejado una nota sobre la mesa.

Gideon y Felicia:
Me he escapado. Estoy solo en el mundo. Es un sitio peligroso. ¿Quién sabe qué puede pasarle a un chico de mi edad? Seguramente deberíais venir a buscarme.

Capítulo 19

La policía de Fool's Gold tardó menos de una hora en montar un puesto de mando. Mientras Gideon esperaba a que llegaran Ford, Angel y Justice, Felicia trasladó su ordenador al comedor. La policía podía estar oficialmente al mando de la operación de búsqueda, pero era ella quien iba a dirigir la función.

Algo le pasaba a su ordenador. Las teclas no respondían. Tardó un segundo en darse cuenta de que temblaba tanto que no las pulsaba bien. Se hundió en la silla y se tapó la cara con las manos.

No podía hacer aquello, se dijo, llena de miedo y de impotencia. No podía sentir lo que sentía. A su alrededor, los policías hablaban por teléfono y gritaban instrucciones, y ella solo podía pensar en que Carter se había escapado.

¿Había hecho algo mal?, se repetía una y otra vez para sus adentros. Esperó una respuesta lógica o una frase en latín, pero solo encontró miedo y la certeza de que sería capaz de hacer cualquier cosa para que Carter regresara a casa sano y salvo.

Alguien le apartó las manos de la cara.

—Llevan diez minutos fuera —dijo Gideon con el semblante tenso y decidido, agachándose delante de ella.

—¿Justice y los chicos?

—Sí. Confío plenamente en ellos.

Intentaba que se sintiera mejor. Felicia deseó que fuera posible.

—Tenemos que encontrarlo.

Gideon se irguió.

—Lo encontraremos. Voy a pedir un helicóptero con cámara térmica.

Se refería a las cámaras que diferenciaban diversas temperaturas desde decenas de metros de altura.

—Puede que más adelante. Primero tenemos que intentar encontrarlo a la manera de siempre —la alcaldesa Marsha se acercó a ellos. Tomó la mano de Felicia y se la apretó—. Sé que esto es muy duro para vosotros.

—Se ha escapado —dijo Felicia, atónita todavía—. Se ha escapado porque he hecho algo mal.

—No creo que ninguno de los dos tengáis la culpa —repuso la alcaldesa—. Vamos a pensar en esto desde el punto de vista de Carter. Es un chico de trece años cuya vida ha dado un vuelco absoluto. Perdió a su madre hace un año. Hace tres meses el hogar donde estaba se disolvió y comprendió que iba a quedar en manos de los servicios sociales. Tuvo que encontrar a su padre, llegar a Fool's Gold él solo y empezar de cero. Demasiadas cosas para cualquiera, pero para un chico de su edad...

Felicia asintió.

—Tienes razón. Pero lo hizo. Lo hizo todo —miró a Gideon—. Es tan fuerte... Creo que eso lo ha sacado de ti.

Gideon levantó las manos y dio un paso atrás.

—¿Tenemos que hablar de eso ahora?

—No, tienes razón. Tenemos que encontrar a Carter.

—¿Se ha llevado su bici? —preguntó la alcaldesa.

Gideon negó con la cabeza.

—Está en el garaje, con las otras dos.

—Bien, entonces viaja a pie —Marsha sonrió y soltó la mano de Felicia—. No puede haber ido muy lejos.

—A no ser que se haya montado en algún coche —Felicia se llevó una mano a la boca—. ¿Y si lo han raptado?

—Ha dejado una nota diciendo que se iba —le recordó Gideon—. No lo han raptado.

—Estoy de acuerdo —la alcaldesa respiró hondo—. A los chicos les encanta explorar. Hay muchísimos senderos en las montañas. Cuevas y viejas chozas. Tenemos mucho terreno que cubrir. Ya he avisado a Max Thurman. Dos de sus perros más veteranos trabajaban antes para la Agencia Antidroga. Están entrenados para encontrar cosas sirviéndose del olfato. Quizá puedan ayudarnos a localizar a Carter —suspiró—. En este pueblo nos hace mucha falta un equipo de búsqueda y rescate. Tendré que incluirlo en los presupuestos del año que viene. Pero lo primero es lo primero. Vamos a encontrar a vuestro hijo.

Se abrió la puerta de la casa y entraron Justice, Angel y Ford. Iban vestidos de negro y llevaban mochilas. Felicia corrió hacia Justice, que la abrazó.

—Vamos a encontrarlo —dijo su amigo—. Te lo prometo.

—Quiero creerte —repuso ella—. Nunca he buscado a un niño. No estoy segura de por dónde empezar.

Patience entró en la casa y se acercó a ella apresuradamente.

—Vamos a empezar llamando a sus amigos y hablando con sus padres.

—Ya lo he hecho —dijo Felicia, aliviada por no haber perdido el tiempo en una tarea inútil—. He hablado con todos, menos con Kent. No contesta a su móvil. Le he dejado un mensaje. Los demás padres, ninguno ha visto a Carter —se mordió el labio—. ¿Por qué lo habrá hecho?

—Eso déjalo para después —dijo Patience con firmeza, llevándola al comedor—. Primero tenemos que encontrarlo.

Felicia asintió mientras intentaba contener las lágrimas.

Llegaron más agentes de policía y comenzaron a dividirse en equipos. La jefa de policía Barns señaló a Felicia.

—Tú te quedas aquí.

—De eso nada —contestó Gideon antes de que Felicia pu-

diera decir nada–. Viene conmigo. Es tan capaz como cualquiera de los presentes y conoce a Carter mejor que nadie.
—Gracias —le dijo ella.
Él le rodeó los hombros con el brazo.
—Sé que estás asustada. Yo también. Cuando lo encontremos, voy a encerrarlo en un cobertizo hasta que cumpla dieciocho años.
Ella logró esbozar una sonrisa.
—Ojalá.
Gideon apretó los dientes.
—Maldito crío. Está bien. Reconozco que lo del cobertizo es un poco drástico, pero habrá que castigarlo. Esto es una irresponsabilidad.
—Lo sé. Y eso es lo que más me sorprende. Carter es muy maduro. Ojalá entendiera qué está pasando.
Se abrió la puerta y apareció bruscamente Kent Hendrix.
—¿Dónde está? ¿Dónde está mi hijo?
A Felicia se le encogió el estómago.
—¿No está en casa?
—Me ha dejado una nota diciendo que se quedaba aquí esta noche. Al principio no le di importancia. Hasta que oí tu mensaje.
Ford se acercó a su hermano.
—¿Reese también ha desaparecido?
La jefa de policía Barns gruñó:
—Está bien, chicos —les dijo a los miembros de su equipo—. Estamos buscando a dos chicos y podría haber más.

—Se han puesto en marcha —dijo Carter, observando la pantalla de su portátil. Le había costado algún trabajo, pero había conseguido conectarlo al GPS del teléfono móvil de Felicia un par de días antes, de modo que podía seguir sus desplazamientos.
Estaban tendidos en sus sacos de dormir, en las cuevas

del rancho Castle. Tenían linternas, una nevera, una batería de repuesto para el ordenador y una antena wi-fi portátil. El problema era mantenerse lo bastante cerca de la entrada de las cuevas para recibir señal, pero lo bastante lejos para que no los vieran.

Por suerte, la única persona que entraba en las cuevas era Heidi Stryker, que las usaba para que madurara su queso de cabra. Pero según Reese, solo se pasaba por allí cada dos días, y el sitio que usaba estaba al otro lado de la entrada. Para evitarla, se habían dirigido hacia el norte, en lugar de hacia el sur al llegar a la bifurcación.

Reese se tumbó de espaldas y tomó una barrita energética de frutas. Abrió el paquete y cortó un trozo.

—¿Crees que van a enfadarse mucho?

—Muchísimo —dijo Carter mientras observaba cómo se movía el puntito rojo en la pantalla—. Ya has oído la radio de la policía. Ha salido medio pueblo a buscarnos.

—¡Cómo mola!

—Tú no tenías por qué hacerlo —le recordó Carter—. Podrías haberte quedado en casa.

—¿Y que te divirtieras tú solo? Qué va. Además, cuando Gideon y Felicia se casen, te quedarás aquí para siempre. Y dentro de dos años iremos al instituto y nos ligaremos a todas las chicas.

Chocaron los puños y cruzaron los dedos.

Los equipos de búsqueda partieron del parque Pyrite. En cada uno de ellos había un miembro de CDS. Consuelo se había unido a ellos, de modo que contaban con un profesional más para ayudar a la gente del pueblo. Gideon no sabía qué pensar de la cantidad de gente que había acudido a ayudar. Hasta Eddie y Gladys se habían presentado para colaborar en la búsqueda.

Gente que no conocía se acercaba a él y le palmeaba la espalda diciéndole que no se preocupara, que encontrarían a los niños. Se sentía aturdido, casi desconectado de todo aquello. Le molestaba que se hubiera armado aquel revuelo, pero era necesario, se recordó. Tenían que encontrar a Carter.

No lograba entender por qué se había marchado el chico. Naturalmente, le había costado aclimatarse, pero habría jurado que las cosas iban bastante bien. Carter sabía que él era su padre y que no iba a tener que marcharse. Felicia hacía que se sintieran como una familia. ¿Qué más quería Carter?

—Vamos a avanzar siguiendo una cuadrícula —dijo la jefa Barns a través del megáfono—. También hay un par de zonas más alejadas que queremos revisar. Justice, lleva a tu equipo por el camino que hay junto a la casa de Gideon. El campamento de verano... Consuelo, ¿puedes ir tú allí? Asegúrate de que en tu equipo haya un padre que tenga algún hijo en el campamento.

Gideon se paseaba de un lado a otro, esperando a que les asignaran una misión. Seguía teniendo la insidiosa sensación de que había pasado algo por alto. De que el porqué de todo aquello estaba delante de sus narices y no lo veía.

—Deberíais ir a mirar en las curvas que hay junto al rancho Castle —le dijo a Felicia la alcaldesa Marsha—. Si yo fuera un niño, iría allí.

—¿Cuevas? —preguntó Felicia en tono agudo—. Eso suena peligroso.

—Son poco profundas. Heidi las usa para madurar sus quesos. Son bastante seguras. El año pasado entró un montón de gente cuando... —apretó los labios—. No importa. Adelante, id. Yo se lo diré a Alice.

—Yo también voy —dijo Kent, muy serio.

Gideon tomó a Felicia de la mano y tiró de ella hacia su camioneta.

—Es un sitio tan bueno para empezar como otro cualquiera —necesitaba moverse, hacer algo. Quedándose allí no conseguirían nada.

—No quiero que la búsqueda se haga al azar –dijo Felicia–. Es tarde y quiero encontrarlo.

Estaban a últimos de agosto y todavía hacía calor, pero por las noches refrescaba. ¿Y si Carter tenía miedo? ¿Y si le había ocurrido algo? ¿Y si estaba herido?

Gideon se sacudió las dudas. Hacía años que no tomaba parte en una misión, pero conocía el procedimiento. Había que mantenerse concentrado.

–¿Cómo puede alguien sobrevivir a esto? –preguntó ella al sentarse en el asiento del copiloto y cerrar la puerta–. El no saber. Es horrible.

–Te digo que la solución es encerrarlo en un cobertizo.

Kent cerró de golpe la puerta trasera.

–Os aseguro que Reese no va a ver la luz del día hasta que cumpla los treinta y cinco.

Arrancaron camino del rancho. Cuando llegaron había varias personas esperándoles. Rafe Stryker ya había hecho acopio de linternas. Heidi, su esposa, les mostró algunos planos rudimentarios de las cuevas, hechos años atrás.

–Aquí es donde guardo mis quesos –dijo–. He estado esta mañana.

–Carter no se había marchado aún esta mañana –le dijo Gideon–. Estaba en el festival.

–Aquí el camino se bifurca –les explicó Rafe, trazando una línea en el plano–. Heidi solo va hacia el sur. Hacia el norte hay un laberinto de senderos. Si los chicos están en las cuevas, estarán allí.

Shane, su hermano, se unió a ellos. Pasaron junto a un establo y se dirigieron hacia la entrada de las cuevas. Encendieron las linternas. Tres minutos después, llegaron a la bifurcación. Heidi y Rafe entraron primero.

–Por aquí –dijo Heidi–. El verano pasado pasé un tiempo en estas cuevas. Había pinturas rupestres –hizo una pausa–. Pero no importa. Por aquí.

Felicia avanzó junto a Gideon. Él la tomó de la mano. Unos cientos de metros después, oyó algo.

—Silencio —ordenó.
—Yo también lo he oído —murmuró Felicia.
Se quedaron callados. Se oía una música muy suave a lo lejos.
—Por aquí —dijo Gideon, señalando un camino que torcía a la izquierda.
—¡Carter! —gritó Felicia al tiempo que echaba a correr.
Gideon la siguió sin esfuerzo.
—¡Carter! —gritó de nuevo ella.
Doblaron un recodo y entraron de pronto en una amplia caverna con altos techos. Carter y Reese estaban sentados en sacos de dormir, jugando a un juego de ordenador cuya música se oía por los altavoces. Tenían linternas y una nevera.
Se levantaron bruscamente al entrar los adultos. Felicia apretó a Carter contra sí.
—¿Cómo se te ha ocurrido? —preguntó mientras le tocaba la cara y los hombros—. Ha sido horrible. Cuando leí esa nota...
Kent masculló algo en voz baja al llegar junto a Reese. Padre e hijo se abrazaron. El resto del equipo se reunió a su alrededor. Felicia siguió tocando a Carter como si quisiera constatar que estaba allí. Luego se echó a llorar. Carter retrocedió inmediatamente, horrorizado.
—Lo siento —dijo—. No llores.
—Estaba tan asustada... —reconoció ella con voz temblorosa.
—No quería asustaros.
—Pues es una lástima, porque habrías conseguido tu objetivo. ¡Ah, Carter! —lo abrazó otra vez—. Sabes que vamos a tener que castigarte por esto, ¿verdad?
El chico asintió.
—Tienes que jurarme que no vas a hacerlo nunca más —Felicia tomó su cara entre las manos—. Te quiero, para que lo sepas.
Los ojos del chico se llenaron de lágrimas.
—Yo también te quiero, y lo siento.

—Yo también, papá —le dijo Reese a su padre—. Ha sido una tontería.

—Más que una tontería. Para empezar, estás castigado. Luego, ya veremos.

Rafe se dirigió hacia el camino.

—Voy a avisar a los demás de que les hemos encontrado.

Gideon lo observaba todo. Físicamente estaba allí, pero se sentía desvinculado de lo que estaba ocurriendo. Veía la emoción de Felicia, pero no participaba de ella. Se alegraba de que el chico estuviera bien, claro, pero no tenía la misma implicación que los demás. Era como estar debajo el agua y oír sonidos. Los oía, pero no los reconocía.

Y entonces lo comprendió. Fuera lo que fuese lo que le había permitido sobrevivir a su cautiverio, no se debía a que fuera más fuerte que los demás, sino a que le pasaba algo raro. No era como las demás personas. Sus compañeros habían amado, y perder todo lo que amaban les había destruido. Él les había considerado débiles, pero se equivocaba. Eran completamente humanos.

No como él.

Él no tenía las mismas emociones, las mismas necesidades. Quizás aquella falla había estado siempre ahí, y la tortura la había hecho salir a la superficie. Tal vez había sido una persona más plena en algún momento y lo ocurrido lo había quebrantado. No lo sabía, pero tampoco importaba. Solo que ahora tenía un hijo.

¿Qué se suponía que iba a hacer con Carter?

No tardaron en regresar al parque. Casi todas las personas que se habían ofrecido a ayudar en la búsqueda querían ver a los niños, como si necesitaran asegurarse de que de verdad estaban bien. Carter y Felicia se quedaron juntos, como si los dos necesitaran constatar que estaban juntos.

Por fin, la alcaldesa comenzó a decirles a los vecinos que se fueran a casa.

—Es tarde —les recordó—. Mañana es día de trabajo —miró a Carter—. ¿Has conseguido lo que querías?

Gideon arrugó el ceño y Felicia pareció confusa, pero Carter se sonrojó.

–No sé a qué se refiere –dijo, y se encogió de hombros–. No sé –sonrió–. Felicia me quiere.

–¿Tenías alguna duda? –preguntó la alcaldesa.

–Desde hacía un tiempo no –se volvió inesperadamente hacia Gideon–. Papá, ¿tú te has asustado?

Gideon intuyó la trampa y no supo cómo esquivarla.

–No entiendo –dijo Felicia–. ¿De qué estás hablando? Claro que se ha asustado. Nos hemos asustado todos.

–No se refiere a eso –dijo Gideon en tono crispado mientras encajaba las piezas del rompecabezas–. Quiere que estemos juntos –le dijo a Felicia–. Quiere que nos casemos para poder tener una familia. Por eso ha sido lo de esta noche. Quería que nos asustáramos para que nos diéramos cuenta de lo que sentimos.

Felicia pensaba que no le quedaban emociones. Los altibajos de las horas anteriores y el largo fin de semana del festival la habían dejado agotada. Pero al parecer aún quedaba espacio para la sorpresa.

–Gideon tiene razón –dijo la alcaldesa Marsha con calma–. Eso es justamente lo que quiere Carter. Hemos hablado un poco de ello. Lo único que necesitan todos los niños es estabilidad –sonrió–. Bueno, no. También necesitan amor. Lo que está pasando es muy confuso. Y Carter necesita saber a qué atenerse.

«Casarnos o romper», pensó Felicia, apenas capaz de procesar toda aquella información.

–Ya hablaremos de eso –dijo.

Gideon no dijo nada.

Se acercaron a la camioneta. Carter subió al asiento de atrás. Felicia se sentó delante y Gideon ocupó el asiento del conductor. Ninguno dijo nada.

El trayecto montaña arriba pasó en un suspiro, pero,

cuando se acercaron a la casa, Felicia se dio cuenta de que no necesitaba ir a buscar una respuesta: había estado allí desde el principio.

Decirle a Carter que lo quería había sido un impulso. Un estallido de emoción, seguido por una sensación de absoluto bienestar. Tal vez no fuera la mejor madre del mundo, pero estaba dispuesta a hacer todo lo que pudiera, a aprender, a apoyar y a establecer límites. Daría la vida por Carter si era preciso.

Mientras escudriñaba su corazón, descubrió que también se había enamorado de otra persona, pero de un modo completamente distinto.

Gideon. Siempre Gideon.

Desde el momento en que había hablado con él en aquel bar de Tailandia, había formado parte de su vida. La había hecho sentirse a gusto consigo misma, se habían reído juntos, se había preocupado por ella, la había enseñado y la había hecho sentirse a salvo. Cuando no sabía si podría encajar o dónde estaba su sitio, con él se había sentido cómoda. Amarlo era tan fácil que no había reconocido los síntomas.

Él detuvo el coche delante de la casa. Felicia se volvió para decírselo, y entonces recordó que no estaban solos. Miró hacia atrás y vio que Carter estaba medio dormido. Salió del coche medio arrastrándose.

—¿Podéis castigarme mañana? —preguntó con un gran bostezo.

—Claro.

—Gracias —la abrazó, le dio su móvil y entró en la casa.

Gideon y ella lo siguieron.

—¿Para qué es el teléfono? —preguntó Gideon.

—No estoy segura. Supongo que da por hecho que se lo vamos a quitar mientras esté castigado —arrugó el ceño—. No sé muy bien qué significa estar castigado. Tendré que informarme un poco.

Gideon cerró la puerta. Se quedaron en el cuarto de estar, sin mirarse. El ambiente estaba lleno de tensión y Felicia se sintió de pronto torpe e insegura.

—Respecto a lo que ha dicho la alcaldesa —comenzó a decir.

—Sé lo que piensa Carter —dijo él al mismo tiempo.

—Tú primero —murmuró ella.

Gideon se acercó a la cocina y luego se volvió para mirarla.

—Marsha tiene razón. Carter necesita estabilidad.

Felicia sintió que empezaba a bullir por dentro de felicidad. Iba a tenerlo todo: un hombre al que amaba, un hijo y un lugar del que sentirse parte.

—Nuestra relación lo está desconcertando —continuó Gideon—. Por la mañana voy a explicarle que no puede ser. No podemos casarnos. Te pedí ayuda y tú respondiste, Felicia. Te lo agradezco. No quiero interponerme en tu camino. Sé que quieres encontrar a un hombre adecuado y formar una familia, y eso no puede ser conmigo.

El dolor fue tan agudo que casi no le dolió. Era más una idea que una sensación. Pero la angustia susurraba en los márgenes de su conciencia, y Felicia comprendió que no pasaría mucho tiempo antes de que toda ella fuera una herida abierta.

—Quieres que me marche —le sorprendió poder hablar todavía.

—No quiero aprovecharme de ti.

Intentaba aparentar que era por ella. Pero no era cierto. Quería que se marchara porque no creía que pudiera ser como todos los demás. Ella siempre lo había sabido. ¿Por qué se había permitido olvidarlo?

Recordó que le había dicho a Consuelo que no le importaría que le rompieran el corazón. Que quería enamorarse y que aceptaría las consecuencias. Su amiga la había advertido, pero ella no le había hecho caso. Había estado tan segura de que podría sobrellevarlo... Ignoraba lo que iba a sentir.

–Hablaremos por la mañana –dijo Gideon–. Necesitas dormir un poco. Estás agotada.

¿Dormir? Jamás podría dormir.

–No –le dijo–. Me marcho ahora mismo.

–No, Felicia. Es tarde –se acercó a ella, pero Felicia se apartó.

No podía soportar que la tocara en ese momento. No, pensó, estremeciéndose. Si la tocaba, perdería las pocas fuerzas que le quedaban. Quería llorar y suplicarle, preparar gráficos y diagramas para explicarle por qué se equivocaba. Por qué vivir juntos era lo mejor para todos.

Carter... Cerró los ojos con fuerza. Iba a tener que decirle adiós.

Primero haría las maletas, pensó. Luego se lo diría. Le dejaría claro que siempre sería bienvenido en su casa. Que podía ir a quedarse con ella, que hablarían todos los días.

Sintió el escozor de las lágrimas, pero se negó a ceder al llanto. Lo dejaría para después. De momento, tenía que seguir en marcha.

Carter se apoyó en la pared del pasillo. Estaba tan desilusionado que le costó tragar saliva. Se le habían agotado las ideas, pensó con tristeza. Ya no sabía cómo hacerle entender a Gideon lo que de verdad era importante.

Dio media vuelta y entró en su habitación, donde recogió rápidamente su ordenador y algo de ropa. El resto podía esperar. No creía que a Gideon le importara que volviera a buscar sus cosas más adelante. Cerró su mochila y se fue al dormitorio principal.

Gideon estaba junto a la puerta.

–No tienes por qué irte ahora –dijo.

Carter no oyó la respuesta de Felicia, pero dedujo que había dicho que no le quedaba otro remedio. Pasó al lado de su padre y entró en la habitación. Felicia levantó la vista.

—Carter, ¿qué...? —vio la mochila—. Lo has oído.

El chico hizo un gesto afirmativo.

—Tú no tienes que irte, Carter. Esta es tu casa. Gideon es tu padre. Quiere que estés con él.

—Si no puede quererte a ti, tampoco puede quererme a mí. Soy un niño, Felicia. Necesito estar donde me quieran —se le paró el corazón al darse cuenta de que tal vez Felicia no había dicho sinceramente que le quería—. Si es que me quieres, claro.

—¡Ay, Carter! Te quiero. Claro que puedes venir conmigo.

De pronto lo abrazó y el chico se aferró a ella como si no quisiera soltarla nunca. Lo había querido todo: un padre, una madre y un hogar, pero tampoco estaba mal del todo tener dos de esas tres cosas.

Capítulo 20

Gideon esperó a que se hiciera de día para salir a correr. En cuanto salió el sol se puso en marcha. Corrió con todas sus fuerzas y al poco rato comenzó a sudar y a respirar agitadamente. El terreno desigual representaba un reto físico, pero dejaba libre su mente para que pudiera vagar. Para que pudiera pensar y especular. ¿Qué iban a hacer ahora?

Había pasado la noche dando vueltas por la casa. Un par de veces había intentado dormir, pero no había servido de nada. La casa que antes había considerado su puerto de abrigo le parecía de pronto demasiado grande, demasiado vacía. El silencio le había agobiado hasta tal punto que había sentido el impulso acuciante de marcharse a cualquier otra parte.

Tropezó y cayó al suelo, apoyando una rodilla. Se levantó de un salto a pesar del dolor y siguió corriendo. Un hilillo de sangre le corrió por la pierna, pero no hizo caso. Podía superar cualquier cosa. Eso, al menos, tenía que creer.

Se habían marchado porque él se lo había pedido. Era la decisión correcta. No podía ser lo que necesitaban ni Carter ni Felicia. Debería estar contento, o al menos sentirse aliviado.

Pero no era así. Se sentía vacío y triste, más quebrantado que nunca, él, que había estado al borde del infierno. Lo habían rescatado de una celda días o incluso horas antes de que muriera. Había estado a punto de desangrarse en el suelo de su prisión, y eso jamás podría olvidarlo. Pensara lo que pensara, sintiera lo que sintiera, no podía permitir que eso afectara a otras personas. Y menos aún a Felicia y a Carter.

Algún tiempo después, agotado y chorreando sudor, regresó a casa. Al salir de entre los árboles, vio su camioneta aparcada en el camino de entrada. Por un instante tuvo la esperanza de que ella hubiera vuelto. La noche anterior se había llevado su camioneta porque su coche lo habían dejado en el pueblo. Pero al acercarse comprendió que no había sido ella quien se la había devuelto. Habría mandado a Justice, a Ford o a Angel. Felicia siempre cumplía con sus responsabilidades. Pero no iba a volver.

Felicia tuvo que volver a acostumbrarse a su cocina. Llevaba tanto tiempo viviendo con Gideon que su casa alquilada ya no le parecía su hogar. Al abrir los armarios y echar un vistazo a la despensa, comprendió que le faltaban casi todos los accesorios de cocina de los que tanto había disfrutado en casa de Gideon. Y el espacio era muy pequeño.

Había alquilado aquella casita antes de saber si podría establecerse definitivamente en Fool's Gold. Era muy sencilla, tenía dos habitaciones y un pequeño cuarto de estar-comedor. Los muebles eran modernos y masculinos. El propietario, un empresario llamado Dante Jefferson, se había trasladado recientemente a otra cosa con su flamante esposa.

Oyó pasos en la escalera. Carter entró en la cocina frotándose los ojos. Llevaba una camiseta ancha y unos pantalones de pijama. Estaba despeinado y tenía los ojos hinchados.

—¿Has podido dormir algo? —preguntó ella.

—Un poco.

Saltaba a la vista que había estado llorando, pero Felicia no quiso mencionarlo.

—¿Tienes hambre? —se acercó a la nevera y la abrió—. Aquí no hay nada, así que he pensado que podíamos salir a desayunar y luego ir a hacer la compra. Además, quería hablar contigo de mudarnos a otra casa. Esta la alquilé cuando solo estaba yo. Creo que necesitamos más espacio. Con una zona de estar más amplia y una habitación más grande para ti. Y quizás un jardín para el perro.

Carter se quedó mirándola.

—Vas a quedarte conmigo de verdad —parecía sorprendido.

—Carter, anoche te dije que podías vivir conmigo. Y quiero que así sea.

—Yo también —miró a su alrededor—. Esta casa es bonita, pero la cocina es muy pequeña. ¿Dónde vas a poner todos tus cacharros de cocina?

—Sí, ya lo sé.

Él se removió, inquieto.

—¿Puedes pagar una casa más grande? Porque, si no puedes, esta está bien.

Ella le apretó el hombro.

—No te preocupes por el dinero. Llevo ganándome la vida desde que era solo un poco mayor que tú. Hace unos años registré varias patentes. Además de mi sueldo, cobro cheques trimestrales por las patentes y derechos de autor cada seis meses por los libros técnicos que he escrito.

Los ojos de Carter se iluminaron.

—¿Eres rica?

—No, pero podemos permitirnos una casa más grande.

—¡Genial! —corrió a las escaleras—. Dentro de diez minutos estoy listo.

Ella se apoyó contra la encimera y se dijo que todo iba a salir bien. Era fuerte y capaz, y tenía una red de apoyo. En cuanto sus amigas se enteraran de lo ocurrido, la rodearían de cariño y de ánimo. Y, con toda probabilidad, de comida preparada.

No tenía pruebas empíricas que demostraran su suposición, pero estaba convencida de que así sería. Hasta entonces, hasta que se sintiera con fuerzas para decirles que se había equivocado por completo con Gideon y respecto a su propia capacidad de soportar el desamor, se concentraría en Carter. En adaptarse a su nueva vida y en descubrir cómo iba a superar el dolor de perder al único hombre al que había amado.

Al tercer día, Gideon fue al pueblo. Se sintió expuesto sin Felicia y Carter a su lado, pero de eso se trataba. Estaba listo para asumir lo que ocurriera. A que le arrojaran piedras. Sabía que se había portado como un malnacido y que se merecía el castigo.

Había hecho daño a Felicia. Solo había pensado en sí mismo, en lo que quería, sin tener en cuenta sus sentimientos. No estaba seguro de qué quería o esperaba ella, pero estaba seguro de que no esperaba que la dejara en la estacada sin previo aviso. Le debía una disculpa. Aparte de eso, debía mantenerse lo más alejado posible de su vida. Y no le cabía ninguna duda de que el pueblo se pondría de parte de ella.

Pasó por el parque y pensó en pararse en Brew-haha. Patience era amiga de Felicia. Seguro que tenía algo que decirle. Pero antes de entrar vio a Eddie y Gladys, que lo saludaron alegremente con la mano y siguieron andando. Algunos otros vecinos lo saludaron con un gesto al pasar, y otros lo hicieron a voces.

Nadie parecía estar enfadado. Nadie le gritó. No se explicaba por qué, como no fuera porque Felicia no había dicho nada aún.

Se le encogió el corazón al pensar que estuviera pasando por aquello ella sola. Aunque no estaba seguro de que estuviera enamorada de él, sabía que le importaba. Felicia no se guardaba nada. Así que tenía que estar sufriendo. Necesitaba alguien con quien hablar. Tendría que hablar él con Patience y contárselo.

Dio media vuelta y se encaminó a la cafetería. Cuando se disponía a cruzar la calle, Justice salió de la cafetería y se dirigió hacia él. Gideon comprendió que no había sido un encuentro casual. Justice había estado esperándolo. Justice, para quien Felicia era como una hermana.

Aquello iba a ser un infierno, pensó, dispuesto a capear el temporal. No se defendería. Aceptaría lo que le dijera y, cuando acabara, tal vez se sentiría mejor.

Justice se puso delante de él.

–Vamos –dijo, señalando calle abajo–. Tenemos que hablar.

Gideon asintió y echó a andar a su lado. No sabía adónde iban, y no le importaba. Tal vez a CDS, en cuyo gimnasio Justice podría darle tranquilamente una paliza. O al bosque. No le preocupaba. Justice no podía hacerle nada que no le hubieran hecho ya mil veces, y en este caso se lo merecía.

Pero en lugar de llevarlo a un callejón oscuro, algo difícil de encontrar en Fool's Gold un miércoles por la tarde, Justice entró en el bar de Jo y lo condujo a la sala de atrás.

Gideon evitaba ir donde Jo. Había demasiada gente, demasiadas luces y, de día, había una zona de juego para niños pequeños. Justice dejó atrás todo eso. Cuando se detuvo, estaban en una sala mucho más pequeña. Solo había un par de ventanas, muy arriba, en la pared. Había varias pantallas que emitían deportes y una subasta de coches, y un par de señores mayores estaban sentados a la barra bebiendo una cerveza.

–¿Qué os pongo? –preguntó el hombre de detrás de la barra.

Su cara le sonaba, pero tardó un segundo en reconocerlo.

—¿Morgan? ¿No deberías estar en tu librería?

—Iré dentro de un rato —contestó con una sonrisa el hombre de cabello blanco—. Pero primero tengo cosas que hacer aquí.

Justice se sentó en un taburete.

—Lo mismo que ellos.

Morgan sirvió dos cervezas y empujó los vasos por la barra. Justice tomó uno. Gideon no hizo caso del otro.

—Me has traído aquí por algo —dijo.

Morgan asintió.

—Bien, no eres tonto. Odiaría pensar que Felicia está con un idiota.

Gideon se quedó boquiabierto.

—¿Conoces a Felicia?

—Claro. Viene mucho por la librería. Le gusta leer libros de papel, más que electrónicos. Eso me gusta en una mujer —volvió a sonreír—. Tiene gustos eclécticos.

—Es una forma de decirlo —masculló Justice.

Morgan se subió la manga, dejando al descubierto un tatuaje de una chica en bikini.

—Me lo hice en las Filipinas. Hicieron un buen trabajo. Fue después de mi primera época en Vietnam. Un sitio duro para un chico de pueblo de Georgia. Antes de que me alistaran, ni siquiera había salido del condado.

—Mi hermano también estuvo —dijo uno de los señores mayores—. A mí no me tocó —sonrió y tomó su cerveza.

Fuera lo que fuese lo que estaba pasando, a Gideon no le interesaba. Empezó a levantarse. Justice lo agarró del brazo para sujetarlo.

Habría sido fácil desasirse, pero miró a Justice. ¿Qué era lo que quería? Se relajó en el taburete y Justice le soltó el brazo.

—Me costó adaptarme a la vida de civil —continuó Morgan—. Mi antigua novia se había casado con otro. Yo odiaba la granja de mis padres. No sabía qué hacer con mi vida, así que me lagué. Estuve dando tumbos por el país, tomé drogas, me convertí en un borracho. Alguien me sacó del arroyo y empecé a recuperarme. Luego conocí a Audrey –sonrió y miró más allá de ellos, hacia algo que solo veía él–. Una chica preciosa. Demasiado para mí, como cualquier esposa que valga la pena. Era muy paciente con mis defectos y me quería más de lo que me merecía. Pero yo no podía quererla a ella. No podía. Las cicatrices eran demasiado hondas –miró a Gideon–. Fui un idiota, y estuve a punto de perderla. Volví en mí tirado en una cuneta, casi sin acordarme de mi nombre. Estuve a punto de morir por envenenamiento etílico –sonrió–. De eso hace treinta y cinco años. La he querido todos los días desde entonces. Solo pudimos pasar diecisiete años juntos. Luego, el cáncer se la llevó. En su lecho de muerte me hizo prometerle que no volvería a entregarme a mis demonios. Y he cumplido mi promesa.

–Yo sé lo que hace el amor –dijo Gideon.

–No, no lo sabes –le dijo Morgan–. Si lo supieras, estarías con esa chica tan guapa y no aquí, bebiendo con nosotros. El amor te hace fuerte. Si tienes valor suficiente para entregar todo lo que tienes y arriesgarte. Yo tuve que elegir entre amar a Audrey y morir en el arroyo. Tú estás en el arroyo, amigo mío. La diferencia es que no lo ves.

Lo veía perfectamente, pensó Gideon. Lo que no entendían ellos era que no le importaba. Aquel era su sitio.

Justice dejó un par de billetes en la barra y se levantó.

–¿Te lo ha dicho Patience? –preguntó Gideon cuando su amigo se volvió para marcharse.

Justice asintió con un gesto.

–Felicia se lo dijo ayer. Quedaron todas anoche. Por lo que he oído, bebieron un montón de margaritas y comieron un montón de helado mientras te ponían verde. Esta mañana estaban todas con resaca, así que yo que tú no me acercaría a ellas –hizo amago de marcharse.

–Espera –Gideon se levantó–. ¿No vas a pegarme ni nada?

—No hace falta pegar a un hombre que ya está en el suelo.

Gideon pulsó el botón para poner el tema. Comenzó a sonar *God only knows*, de los Beach Boys. Había pasado el día dando vueltas por el pueblo y al atardecer había estado un buen rato entrenando. Estaba agotado pero no cansado, sin fuerzas pero no en paz. El dolor que sentía se negaba a disiparse, y le resultaba imposible dormir. Necesitaba lo único que jamás podría tener. Morgan tenía razón: estaba en el arroyo y no tenía forma de salir de él.

Sin pensar lo que iba a hacer, pulsó el interruptor que encendía el micrófono.

—Hoy quiero hablar un poco del pasado, de mi pasado —hizo una pausa, sin saber qué iba a decir a continuación—. Algunos ya sabéis que serví en nuestras fuerzas armadas. Ocurrieron cosas, vi cosas que pusieron en cuestión todo aquello en lo que creía. Me hicieron prisionero junto a otros hombres. Hombres buenos que servían honorablemente a su país. Amaban su patria y su familia. Durante mucho tiempo supe que, si yo había salido con vida y ellos no, era porque no habían podido olvidar a quienes habían dejado atrás. Echaban de menos a sus seres queridos, los añoraban, los llamaban a gritos. Cuando se apoderaba de ellos la fiebre por las heridas abiertas y las quemaduras, creían que estaban de vuelta en casa, leyendo cuentos a sus hijos. Pero no era así. Estaban en una celda, y yo los vi morir uno a uno, hasta que solo quedé yo. Porque yo no tenía a nadie y pensaba que eso me hacía fuerte.

No tuvo que cerrar los ojos para ver a sus compañeros de reclusión. Siempre estaban con él.

—No sé por qué yo sobreviví y ellos no. Solo sé que, cuando mis amigos me sacaron de allí, comprendí que no había marcha atrás. Nunca me arriesgaría a sufrir como sufrieron ellos. Había aprendido la lección.

¿Y si hubiera sabido lo de Carter?, se dijo. ¿Habría sido mucho peor? ¿Habría...?

Pero ¿no se estaría equivocando? No había tenido nada que echar de menos, y siempre lo había considerado una ventaja, pero tampoco había tenido nada por lo que vivir. Una vez liberado de su prisión, no había tenido nada por lo que seguir adelante, salvo la certeza de que estaba vivo.

Morgan le había hablado de sus dificultades para adaptarse y de cómo lo había salvado Audrey. ¿Podía representar eso Carter para él? ¿Y Felicia?

Las luces de las líneas telefónicas se encendieron. Gideon pensó que iba a recibir una buena reprimenda y dio paso a la primera llamada.

—¿No crees que ya has recibido suficiente castigo? —preguntó una mujer—. Gideon, no tienes por qué sentirte mal por haber sobrevivido. Solo Dios sabe por qué sobreviviste tú y tus compañeros no, y si piensas demasiado en ello vas a malgastar lo que se te ha concedido. La oportunidad de vivir con tu hijo y con Felicia. Eso sí que sería un crimen. No que no sobrevivieras, sino que no quieras seguir viviendo ahora.

No reconoció la voz, e ignoraba quién era.

—Muy bien —dijo lentamente—. Eh, gracias por llamar.

La segunda llamada era de un hombre.

—La guerra es el infierno. Gracias por haber servido en el ejército, hijo. Gracias a todos los que sirven en él. Pero olvídate de lo que hiciste y céntrate en lo que importa. Cuando seas viejo y estés listo para encontrarte con tu creador, no pensarás en lo que hiciste ni en lo que tuviste. Pensarás en la gente a la que quieres. Así que ponte con ello.

Hubo varias llamadas más, todas del mismo tenor, seguidas por la de una adolescente que pidió «menos antiguallas y más Justin Bieber».

—Veré lo que puedo hacer —contestó Gideon con una sonrisa, y colgó.

Se recostó en su silla. Aquello era lo que quería Felicia,

se dijo, comprendiéndolo por primera vez: una comunidad que se preocupara por ella. Gente que le dijera cuándo se estaba comportando como un idiota y cuándo iba por el buen camino. Una red de seguridad y todos esos lugares comunes sobre el cariño hacia los demás.

Se levantó, preparado para formar parte de aquello. Entonces volvieron los recuerdos, los gritos, el dolor. La certeza de que, aunque su cuerpo estuviera vivo, ya se había dado por vencido. Y, por tanto, estaba muerto.

Brilló el botón rojo. Había alguien en la puerta de atrás. Se quitó los auriculares y corrió a la parte trasera del edificio. Cuando abrió la puerta, hizo una mueca.

–Eres tú –refunfuñó.

Angel levantó las cejas.

–Menudo recibimiento.

–No te esperaba a ti.

Su amigo se quedó mirándolo.

–No, claro. No te ofendas, pero tú tampoco eres mi tipo. He venido a acabar tu turno.

–¿Qué quieres decir?

–Puedes largarte cagando leches. Te he visto poner los discos y apretar el botón. Puedo hacerlo.

–No voy a marcharme.

Angel sacudió la cabeza.

–Eres tan tonto como pareces. Te vas a marchar porque una mujer como Felicia se presenta solo una vez en la vida. Porque, si no vas a buscarla, irá otro. Te han dado una segunda oportunidad. ¿Es que ese gurú tuyo de Bali no te enseñó nada? El único modo de que te cures es quererla y confiar en ella.

–Como si tú supieras lo que es el amor –Gideon hizo una pausa, recordando tarde que Angel había perdido a su mujer y a su hijo–. Perdona –dijo enseguida–. Lo siento.

Algo brilló en los ojos de su amigo. Un dolor agudo que le llegó al alma. Gideon lo reconoció porque él también lo había sentido.

–Disculpa aceptada –dijo Angel–. Después de pasar por lo que yo he pasado, sé que te arrepentirás de perder a Felicia todos los días de tu vida. Sé que por fin has encontrado tu lugar en el mundo, y es imposible que sigas aquí sin ella. Os complementáis, hermano. Pero no solo es eso. Tienes una mujer que te entiende y un hijo como Carter, ¿y sigues dudando?

Gideon se sintió como si le hubieran dado un mazazo. Por un segundo el mundo quedó a oscuras y en silencio, y luego volvió a despejarse. Había estado buscando respuestas sobre por qué había sobrevivido, y no las había. O quizá la respuesta fuera doble: Carter y Felicia.

Miró a su amigo, el que había arriesgado su vida para sacarlo de aquella prisión afgana.

–Te debo una –dijo en voz baja.

–Sí, lo sé. Ahora, lárgate.

Gideon se sacó del bolsillo las llaves de la camioneta y se dirigió al aparcamiento. Se volvió y gritó:

–¡Ten cuidado con lo que dices! ¡Hay niños escuchando!

Angel se rio.

Felicia conducía deprisa, pero con cuidado. Estaba dispuesta a sobrepasar en diez kilómetros el límite de velocidad, pero no más. Al menos, mientras estuviera en el pueblo.

–Estamos tardando una eternidad –protestó Carter.

–No quiero que tengamos un accidente.

–Lo sé. Perdona. Es que estoy nervioso.

Más bien aterrado, pensó ella. Porque, mientras escuchaba a Gideon, se había dado cuenta de que había hecho mal al marcharse. Había elegido el camino fácil. Estaba dolida, sí, pero también asustada. No había sabido defender su postura. No le había dicho lo que quería. No le había dejado claro que lo amaba.

Gideon estaba intentando superar un pasado que habría matado a muchos hombres y había causado la muerte de casi media docena de excelentes soldados. Nunca sería como los demás, pero precisamente por eso lo amaba. Por cómo era.

Torció a la izquierda, camino de la emisora, y vio una camioneta que entraba en el pueblo. Dio un frenazo. El conductor de la camioneta hizo lo mismo.

Felicia salió del coche al instante y cruzó la calle corriendo. Se abrió la puerta de la camioneta y salió Gideon. Se miraron. Felicia oyó cerrarse una puerta tras ella y dedujo que Carter iba a reunirse con ellos.

Gideon estaba guapísimo, pensó con el corazón en un puño. Alto y fuerte. Siempre leal. Tenía sus fantasmas, pero a ella no le molestaba su pasado. Siempre tendría problemas, pero a nadie se le daba mejor que a ella organizarlo todo. Juntos sabrían encontrar una solución.

–He oído tu programa –comenzó a decir–. Lo hemos oído los dos. Has sido muy valiente.

–No. Decir la verdad no es ser valiente.

–A veces sí. A veces es más fácil guardar secretos. ¿Y si se hubiera confirmado tu mayor temor, que no merecías ser el único superviviente?

Gideon dio un respingo.

–¿Cómo lo has sabido?

–No agradecías estar vivo. Intentabas descubrir cómo ser fuerte, pero también sufrías la mala conciencia del superviviente. Un resultado natural de lo que te ocurrió.

–¿Has hecho un estudio al respecto?

–Podría hacerlo –se detuvo y extendió el brazo. Carter se reunió con ellos.

Gideon miró a su hijo. Tenía cosas que explicarle, pensó. Pero más tarde.

Alargó los brazos y estrechó al chico con fuerza.

–Siempre vas a tenerme a tu lado –prometió–. Pase lo que pase. Soy muy feliz de tenerte conmigo. Tengo mucho trabajo que hacer para demostrarte lo importante que eres para mí. He estado muy... asustado. Tenía miedo de dejarte entrar en mi vida. De decepcionarte.

–Papá –la voz de Carter sonó sofocada–, todo va a salir bien.

–Sí, claro que sí, hijo. Claro que sí.

Felicia intentó contener las lágrimas al ver por fin unidos a los dos hombres a los que más amaba. Era tan perfecto...

Respiró hondo, consciente de que ahora le tocaba a ella ser valiente.

–Yo también he estado guardando secretos. No te dije que te quería, Gideon, y te quiero. Quiero que formemos los tres una familia. Quiero que nos casemos y que tengamos más hijos.

Gideon esbozó una sonrisa.

–Eso ha sonado a proposición matrimonial.

–Ah. No lo había pensado. Solo lo decía a título informativo. Yo jamás haría una proposición matrimonial. Socialmente es una tarea asignada al hombre, aunque la verdad es que las mujeres son, mucho más que los hombres, quienes mantienen unidas a las familias. También son más felices cuando viven solas, mientras que a los hombres les va mejor si tienen pareja.

–Felicia... –susurró Carter.

Se volvió hacia él.

–¿Qué?

–Te estás yendo por las ramas.

–Ah, tienes razón –volvió a mirar a Gideon–. No te estaba proponiendo matrimonio.

–Queda claro. Pero quieres decir que no puedo ser feliz sin ti.

–Tampoco quería decir eso exactamente –¿por qué era todo tan difícil? Lo amaba y quería que estuvieran juntos. Quería dejar de sufrir y saber que podía entregarle su corazón–. Gideon, yo...

Se acercó a ella y tocó su boca con los dedos.

—Ahora tienes que callarte —posó la mano en su cintura y la apretó contra sí.

Felicia se acercó a él dócilmente. Necesitaba sentir su calor. En sus brazos había encontrado su hogar. Sin él estaba perdida.

—Siento haberte hecho pasar por esto —Gideon miró más allá de ella—. Y a ti también, hijo.

—No pasa nada, papá.

Gideon sonrió.

—Bueno —fijó su atención en Felicia—. Tú nunca cejas, Felicia, nunca tomas el camino fácil. Te admiro y te respeto. Quiero que estemos juntos. Carter, tú y yo. Carter y yo te necesitamos —miró a su hijo, que asintió con un gesto—. Te queremos, Felicia.

Ella lo rodeó con sus brazos y lo apretó con fuerza, consciente de que nunca se separaría de él.

—¡Bueno! —exclamó Carter alegremente—. Yo me voy al coche, a poner la radio a todo volumen por si queréis besaros un rato, chicos.

—Yo sí quiero —reconoció Gideon antes de posar su boca sobre la de ella.

Felicia se apoyó en él. Oyó a lo lejos la voz de Angel, que salía a través de los altavoces de la camioneta de Gideon.

—Esta es para una pareja muy especial. A menos que mi amigo sea idiota, lo cual es muy posible.

Gideon se rio.

—Me pregunto qué canción va a...

Empezó a sonar *I've got you, babe* de Sonny y Cher. Gideon levantó la cabeza y gruñó:

—No. Odio esa canción —tocó su mejilla—. Por favor, no me hagas bailarla en nuestra boda.

—¿Eso era una proposición?

—No. Era la promesa de una proposición. He pensado hacerla en la intimidad, cuando estemos a solas —tomó sus manos—. Por favor, ven a casa, Felicia. Te echo de menos, y echo de menos a mi hijo.

—¿Puedo conducir yo? –preguntó Carter.
—Creía que no estabas escuchando –repuso Gideon, divertido.
—Perdón.
Felicia le sonrió.
—Yo os sigo –prometió, retrocediendo de mala gana.
—De eso nada –le dijo Gideon–. Ve delante. Siempre has sabido el camino a casa.

ÚLTIMOS TÍTULOS PUBLICADOS EN HQN

Solo un chico más de Kristan Higgins

Difícil perdón de Mercedes Santos

Promesas a medianoche de Sherryl Woods

Noches perversas de Gena Showalter

La caricia de un beso de Susan Mallery

Una sonata para ti de Erica Fiorucci

Después de la tormenta de Brenda Novak

Noche de amor furtivo de Nicola Cornick

Cálido amor de verano de Susan Andersen

El maestro y sus musas de Amanda McIntyre

No reclames al amor de Carla Crespo

Secretos prohibidos de Kasey Michaels

Noche de luciérnagas de Sherryl Woods

Viaje al pasado de Megan Hart

Placeres robados de Brenda Novak

El escándalo perfecto de Delilah Marvelle

www.ingramcontent.com/pod-product-compliance
Lightning Source LLC
LaVergne TN
LVHW030339070526
838199LV00067B/6355